Bertrand Vergely

La souffrance

Recherche du sens perdu

Gallimard

Bertrand Vergely, professeur de philosophie en classe préparatoire, intervient en milieu médical pour des conférences sur la douleur et la souffrance afin d'aider médecins et infirmiers des centres de soins palliatifs à se préparer aux épreuves que constituent la souffrance et la mort. C'est le fruit de ces conférences que nous publions aujourd'hui.

I

QUAND LA PENSÉE S'INTERROGE

Les trois temps du sens de la souffrance

Souffrir veut dire avoir mal. Mal dans son corps, parce que celui-ci est soudain attaqué de l'extérieur ou de l'intérieur. Mal dans son âme, parce que, un jour, un être que l'on aime nous trahit ou nous quitte en nous laissant seul face à la séparation ou face au deuil. Mal dans sa vie tout entière, parce que, à force de vivre dans un monde où les hommes et les femmes souffrent et meurent, à force d'être confronté à des relations avec autrui traversées par la violence ou la disparition, il arrive que l'on souffre du fait même de vivre et que l'on se demande « pourquoi ? ». Pourquoi cette vie si lourde ? Pourquoi ce corps si douloureux qui devrait nous porter et qu'il nous faut porter ? Pourquoi cette dureté du monde ? Ces conflits avec autrui ? Cette violence, ces mensonges et ces trahisons ? Cette solitude et ces deuils ? N'y a-t-il pas une contradiction dans la vie du fait de cette souffrance ? La vie n'est-elle pas faite pour la vie ? Et si elle est faite pour la vie, pourquoi tant de souffrances ? Et pourquoi dans cette question une absence de réponse ? Pourquoi ce ciel, apparemment si désespérément vide, devant tant de vies déchirées par la douleur et brisées par les larmes ainsi que le chagrin ?

1. LA RÉPONSE TRADITIONNELLE FACE À LA SOUFFRANCE

Par un passé qui n'est pas encore si éloigné que cela, la culture occidentale a tenté de répondre à ces interrogations en disant pourquoi il y avait de la souffrance et pourquoi il fallait souffrir. C'est, en particulier, la mémoire chrétienne de la culture occidentale qui a contribué à forger ce sens de la souffrance. Ou tout du moins une certaine mémoire chrétienne. Car, il n'y a pas *un*, mais *des* christianismes. Témoin le christianisme d'Orient qui n'a pas fait la même place à la souffrance que le christianisme d'Occident à certains moments de son histoire.

Pour être juste, il convient d'ajouter que le sens de la souffrance qui s'est forgé dans notre mémoire n'est pas le simple fait de la mémoire chrétienne, mais bien plutôt celui d'un certain nombre de réflexes et de parades face au mal, qui ont existé avant le christianisme, se sont reproduits avec lui et ont tendance à exister au-delà de lui.

De la fatalité à la providence : la structure réversible de la souffrance

Ainsi, la souffrance a tendance à être pensée comme résultant d'une chute dans la matière et le sensible. N'y a-t-il pas une grâce ainsi qu'une légèreté de l'esprit alors qu'il existe une pesanteur de la matière et une résistance du corps ?

Socrate dans le *Phédon* s'est fait le porte-parole exemplaire de l'un des plus vieux rêves humains : ne plus avoir de corps. Pouvoir échapper à la résistance de la matière. « Le corps, dit-il, nous cause mille difficultés par la nécessité où nous sommes de le nourrir ; qu'avec cela des maladies surviennent, nous voilà entravés dans notre quête de l'être. Il nous remplit d'amours, de désirs, de craintes, de chimères de toute sorte... Guerres, dissensions, batailles, c'est le corps seul et ses appétits qui en sont la cause ; car, on ne fait la guerre que pour amasser des richesses et nous sommes forcés d'en amasser à cause du corps, dont le service nous tient en esclavage[1]. »

La souffrance résulte d'une chute originelle. D'une tendance de l'âme pour les passions qui sont la lourdeur des choses, nous dira le *Phèdre*. D'où cette impression que l'on est emprisonné dans la vie comme dans le corps et que la souffrance a quelque chose de fatal. Impossible de

1. Platon, *Phédon*, trad. E. Chambry, 66a-67a, Paris, Garnier Flammarion, 1965, p. 115.

vivre sans souffrir, entend-on dire. La vie ne se heurte-t-elle pas sans cesse au poids du corps avec ses résistances, ses usures, ses passions, voire sa violence ? Toutefois, tout n'est pas figé pour autant. Car, la souffrance a des aspects divers et non un seul visage. Socrate, parlant de la chaîne qui lui cisaille la jambe, reconnaît lui-même : « Quelle chose étrange que le plaisir. Et quel singulier rapport de celui-ci avec la douleur. Ils refusent de se rencontrer ensemble chez l'homme, mais que l'on poursuive l'un, on est sûr d'attraper l'autre... C'est ce qui m'arrive présentement. Après la douleur que me causait ma chaîne, je sens venir le plaisir qui sait quand on l'enlève[1]. »

La douleur fait partie de la sensibilité. Si elle en porte les inconvénients, elle en porte aussi les avantages. Avantages liés à la mystérieuse réversibilité des choses. Comme celle de contribuer au plaisir par le jeu de la comparaison de nos états dans la vie. Comme celle également de nous renseigner sur nos limites et pas simplement d'être une limite. L'enfant, nous le savons, apprend à ne pas jouer avec le feu en se brûlant les doigts. N'est-ce pas là le signe qu'il y a une sorte de fonction providentielle du mal et de la souffrance, ceux-ci nous préservant d'un plus grand mal ?

À l'évidence, si personne ne souhaite souffrir, il convient cependant de ne pas « jeter le bébé avec l'eau du bain ». Dans *Le parasite*, traitant de la

1. Platon, *Phédon*, éd. citée, 59c-60d, p. 107.

communication, Michel Serres a fait remarquer qu'un excès d'ordre aboutit à la mort. Car, ainsi que l'a montré la physique moderne, un système qui ne se renouvelle pas en s'ouvrant sur l'extérieur a beau être ordonné, il finit par se pétrifier, alors qu'un système qui se renouvelle en s'ouvrant sur l'extérieur a beau être désordonné, celui-ci demeure vivant. Il en va de même avec le corps et la vie. Trop d'ordre nuit. L'obsession du bien-être peut conduire au mal-être. D'où la sagesse de La Fontaine dans *Le jardinier et son seigneur.* Le jardinier dont parle le fabuliste souffre de la présence d'un lièvre dans son champ qui lui grignote quelques-uns de ses choux. Mais quand il veut s'en débarrasser en faisant appel à un seigneur qui chasse non loin, la situation devient carrément catastrophique Ce ne sont plus trois choux qui sont abîmés, mais le champ entier qui est dévasté [1].

De la guerre à la paix. De la mort à la vie. La structure réversible du conflit et de la mort

Un mal peut être un moindre mal. Pour le corps, mais aussi pour la vie. Ainsi, un conflit ou un deuil ne sont pas forcément ce qu'ils donnent l'impression d'être.

S'agissant du conflit, celui-ci éclate rarement par hasard. Le plus souvent, il est un signe. Il fait remonter à la surface quelque chose de latent que

1. Michel Serres, *Le parasite,* Paris, Grasset, 1980.

nous avions refoulé dans notre relation avec autrui et qui, crevant comme un abcès, s'avère être libérateur. Sans oser nous l'avouer, nous vivions avec autrui sur des bases fausses. Avec le conflit, la fausseté éclatant au grand jour, c'est la vérité qui surgit à nouveau. D'où la positivité du conflit.

Réfléchissant sur son cancer dans un ouvrage intitulé *Mars* du nom du dieu de la guerre, Fritz Zorn (littéralement François Colère en français) a établi un parallèle entre sa maladie et la guerre. Élevé au bord du lac de Zurich dans un milieu aisé, il prend conscience que toute sa vie est fausse, parce que tout en elle est refoulé. Derrière une façade paisible se cache en réalité une guerre. Ce qui a pour effet le renversement qu'introduit chez lui son cancer à travers la guerre qui se livre dans son corps. À la paix qui masquait une guerre, succède une guerre porteuse de paix. On comprend donc l'étonnant commencement de l'ouvrage : « Je suis jeune et riche et cultivé, écrit-il, et je suis malheureux, névrosé et seul. Je descends d'une des meilleures familles de la rive droite du lac de Zurich, qu'on appelle aussi la Rive dorée. J'ai eu une éducation bourgeoise et j'ai été sage toute ma vie [...]. Naturellement j'ai aussi le cancer, ce qui va de soi si l'on en juge d'après ce que je viens de dire. Cela dit, la question du cancer se pose d'une double manière : d'une part, c'est une maladie du corps, dont il est bien probable que je mourrai prochainement [...] d'autre part, c'est une maladie de l'âme, dont je ne puis dire qu'une chose : c'est une chance qu'elle se soit enfin déclarée[1]. »

Les maladies sont parfois des métaphores sociales, voire des métaphores métaphysiques, et ces lignes de Fritz Zorn nous le montrent bien. Les conflits aussi. Il arrive qu'après le choc brutal d'un conflit éclatant avec autrui, on se ressaisisse en se mettant à vivre positivement celui-ci comme une expérience nécessaire. Cela vaut pour les deuils. Après la perte d'un être cher et la douleur que cela entraîne, commence toujours ce que Freud a appelé le travail du deuil qui est l'apprentissage de la séparation et la reconstruction de la vie. Au cours de ce travail, nous reprenons conscience de ce que nous avions oublié. La vie est faite de séparations. C'est ainsi qu'elle se transmet. Les enfants ne se séparent-ils pas des parents afin de fonder une nouvelle famille ? N'est-ce pas tuer leur devenir que de vouloir les retenir ? Et n'est-ce pas au contraire respecter leur liberté et leur vie que de les laisser aller à leur destin ? La vie dans son ensemble n'est-elle pas à l'image de cette dialectique ? Les hommes doivent savoir s'effacer et disparaître pour que d'autres puissent apparaître.

Méditant sur la mort, Vladimir Jankélévitch a constaté que ce qui *ne* meurt *pas* ne vit pas. « Un rocher ne meurt pas, écrit-il. Une fleur en étoffe

1. Fritz Zorn, *Mars*, trad. Gilberte Lambrichs, Paris, Gallimard, Folio, 1982, p. 33.

ne se fane jamais. Mais l'éternelle vie d'une fleur en étoffe ou d'un rocher est une éternelle mort... Car, il n'y a de vivant que ce qui meurt ; ou, comme le dit Jean Wahl, ce qui vit est ce qui peut mourir[1]. »

Au cours de la vie, les minutes que nous vivons ont quelque chose d'unique, parce qu'elles sont éphémères. L'éternité se construit dans ce qui passe. Car, l'éternité est cet aspect mémorable de la vie qui demeure à jamais vivante du fait de son caractère unique et non ce qui persiste avec une forme de lourdeur monotone. Ne le soupçonnons-nous pas quand nous disons que la mort est un passage ? N'est-ce pas parce que nous pressentons intimement les vertus de ce qui passe que nous trouvons la force nécessaire afin d'affronter la mort ainsi que les grandes séparations auxquelles nous confronte l'existence ?

À l'évidence, la violence de ce qui veut retenir la vie et la conserver est telle, qu'elle nous console de ce qui la fait mourir. Aussi comprend-on les renversements pratiqués par la sagesse tant en Orient qu'en Occident. Ainsi, en Orient, Lao-tseu a bien formulé le paradoxe de la vie et de la mort quand il demande comme il le fait : « Le ciel subsiste et la terre dure, pourquoi le ciel subsiste-t-il, et la terre dure-t-elle ? Parce qu'ils ne vivent pas pour eux-mêmes. Voilà qui les fait durer. Le saint

1. Vladimir Jankélévitch, *La mort*, Paris, Flammarion, 1977, p. 449.

se met en arrière. Il est donc mis en avant. Il néglige son moi et son moi se conserve. Parce qu'il est désintéressé, ses propres intérêts sont préservés[1]. » Et pour ce qui concerne l'Occident, dans l'Évangile selon Luc, on peut lire (IX, 23-26) : « Si quelqu'un veut venir après moi, qu'il renonce à lui-même, qu'il se charge chaque jour de sa croix et qu'il me suive. Car, celui qui voudra sauver sa vie, la perdra, mais celui qui la perdra à cause de moi, la sauvera. Que servirait à un homme de gagner tout le monde s'il se détruisait et se perdait lui-même ? »

La vie n'est pas là où on le croit. Elle n'est pas dans la conservation et la rétention, mais dans la délivrance. Aussi y a-t-il une libération dans la mort comme dans la séparation révélant la face cachée des choses. Comment désespérer dès lors ? N'est-ce pas le signe que le néant est vaincu ? Et que le ciel n'est pas muet comme on pourrait le penser ?

Méditant sur le sens de la souffrance autour de 1920, c'est à cette réversibilité des choses que fut conduit Max Scheler et c'est sur elle que l'on peut voir se fonder toute son éthique. Car, quand les plaisirs de ce monde ne s'avèrent être que de tristes plaisirs mâtinés de divertissements anxieux, c'est dans la tristesse à l'égard de ce type de joie que l'homme renoue avec le sens de sa joie véri-

1. Lao-tseu, *Tao-tö-king*, trad. Liou Kia-hway, Paris, Gallimard, 1967, p. 66.

table. D'où un changement de régime à l'égard de la souffrance, marqué non pas par une complaisance envers la douleur (algophilie) mais bien plutôt par la révélation d'un sens caché de celle-ci du fait du refus des plaisirs trop faciles : « L'eudémoniste recherche le plaisir, écrit Max Scheler. Il trouve les larmes. Le disciple du Christ possède la béatitude. Et, s'il recherche la douleur, c'est pour prendre, toujours plus clairement et plus profondément, conscience de cette béatitude et de ces véritables biens. À l'homme antique qui, dans le fond, demeure eudémoniste, le monde paraissait gai et joyeux. Mais le noyau de ce monde, il le jugeait profondément triste et obscur. Derrière le brillant spectacle de ce monde que l'on appelle l'heureuse antiquité bâillent "Moira" (la nécessité) et le "Hasard". Pour le chrétien, le monde extérieur est obscur et sombre, mais le noyau de ce monde plongé dans la nuit des douleurs n'est tout entier que sérénité et enchantement. Le chrétien a renoncé à fuir hédoniquement la douleur avec le secours de sa propre raison et d'un vouloir égocentrique ; comme il a renoncé de l'abattre par un comportement héroïque ou de l'endurer avec crânerie en stoïcien ; mais, avec l'aide du Christ, il ouvre son âme à Dieu et il se livre à sa charité ; c'est alors que la béatitude centrale le pénètre sous la forme de la grâce qui lui fait sereinement supporter toute souffrance comme le symbole de la croix. Et tandis qu'il reçoit, telle une amie, la souffrance, conscient qu'elle est un moyen purificateur donné par les mains de l'amour miséricordieux, il n'en devient que plus certain de cette béatitude qui le rend si patient[1]. »

Et Max Scheler de conclure son traité par cette citation empruntée à Thomas a Kempis, mystique du XVe siècle et auteur présumé de l'*Imitation de Jésus-Christ* : « Quand tu en arriveras à goûter le souci et la tribulation amère comme une nourriture suave par amour du Christ, estime alors que tu es sauf. C'est alors que tu auras trouvé le paradis sur terre. Et tant que la souffrance te sera pénible et que tu chercheras à la fuir pour lui échapper, il ne t'adviendra que malheur et injustice, et en tout lieu t'atteindra le flot des tribulations. »

De la structure réversible de la souffrance à la socialisation de la souffrance. La souffrance comme échange symbolique

Au cours de son histoire, la culture occidentale a élaboré un sens de la souffrance en épousant la structure de ce que Jean Baudrillard a appelé un « échange symbolique[2] ». Pour survivre en se disant que l'on ne souffre pas pour rien, pour conserver une place dans la société en faisant savoir que l'on ne fait pas rien en souffrant, ce que

1. Max Scheler, *Le sens de la souffrance*, trad. Pierre Klossowski, Paris, Aubier, 1942, p. 70-71.

2. Jean Baudrillard, *L'échange symbolique et la mort*, Paris, Gallimard, 1984.

nous appellerons maladroitement la « culture de la souffrance » a opéré une transmutation symbolique de la perte que constitue la souffrance en faisant de celle-ci un gain ou, en tout cas, un moindre mal.

Dans *Zadig*, Voltaire a fort bien résumé les termes de cet échange en narrant l'histoire d'un ermite qui, invité par une veuve, la remercie pour son hospitalité en précipitant son neveu du haut d'un pont. Comme Zadig se récrie devant ce crime, l'ermite lui rétorque : « Apprenez que ce jeune homme dont la Providence a tordu le cou aurait assassiné sa tante dans un an et vous dans deux. » Avant d'ajouter : « Les hommes pensent que cet enfant qui vient de périr est tombé dans l'eau par hasard, que c'est par un même hasard que cette maison est brûlée, mais il n'y a point de hasard : tout est épreuve, punition ou récompense ou prévoyance[1]. »

Cet épisode recèle une vérité profonde. Quand un malheur survient, il existe une tendance à récupérer quelques forces en pratiquant une forme de raisonnement économique consistant à se dire que, par ses épreuves, soit on rachète une faute passée, soit on achète un paradis à venir, soit on « économise » une situation qui pourrait être pire, le but de cette opération étant de montrer que l'on reste un être capable d'échange et donc

1. Voltaire, *Romans et contes. Zadig ou la destinée*, Paris, Garnier Flammarion, 1988, p. 82-83.

un être porteur d'une signification sociale. Ce qui n'est guère évident. Car, la souffrance fait peur et l'être souffrant est souvent ressenti comme une charge pour les autres. Ainsi, le christianisme a contribué à structurer cette socialisation de l'homme souffrant en conférant un sens oblatif à la souffrance, l'homme souffrant étant considéré comme celui qui apporte ses souffrances à l'humanité comme d'autres apportent le fruit de leur travail. C'est en ce sens que l'on peut comprendre ce texte de Teilhard de Chardin, lorsqu'il écrit : « Nous ressemblons à ces soldats qui tombent au cours de l'assaut dont sortira la victoire. Dieu n'est donc pas vaincu une première fois dans notre défaite, parce que, si nous paraissons succomber individuellement, le Monde en qui nous revivrons triomphe à travers nos morts [...]. L'histoire des saints, et plus généralement de tous les personnages remarquables par leur intelligence ou leur bonté, est pleine de ces cas où nous voyons l'homme sortir agrandi, trempé, renouvelé d'une épreuve ou même d'une chute qui paraissaient devoir le diminuer ou l'abattre pour toujours. L'insuccès joue alors pour nous le rôle du gouvernail de profondeur pour l'avion, ou encore, si l'on préfère, du sécateur pour la plante. Il canalise notre sève intérieure, il dégage les "composantes" les plus pures de notre être, de manière à nous faire jaillir plus haut et plus droit. La déchéance même morale se change ainsi en une réussite qui, si spirituelle soit-elle, demeure expérimentalement sentie. En face de saint Augustin, de sainte Madeleine ou de sainte Lidwine, personne n'hésite à penser : "Felix dolor" ou "Felix culpa". En sorte que, jusqu'en ce point, nous continuons à "comprendre" la Providence[1]. »

Une telle façon de conférer un sens à la souffrance demeure encore. Pour socialiser celle-ci, il existe une tendance à dire que non seulement on ne fait pas rien quand on souffre, mais surtout qu'elle fait progresser. D'où son inscription dans l'économie générale de la circulation des signes et des richesses.

Cependant n'est-il pas ambigu de conférer ainsi un tel sens à la souffrance ? Ne risque-t-on pas de justifier ce qui fait souffrir à force de vouloir donner du sens au fait même de souffrir ? C'est la question que la modernité a posée et pose encore à la tradition. C'est elle qu'il importe qu'on pose avec vigilance afin de ne pas donner prise à de telles ambiguïtés.

2. LA RÉPONSE MODERNE FACE À LA SOUFFRANCE

On peut mettre ainsi à l'actif de la modernité d'avoir su poser un certain nombre de questions essentielles et de les poser encore.

1. Pierre Teilhard de Chardin, *Le milieu divin*, Paris, Le Seuil, 1972, p. 80-81.

Les aveuglements de la raison

S'agissant du rôle de la douleur comme avertisseur, nul ne saurait contester que celle-ci a une fonction de signal d'alarme proprement indispensable. Les médecins qui ont des malades frappés d'insensibilité sur certaines parties de leur corps ont pu le constater. De tels malades se brûlent ou se cognent parfois gravement, parce que, ne ressentant rien, rien ne les arrête. On peut cependant s'interroger. Est-ce la douleur qui est utile ou la vie qui se bat face à l'agression du monde extérieur ? À l'évidence, nous parlons mal, quand nous disons que la douleur est utile. Car, la douleur n'est pas une chose, mais l'effet d'un rapport. C'est la vie se heurtant à ce qui la contrarie qui en vient à créer le signal de la douleur. Aussi serait-il plus juste de dire que c'est la vie à travers la douleur qui a du sens et non pas la douleur. Et, par extension, c'est la vie qui donne du sens à la douleur et non la douleur qui donne du sens à la vie.

Ce qui n'est pas sans conséquences. Car, penser que c'est la douleur qui donne du sens à la vie, n'est-ce pas justifier la douleur ? Et n'est-ce pas en justifiant ainsi la douleur refouler la vie et les forces qui sont en elle, en oubliant qu'il faut aller relativement bien pour que la douleur ait du sens ? Quand on va trop mal, la douleur n'enseigne rien. Elle accable et terrasse.

Il y a du désespoir, voire de la haine dans le fait

de donner du sens à la douleur et d'en faire la médiation de la vie et c'est à la protestation de la conscience contre cette inversion fallacieuse du cours de la vie, que nous devons de ne pas demander au mal et à la douleur, qui en est la manifestation, des leçons que seule la vie est en mesure de donner. D'où l'éternelle jeunesse de ce qui fait passer la vie avant la douleur et l'éternelle vieillesse de ce qui soumet la vie à la médiation de cette même douleur. Cette vieillesse de l'âme est, il faut le dire, ce qu'il faut sans cesse combattre. Car, sans cesse, le vieil homme, ou ce que la spiritualité appelle le vieil Adam, est tenté de venir susurrer à nos oreilles le langage de la mort qui fait l'apologie de la douleur et non pas de la vie. Ce qui explique notre étrange surdité. Notre stupéfiant aveuglement devant la souffrance.

On a du mal à s'apercevoir que l'autre souffre et à comprendre que le mal fait mal. Généralement, il est fait recours à toutes sortes de ruses afin de dire que, finalement, le mal n'est pas si mauvais que cela. Cela permet de dormir tranquillement sans faire de cauchemars et, surtout, de ne rien faire pour ceux qui souffrent.

En médecine, cette surdité et cet aveuglement ont revêtu une forme parfois caricaturale. Ainsi, ce n'est que depuis peu que la médecine a décidé de s'attaquer officiellement au problème de la douleur et de la souffrance, en créant, il y a une dizaine d'années de cela, un diplôme universitaire spécialisé de médecine de la douleur. Ce n'est également que très récemment que des unités de soins palliatifs ont été mises en place afin de soulager des malades incurables durant les derniers moments de leur vie. Il n'y a enfin que peu de temps qu'il existe des centres antidouleur dans lesquels il est possible de venir consulter.

Le milieu médical a mis longtemps à triompher de ses réticences face à la prise au sérieux de la plainte émanant du malade et, selon un certain nombre de témoignages, la tâche est loin d'être achevée, tant les réticences demeurent encore grandes, par exemple, parfois, pour donner de la morphine à un malade qui souffre trop, celle-ci étant assimilée à de la drogue.

Quelle ne fut pas notre surprise, il y a quelques années, d'avoir entendu un chirurgien proclamer qu'il n'était pas là pour se pencher sur la souffrance humaine ! Que faisait-il alors ? Réparer des corps humains comme on répare une voiture ? Gagner de l'argent ? Et quel ne fut pas notre étonnement d'apprendre qu'une jeune accouchée s'était entendu répondre parce qu'elle demandait un analgésique : « Madame, on accouche dans la douleur. »

Comment ne pas voir que l'on est aveugle à la souffrance parce que pèse sur nous le poids de toutes sortes de préjugés ? Des préjugés rationalistes liés au fait que le médecin ne doit pas s'intéresser à la subjectivité, le sentiment étant l'ennemi de la raison. Des préjugés religieux liés au fait que toute souffrance est salvatrice afin de racheter ses fautes. Ou bien encore des préjugés misogynes cherchant à rabaisser les femmes à travers la souffrance. N'a-t-il pas été courant de dire par le passé qu'il était efféminé de souffrir ?

Hippocrate disait que soulager la douleur est une chose divine. La médecine a, semble-t-il, oublié cette sage sentence à certains moments de son histoire, en particulier avant que ne soit découverte l'anesthésie par Warren aux États-Unis vers 1846[1]. Comme le souligne Jean-Pierre Peter, il semble que celle-ci ait été parfois davantage inspirée par cette rude sagesse de Celse, au temps d'Auguste, invitant le chirurgien à « demeurer résolu à guérir celui qui se confie à ses soins et donc à achever son œuvre en demeurant sourd aux cris de son patient sans se laisser émouvoir par ses plaintes ». D'où ces scènes d'horreur de malades opérés à vif et, pour longtemps dans les mémoires, la peur du médecin comme du chirurgien, médecine et chirurgie étant assimilées à une torture[2].

« Souvenons-nous, écrit Jean-Pierre Peter, de ces scènes terribles avant l'anesthésie. La perspective d'une grande opération, celle de la taille par exemple, faisait frémir les plus braves. On ligotait

1. Roselyne Rey, *Histoire de la douleur*, Paris, La Découverte, 1980, p. 180.
2. Jean-Pierre Peter, « Silence et cris », dans *Politiques de l'oubli*, Paris, Le Seuil, n° 18, 1988.

toujours les sujets sur la table ou sur une chaise. Le chirurgien tenait dans cet espace tendu le rôle d'un paladin flamboyant aux prises avec des monstres (le mal, la douleur), envers lesquels il avait à se montrer sans faiblesse. En même temps, il y était tout à son avantage. Se mesurer avec le pire, s'affirmer comme le plus habile. Il y avait de la jubilation, de la gloire dans ces tauromachies où l'esprit et la dextérité affrontaient concrètement la bête abstraite[1]. »

La douleur appréhendée comme l'enjeu d'une lutte intellectuelle entre le médecin et le mal et non plus comme l'épreuve vécue d'un malade ! Ce glissement du malade vers le médecin explique bien des choses et bien des aveuglements. Bien des oublis.

Les limites du discours

La lutte contre le mal qui frappe les corps et la rationalisation de celui-ci ont eu tendance à faire oublier que le mal fait mal. Kant critiquait sous le nom d'illusion transcendantale de la raison la propension de l'esprit à se prendre pour Dieu en oubliant le sujet sensible logé derrière la raison. Il critiquait ces pensées dans lesquelles la pensée fait oublier le penseur. Dès qu'il s'agit du mal et de ce qui fait souffrir, il existe une « illusion transcen-

1. Jean-Pierre Peter, *De la douleur*, Paris, Quai Voltaire, 1993, p. 21.

dantale » des pensées du mal. La rationalisation de la souffrance a tendance à faire oublier l'homme souffrant.

Quand on souffre, on raisonne rarement sur sa souffrance. Et quand on raisonne sur sa souffrance, c'est, en général, que l'on souffre moins. Il y a de ce fait un écart entre la raison et la souffrance que la raison ne saurait réduire, sauf à nier la souffrance. D'où le paradoxe de tout discours sur la souffrance consistant à devoir faire comprendre que, si l'on veut pouvoir parler de celle-ci, il importe de ne pas trop en parler afin de ne pas réduire la part d'indicible qui se trouve en elle. Paradoxe si bien mis en évidence par Georges Duhamel qui, dans *La vie des martyrs* où il relate ses expériences durant la guerre de 1914 dans les hôpitaux militaires de l'est de la France, rappelle ses interrogations, un soir, à la veille d'une amputation. « Dans la soirée, le médecin-chef est venu voir Léglise qui lui a dit avec la même sombre gravité : Je ne veux pas, monsieur le médecin-chef, j'aime mieux mourir. Nous descendons au jardin et le patron me dit cette phrase étrange : Essayez de le convaincre, je finis par avoir honte de lui demander un tel sacrifice. Et moi, n'ai-je donc pas honte ! Je consulte la nuit chaude parée d'étoiles ; je suis bien sûr maintenant qu'il a tort ; mais je ne sais comment le lui dire. Qu'ai-je à lui offrir en échange de ce que je vais lui demander ? Où trouver les mots qui décident à vivre ? Ô vous, toutes les choses, dites-moi, répétez-moi qu'il est encore doux de vivre avec un corps si douloureusement mutilé[1]. »

Avec la modernité sont apparues, on le sait, les pensées dites existentialistes comme celle de Kierkegaard, faisant une large place à la subjectivité. Comme sont apparues les pensées critiques et morales illustrées par Kant. Pensées méfiantes à l'égard de la raison ! Par souci de rigueur. Car, la raison doit avoir la raison de sa raison et donc savoir se limiter, en laissant une place à l'altérité du réel comme du sujet, sous peine de perdre la raison. N'est-ce pas cette place faite à l'homme et à son cri face à la souffrance qui est sage ? Et la raison raisonneuse nous expliquant que la souffrance est bonne qui ne l'est pas ? On peut voir le monde comme Dieu le voit, nous rappelle Ferdinand Alquié dans *Le désir d'éternité*. On peut aussi l'envisager du point de vue de l'homme. Quand on se place du point de vue de Dieu, on se tient hors du monde et, se tenant ainsi hors du monde, on se tient à un niveau dans lequel la souffrance n'existe pas. Certes, on est objectif. Mais à quel prix ! Quand on se place du point de vue de l'homme, on n'a pas cette contemplation superbe qui excelle à expliquer pourquoi la mort comme la souffrance sont nécessaires au bon ordonnancement du monde. Mais on demeure plus humain[2].

1. Georges Duhamel, *La vie des martyrs*, Paris, Mercure de France, 1922, p. 166.

2. Ferdinand Alquié, *Le désir d'éternité*, Paris, P.U.F., 1983, p. 148.

Une partie de la pensée moderne a opté pour cette sagesse humaine. Et agissant de la sorte, elle a modifié notre appréhension de la souffrance comme deux autres événements majeurs ont su, par ailleurs, le faire.

Et si on parlait davantage du bonheur ?

Le premier événement qui a transformé notre appréhension de la souffrance est lié à l'avènement de la démocratie. Lorsque Saint-Just s'est écrié : « Le bonheur est une idée neuve en Europe », il n'a pas cru si bien dire. Aujourd'hui, l'idée qu'il faut souffrir afin de se grandir dans la vie ne va plus de soi, comme ne va plus de soi l'idée qu'il manque une bonne guerre à la jeunesse afin de purger l'excès de ses passions et de s'initier aux saines valeurs de la vie. Cela n'a pas toujours été le cas. Cela ne l'est encore pas toujours d'ailleurs. La valeur initiatique et pédagogique de la souffrance demeure tenace. Quand on ne sait pas se maîtriser ni s'arrêter dans ses élans, il semble que les épreuves de la vie jouent le rôle chez certains du maître intérieur qu'ils ne savent pas être vis-à-vis d'eux-mêmes. D'où le rôle attribué à la souffrance d'être en quelque sorte cette mémoire de nos limites perdues. Rôle archaïque et régressif en vérité. Car, cela revient purement et simplement à remplacer la culture, comme la pensée, par la violence. On en conviendra, en matière d'éducation, on est quand même en droit d'espérer mieux ! Le propre de l'éducation n'est-il pas de nous faire apercevoir qu'il est possible d'apprendre autrement que dans la violence, les coups, les larmes et les gifles ? L'abbé Marc Oraison a raconté un jour sa stupeur devant un prêtre de la curie romaine soutenant que l'on apprend Dieu par « la terreur et les fayots ». Comment ne pas être stupéfait avec lui ?

Certains cependant n'en sont pas convaincus. Aussi existe-t-il de bien curieuses apologies de la souffrance. Comment comprendre l'étrange apologie de la dépression faite par Erik Orsenna lors d'une émission de Bernard Pivot en mai 1997 ? Est-ce vraiment dans la dépression que l'on trouve les clés du mystère de la création littéraire ? Cela laisse songeur. Les asiles psychiatriques sont remplis de dépressifs profonds qui ne sont nullement créatifs et, quand il arrive qu'ils le deviennent, c'est, en général, bien davantage à leurs forces de vie qu'à leurs forces de mort qu'ils le doivent. Quant à ceux qui font ainsi sereinement l'éloge de la dépression, osons dire qu'ils ne sont finalement pas si déprimés que cela et que la dépression dont ils parlent relève bien davantage d'une aventure intellectuelle que de la dépression véritable. Les romantiques nous ont bien montré qu'il existe une complaisance dans la tristesse qui procure des jouissances telles que certains ont tendance à en abuser comme on abuse d'une drogue. D'où la fausse profondeur des états d'âme dénoncés par Hegel qui y voyait une complaisance à soi se prenant pour un abîme mystique. En son temps, l'Église a dénoncé de tels états comme relevant d'une « délectation morose ».

Quand la tristesse n'est pas autre chose que le masque de la complaisance à soi, n'est-ce pas dès lors dans l'exercice raisonné du bonheur que réside le détachement vis-à-vis de soi et, par là même, la sagesse ? Voltaire contre Pascal l'a pensé et, avec lui, les Lumières. Comment ne pas leur donner raison ? N'est-il pas vrai qu'un moine triste est un triste moine, comme cela a été dit ? Et que, par comparaison, il existe une profondeur de la légèreté ? « Quand je regarde Paris et Londres, écrit Voltaire, je ne vois aucune raison pour rentrer dans le désespoir dont parle Mr. Pascal ; je vois une ville qui ne ressemble en rien à une île déserte, mais peuplée, opulente, policée et où les hommes sont heureux autant que la nature humaine le comporte... Pourquoi nous faire horreur de notre être ? Notre existence n'est pas si malheureuse qu'on veut le faire accroire. Regarder l'univers comme un cachot et tous les hommes comme des criminels que l'on va exécuter est l'idée d'un fanatique. Croire que le monde est un lieu de délices où l'on ne doit avoir que du plaisir, c'est la rêverie d'un sybarite. Penser que la terre, les hommes et les animaux sont ce qu'ils doivent être dans l'ordre de la Providence, est, je crois, d'un homme sage[1]. »

1. Voltaire, *Lettres philosophiques*, Paris, Garnier Flammarion, 1987, p. 165-166.

Et dans son poème *Le Mondain*, Voltaire d'ajouter encore :

Moi je rends grâce à la nature sage
Qui pour mon bien m'a fait naître en cet âge
Tant décrié par nos tristes frondeurs.
Ce temps profane est tout fait pour nos mœurs
J'aime le luxe et même la mollesse
Tous les plaisirs, les arts de toute espèce.
La propreté, le goût, les ornements,
Tout honnête homme a de tels sentiments.

Il y a dans le culte de la souffrance comme l'accent d'un autre âge. D'un monde sans civilisation, sans culture, sans respect de l'homme. D'un monde fruste, brutal et primitif. D'où la profondeur du bonheur et l'enjeu pour ainsi dire stratégique, à travers lui, d'une réflexion sur la souffrance, le progrès social et humain passant par un congé signifié à celle-ci. Alors qu'hier c'était à la souffrance que l'on demandait de faire progresser l'homme, aujourd'hui c'est au progrès ainsi qu'au bonheur que l'on demande d'assurer cette tâche. De sorte que l'on a affaire à une autre manière de penser la souffrance. Manière, il faut le dire, renforcée par un second trait historique d'importance à côté de l'avènement de l'ère démocratique, à savoir : les tragédies totalitaires du XXe siècle.

Les limites du recyclage

Avant Auschwitz, avant le Goulag, il était, si l'on peut dire, encore permis de croire que la souffrance est utile et favorise l'avènement d'un avenir meilleur. Après Auschwitz comme après le Goulag, un tel optimisme n'est plus devenu admissible. Car, il est devenu désormais plus clair que cela n'avait jamais été le cas pour la conscience européenne, que glorifier la souffrance ne renvoie pas au langage de la vertu, mais à celui de la violence. Ce sont les nazis qui, pour justifier le meurtre de millions de juifs innocents, ont entretenu la fable sanguinaire de l'extermination purificatrice. Fable reprise par Staline pour envoyer d'autres millions d'innocents dans les bagnes de Sibérie. On demande rarement aux victimes ce qu'elles pensent des souffrances qui leur sont infligées. Nous sommes, de ce fait, devenus sensibles à l'idée que le seul discours digne quant à la souffrance des hommes réside dans la dénonciation et non dans la rationalisation de cette dernière, sauf à faire le jeu des tyrans qui ont l'art de nous expliquer qu'il faut que l'on souffre afin que l'histoire progresse.

En outre, face à des enfants que l'on massacre, un cri a jailli qui sonne aujourd'hui comme une évidence : rien ne saura jamais justifier que l'on tue un enfant. La fin ne justifie pas les moyens. Car, c'est se tromper que d'imaginer qu'il faut être parfois, comme on dit, réaliste, et savoir céder à l'adage qui nous raconte que l'on ne fait pas d'omelettes sans casser des œufs. Les hommes ne sont pas des œufs, que l'on sache. Quant à l'idée selon laquelle on fait progresser l'humanité en lui administrant un remède de cheval, l'histoire récente nous a montré que, quand on veut sortir de la sauvagerie en utilisant des méthodes qualifiées de musclées, on rentre dans la barbarie. On ne progresse pas dans l'humanité en marchant à reculons par l'entremise de moyens inhumains et il faudra un jour faire un sort à l'idée selon laquelle, quand on respecte trop les hommes, cela ne marche pas. Il y a, on le sait, des victoires qui sont obtenues au prix de tels sacrifices que, quand celles-ci surviennent, il est trop tard. Le poids des souffrances a été tel qu'il a épuisé les ressources de vie pour savourer la victoire. D'où l'échec de celle-ci.

Il faut avoir la force d'être heureux et, pour cela, avoir de la force. Quand la souffrance est trop grande, ces forces s'usent et disparaissent. Ce n'est donc pas avec des êtres brisés que l'on fabrique des êtres heureux ni sur fond de malheur que se construit le bonheur. Toute souffrance ne se récupère pas et toute douleur ne se recycle pas. Il y a, il faut le savoir, de l'irrécupérable et du non-recyclable. Une mère qui a perdu son enfant, un homme qui a perdu l'amour de sa vie, un innocent que l'on massacre ne portent pas la gloire de la vie mais sa honte et son malheur irréductible. Aussi y aura-t-il toujours une vérité de ce qui demeure inconsolable, comme Rachel, la mère inconsolée du massacre des innocents pleurant ses enfants massacrés[1]. Si d'aventure il pouvait se faire que nous soyons consolés, cela voudrait dire qu'au fond on peut s'arranger avec tout. Il y aurait dans cette réconciliation comme un parfum de mort et dans ce parfum de mort comme un parfum de haine envers la vie, la haine envers la vie consistant à s'accommoder de tout. À être donc indifférent à tout. Désespérément indifférent. D'où la vérité de certaines larmes. Car, ne faut-il pas avoir beaucoup d'amour de la vie pour pleurer sur ce qui la meurtrit ? Et bien peu d'amour, en vérité, pour se consoler de tout ? Paradoxe suprême de notre condition face à l'abîme. Quand ceux qui se consolent de tout viennent à nous faire peur dans leur aisance à pouvoir ainsi se consoler de tout, la consolation comme l'espérance ne montent-elles pas des inconsolables ? Dès lors, ne convient-il pas de revenir sur notre appétit contemporain de bonheur ? S'il est important et même s'il est un devoir d'être heureux, on ne saurait être heureux à n'importe quel prix, sauf à courir le risque de basculer dans un bonheur glacé. Pouvons-nous dès lors, face à ceux qui souffrent, penser répondre à leur appel en luttant pour le bonheur et en faisant, pour le reste, notre devoir de mémoire, afin que jamais ne cicatrise la blessure infligée par l'absurdité de cer-

1. Évangile selon Matthieu, II, 16-18.

tains aspects de la vie comme par la cruauté des hommes ? Bien que cela soit nécessaire, cela ne saurait être suffisant. Car, sur la longue route de nos questions face à la souffrance, l'insurrection contre tout sens alloué à celle-ci provoque autant d'interrogations qu'elle apporte de réponses.

3. VERS LE TROISIÈME TEMPS DU SENS DE LA SOUFFRANCE

Nous vivons aujourd'hui un paradoxe. Jamais nous n'avons eu autant de moyens de soulager la souffrance. Jamais nous ne nous sommes penchés sur elle avec autant d'attention. Pourtant, nous sommes démunis face à elle. Sans aucun doute le fait d'avoir pris l'habitude de vivre dans un monde où règne un certain confort nous a-t-il rendus plus vulnérables au fait de souffrir. Quand on a pris l'habitude d'être heureux, la souffrance est toujours plus dramatique et plus dure que quand on a toujours souffert. Mais il n'y a pas que cette raison. Nous payons aujourd'hui le contrecoup de notre quête du bonheur héritée des Lumières. Si nous sommes démunis face à la souffrance, c'est parce que nous n'avons plus rien à dire sur elle, ne voulant entendre parler que de bonheur. D'où un pesant silence et, pour celui qui souffre, une grande solitude. On parle beaucoup de bonheur. On en parle d'ailleurs trop. On joue à être heureux. Pour se persuader qu'on peut l'être. Comme si on soupçonnait qu'il manque quelque chose. Que notre insurrection contre la souffrance ne suffit pas à épuiser la question de son sens.

Et si l'on reparlait de la patience ?

Avant tout, il importe que l'on revienne sur le sens complet du mot souffrance. Car, si celle-ci comme mal ne saurait être justifiée, peut-on en dire autant de la souffrance comme patience à travers le mal ? Comme le rappelle André Comte-Sponville, si la souffrance n'a pas de sens, l'homme souffrant en a. Et dans l'homme souffrant, on l'oublie trop, il y a l'homme patient. Car, souffrir a deux sens. Souffrir veut dire avoir mal. Souffrir veut dire aussi supporter, tolérer, savoir attendre avec patience et, par une passivité créatrice, retourner le mal.

L'homme souffrant n'est pas qu'un homme vaincu et accablé. C'est aussi un lutteur ne donnant pas prise au mal en installant en lui de la violence et du mal sous la forme d'une vaine révolte. À ce titre, c'est un homme fondamentalement vivant laissant agir les forces qui sont contenues en lui comme dans le temps et la vie. La culture occidentale a eu tendance à nier la force de la passivité. L'Orient la connaît davantage. Dans la fable de La Fontaine, *Le chêne et le roseau*, le roseau s'avère être plus fort que le chêne en pliant sans rompre à tous les vents qui tentent de l'abattre. Sa force est de ne pas user de force. De rompre avec le mal en n'installant pas le mal en lui, par le fait de vouloir résister au mal par le mal. L'homme est un roseau pensant, rappelle Pascal. Il peut pour cela retourner le mal et la violence, comme le roseau, dès lors qu'au lieu de vouloir saisir, prendre, dominer en un geste de capture, il accepte de se dessaisir du fait même de saisir, de capturer, de dominer. Un tel geste s'appelle penser. Il s'appelle aussi aimer, penser comme aimer consistant à maîtriser la violence, en déroutant celle-ci, par le fait de la retourner en se situant à la fois ailleurs et au-delà de celle-ci.

L'homme patient qui sait attendre a compris tout cela de l'intérieur de son corps. Il sait que s'il se met à haïr ce qui l'accable en voulant tyranniser ce qui le tyrannise, il va multiplier le mal en lui comme autour de lui et, ainsi, souffrir davantage. Aussi est-ce la raison pour laquelle il se fait patient, en ne répondant pas à la haine par la haine. Peut-on dire que cela n'est rien ? N'est-ce pas au contraire le signe que dans la patience la vie nous montre qu'il y a encore une force là où on pouvait penser qu'il n'y a rien ? Gardons-nous donc de dire que l'on souffre pour rien. La vie patiente n'est pas rien. N'est-ce pas elle qui donne à ceux qui souffrent la force de souffrir ? C'est paradoxalement en souffrant que l'on a toujours trouvé les forces pour souffrir et qu'on les trouve encore. On comprend pourquoi. Quelque part, à travers la souffrance entendue comme patience, c'est à la force irréductible de la vie même que l'on touche. La vie à l'état nu est patience de la vie pour la vie. Et la patience de la vie pour la vie est la vie à l'état nu. D'où le fait que la souffrance fasse partie de ces choses qui ont leur raison en elles-mêmes. Parce qu'avec elle on entre dans l'ordre de ce qui fonde.

Les limites de la critique

Ne pas réduire la souffrance a du non-sens vis-à-vis de la vie, cela a aussi du sens à l'égard de l'autre. Car, n'est-ce pas insulter quelqu'un que de lui dire qu'il a souffert ou qu'il souffre pour rien ? Ne convient-il pas de faire attention, quand on dénonce ce qui fait souffrir, de dénoncer celui ou celle qui endure la souffrance ? Il y a dans la reconnaissance de celui qui souffre avec patience une forme de considération morale qui nous préserve de la violence dont ce que Péguy appelait la muflerie est toujours le signe annonciateur. Comme on comprend, dans ces conditions, ce cri de Léon Bloy dans *Le désespéré* face à un monde sans morale : « Un plantigrade, écrit-il, doué de raison et contradictoirement privé d'espérance religieuse est dans l'impossibilité la plus étroite d'accepter cette geôle d'immondices et de consentir qu'on le traite plus durement qu'un parricide pour avoir perdu sa fortune ou pour être sans argent. S'il se résigne sans Décalogue et sans eucharistie, on ne peut rien dire de lui sinon qu'il est un lâche ou un imbécile. À ce point de vue, les nihilistes ont eu cent fois raison. Que tout tombe, que tout périsse, que tout s'en aille au tonnerre de Dieu, s'il faut endurer cette abominable farce de souffrir pour rien[1]. »

Léon Bloy a raison de le souligner. Outre le mépris de celui qui souffre, le fait de dire que l'on souffre pour rien a quelque chose de nihiliste. Et derrière ce nihilisme une forme de malhonnêteté, une forme d'outrecuidance aussi sont tapies dans le silence. Car, quand on se met à dire que la vie ne vaut pas la peine d'être vécue parce qu'il y a de la souffrance sur terre, on se condamne à conclure que la vie n'aura de sens que quand il n'y aura plus aucune souffrance dans ce monde. Formule perverse. Comment , en effet, ne pas voir qu'en raisonnant ainsi, implicitement on se place vis-à-vis de la vie dans une position exigeant autoritairement un sens comme un dû ? Comme si le sens de la vie devait nous tomber du ciel, tout fait. En conséquence de quoi, nous n'aurions qu'à nous baisser pour le ramasser et daigner vivre ! N'est-ce pas parce que règne un tel état d'esprit que le malheur court sur la terre ? Une telle attitude ne conduit-elle pas à se décharger sur les autres du soin de commencer à faire que les choses aillent mieux, sans soi-même entreprendre d'agir ? Il y a une hypocrisie du désespoir et de la révolte. Que penser, en effet, quand on entend un

1. Léon Bloy, *Le désespéré*, Paris, Le Livre de poche, 1967, p. 423.

professeur dire qu'il ne préparera pas ses cours tant que régnera le capitalisme ? Si le monde vous gêne, a-t-on envie de répondre, changez-le. Mais, de grâce, cessez de le dénigrer sans rien faire. Faute de quoi on sera amené à conclure fort logiquement que ce monde que vous dirigiez sans rien faire pour le changer, au fond ne vous dérange pas et que votre désespoir n'est que la façade d'un conformisme.

Les limites de la révolte

S'il est devenu plus clair, aujourd'hui, que glorifier la souffrance a quelque chose qui sonne faux, dire que l'on souffre pour rien sonne également faux. Sans aucun doute parce que ce que l'on attend n'est pas tant le fait que l'on soit pour ou contre la souffrance que le fait qu'on ait un discours sur la vie dont l'absence, il faut le dire, se fait cruellement ressentir. Les réactions face au sida en sont la récente illustration. S'il est proprement scandaleux d'envisager celui-ci comme une punition divine à l'égard des homosexuels et des toxicomanes, on est en droit de s'interroger quand il est question d'aller manifester contre lui. Car, qui est pour ? Et que signifie le fait d'aller manifester contre une maladie ? Manifeste-t-on contre la grippe ? Ou contre les infarctus ? Certes, les homosexuels et les toxicomanes ont raison de vouloir secouer les pouvoirs publics en combattant la tendance qu'il pourrait y avoir de ne rien faire contre le sida parce que cette maladie touche principalement les homosexuels et les toxicomanes. Est-ce une raison néanmoins pour faire des différents gouvernements au pouvoir les responsables de cette pandémie ? Si le fatalisme fait le jeu de ce qui opprime, la révolte fait le jeu de ce qui déraisonne. D'où le désarroi contemporain et la montée d'un ressentiment collectif à qui la rage contre ses gouvernants ne parvient pas, en définitive, à servir de réponse. « "Tout de même, me disait un ami, écrit André Comte-Sponville, ne pas attraper le sida, ce n'est pas un but suffisant dans l'existence !" Il avait bien sûr raison. Et pas davantage échapper au cancer ou à l'infarctus[1]... » Cette remarque anodine reflète bien la défaite contemporaine face à la souffrance. À part être contre celle-ci, on ne sait pas dire grand-chose. Et ce, parce qu'il existe une maladie du sentiment de la vie comme du rapport à la vie. On ne sait plus pourquoi il importe de vivre. On ne veut plus savoir pourquoi il importe de vivre. Parce que, nous est-il dit, il s'agit là d'un faux problème ! Ce qui laisse songeur. Car, si le fait de se demander pourquoi il importe de vivre est un faux problème, où est donc le vrai problème ? Dans le simple fait de vivre et de répondre à la question « comment vivre ? » plutôt qu'à la question « pourquoi vivre ? » ? Rien n'est moins convaincant. Car, com-

1. André Comte-Sponville, *Impromptus*, Paris, P.U.F., 1996, p. 84.

ment vivre sans comprendre ce que l'on vit, ni sans savoir où l'on va ? Certes, André Comte-Sponville a raison de souligner qu'une vie qui est trop accrochée à un but finit par se remplir d'illusions avant de se remplir de souffrances. Aussi conseille-t-il de vivre pour vivre, en vivant pour rien sinon pour vivre[1]. Mais que veut dire une telle formule ? Quand on l'analyse un peu de près, on s'aperçoit vite que, sous la plume de l'auteur, elle signifie tout sauf un acte gratuit, puisque, pour peu que l'on vive ainsi pour rien, par pure générosité, on finit par découvrir la pure générosité de la vie même. Preuve que ce rien n'est pas peu de chose et que vivre pour rien signifie encore vivre pour quelque chose. En l'occurrence, l'amour, la générosité et l'élan du désir qui sont au cœur de toutes choses. « La rose est sans pourquoi, elle fleurit parce qu'elle fleurit[2] », écrivait Angelus Silesius au XVIIe siècle, pour signifier que l'on n'accède au pur amour divin qu'en ne plaçant aucun but au-dessus d'un tel amour. Dans son langage, André Comte-Sponville nous dit une chose semblable. Pour que l'amour fasse sens dans nos vies, il faut se dépouiller de tout autre sens, en acceptant d'endurer cette absence qu'est l'absence de tout autre sens. Ce qui n'est nullement du nihilisme. Car, quand on aime, on ne vit pas pour rien. Et,

1. André Comte-Sponville, *Traité du désespoir et de la béatitude*, Paris, P.U.F., 1988.

2. Angelus Silesius, *Le pèlerin chérubinique*, trad. Camille Jordens, Paris, Le Cerf/Albin Michel, 1994, p. 97.

quand on vit vraiment pour rien, on n'aime pas, l'amour étant manifestement de trop pour ceux qui sont ainsi en quête de rien.

Ne conviendrait-il pas dès lors de se méfier de ces formules à l'emporte-pièce proclamant haut et fort qu'il faut vivre pour rien ? Et ne faudrait-il pas par la même occasion en profiter pour faire un sort à cette autre formule nous invitant à poser la question des moyens de bien vivre plutôt qu'à interroger le sens même de ce que vivre veut dire ? Ne voit-on pas que c'est parce que nous n'avons cessé de procéder de la sorte dans la société dite de consommation qu'il règne aujourd'hui comme un certain malaise ? N'est-ce pas parce que la question du sens de la vie se réduit aujourd'hui à une pure question de recherche de moyens techniques pour accroître le bien-être individuel qu'il existe une perte dramatique du sens de ce que vivre veut dire ? Le fait que l'incapacité du monde contemporain à répondre à la question du sens éclate au grand jour à l'occasion de la souffrance ou de la mort suffira-t-il à nous faire prendre conscience de l'urgence qu'il y a à ne pas considérer la question du sens de la vie comme relevant d'un faux problème ?

En guise de proposition de pensée

Quand on n'a pas les moyens de vivre ce que l'on voudrait vivre, mais que, par ailleurs, on possède des raisons de vivre, ce sont ces raisons qui permettent d'acquérir les moyens qui nous manquent et, par là même, de « souffrir » la vie. L'inverse n'est pas vrai. Quand on a les moyens de vivre, mais uniquement les moyens de vivre et aucune finalité, la vie peu à peu finit par s'étioler. D'où l'importance de revenir à cette évidence. Quand on a des raisons de vivre, on en a de souffrir. Hier, sous prétexte de sauver le sens de la vie, on a eu tendance à rationaliser la souffrance et à la justifier. Aujourd'hui, sous prétexte de ne pas cautionner ce qui fait souffrir, on a tendance à récuser tout sens de l'existence. Peut-on en demeurer là ? Entre le mensonge qui consiste à justifier la souffrance au nom de la sauvegarde du sens et le désespoir qui consiste à taxer la vie d'absurde par égard pour les victimes de la souffrance, n'y a-t-il pas d'autre issue ? Sommes-nous définitivement condamnés à une telle alternative ? Et dans cette alternative, sommes-nous condamnés au fait que ce soit à chacun finalement de trancher en fonction de son humeur ?

Nous ne le pensons pas. Car, il importe que nous grandissions. Le temps des rationalisations opérées par la bonne conscience est révolu. Comme est révolu le temps du désespoir et de la révolte. L'âge d'un troisième sens de la souffrance au-delà du sens comme du non-sens est venu. On a beaucoup cherché à récupérer la souffrance en donnant un sens à la vie grâce à celle-ci. On a beaucoup récusé tout sens de la vie à cause de la souffrance. Il importe d'en finir et de rappeler que ce n'est pas la souffrance qui donne du sens à la vie, mais la vie qui donne du sens à la vie et éventuellement à la souffrance. Comme il importe de rappeler que ce n'est pas parce qu'il y a de la souffrance que la vie n'a pas de sens, mais bien plutôt parce que la souffrance existe que la vie doit avoir d'autant plus de sens. Entre l'oubli de la souffrance à cause de nos rationalisations de la vie et l'oubli de la vie à cause de nos désespoirs face à la souffrance, il y a le sens de la vie face à la souffrance. Seule une telle position est tenable. Car, elle seule nous préserve du mensonge qui consiste à s'accommoder de tout comme du désespoir qui rejette tout. Pour le comprendre, il importe de ne négliger aucune des étapes menant vers cette attitude, en apercevant en profondeur pourquoi ce ne sont ni la souffrance ni le désespoir qui sauraient tenir lieu de sens.

II

QUAND LE SENS FAIT SOUFFRIR

Les non-sens du sens

Il existe un préjugé tenace consistant à dire que la souffrance a du sens. Celui-ci se fonde sur quatre idées majeures. La souffrance serait un signe, un savoir, un salaire ou un salut.

La souffrance comme signe

L'idée selon laquelle la souffrance serait un signe se fonde sur un constat : la douleur physique est un mal révélateur d'une crise interne mais aussi d'une agression externe que le corps peut subir. Aussi est-il heureux qu'elle existe et que la nature ait pris soin de mettre en nous ce langage. Car, sans celui-ci, nous ne serions pas avertis de ce qui peut se passer à l'intérieur du corps, comme à l'extérieur de celui-ci[1]. Nous ne connaîtrions pas les maladies cachées qui peuvent nous ronger

1. À propos de la douleur-signe, on pourra consulter Jean-Marie Besson, *La douleur*, Paris, Odile Jacob, 1992; Marc Schwob, *La douleur*, Paris, Flammarion, Dominos, 1992.

dans le silence. Nous ne saurions rien non plus de nos limites face au monde extérieur. On sait que la rate nous renseigne sur nos limites et que, quand on en est privé, on perd le sens de celles-ci, pour la plus grande fatigue du cœur, souvent durement mis à l'épreuve. Il en irait de même de la douleur. Celle-ci est souvent envisagée comme une sorte d'organe avertisseur que la nature aurait généreusement disposé à notre intention afin de nous prévenir. Aussi n'est-il pas rare qu'on la remercie d'exister en voyant en elle un auxiliaire de la médecine. Parfois même, il arrive que cet élan de gratitude se transforme en un véritable enthousiasme face à la providence supposée veiller sur nous à travers la douleur, en faisant exister celle-ci afin de nous éviter un mal plus grand. Sur ce thème du mal donné providentiellement par Dieu comme moindre mal afin de prévenir l'humanité, Leibniz a bâti un superbe édifice métaphysique pouvant entre autres se ramener à cette proposition : je souffre, donc Dieu est. Ainsi, les *Nouveaux essais sur l'entendement humain* illustrent bien ce caractère providentiel accordé à la douleur, lorsqu'il écrit : « L'inquiétude est le principal, pour ne pas dire le seul aiguillon qui excite l'industrie et l'activité des hommes. L'auteur infiniment sage de notre être nous a donné de petites douleurs imperceptibles afin que nous jouissions de l'avantage du mal sans en avoir l'incommodité. Sans ces demi-douleurs, il n'y aurait point de plaisir et il n'y aurait pas moyen de s'apercevoir que quelque chose nous aide et nous soulage, en ôtant quelques obstacles qui nous empêchent de nous mettre à l'aise[1]. »

Si la douleur n'existait pas, il faudrait presque l'inventer tant celle-ci est utile dans l'acquisition du sens du plaisir. En contribuant à la conscience du soulagement que toute satisfaction d'un manque procure, elle est ce qui peut arriver de mieux, révélant que Dieu a vraiment organisé le monde en vue du meilleur en faisant passer à l'existence l'association plaisir-douleur. Aussi ne faut-il pas s'étonner que le providentialisme de la douleur ait acquis ses lettres de noblesse épistémologique, ainsi qu'en témoigne ce discours de Marc Antoine Petit, professeur d'opérations et de chirurgie clinique, prononcé à l'occasion de l'ouverture du cours d'anatomie et de chirurgie de l'hospice général des malades de Lyon, en 1799 : « Ah ! j'en atteste vos souvenirs, s'écrie celui-ci avec lyrisme, la douleur est le premier sentiment qui nous fait apercevoir la vie ; elle se mêle à tous les moments de sa trop courte durée et l'on dirait que la nature avait besoin de l'opposer au plaisir, comme dans l'air que nous respirons ; elle a combiné, par un art heureux, le germe empoisonné de la mort avec l'aliment de la vie. J'oserai vous montrer que la douleur est utile [...]. La douleur n'est point notre ennemie et ce fruit amer de

1. Leibniz, *Nouveaux essais sur l'entendement humain*, Paris, Garnier Flammarion, 1966, p. 140.

la nature cache le germe d'un grand bienfait ; c'est un effort salutaire, un cri de la sensibilité par lequel notre intelligence est avertie du danger qui nous menace ; c'est le tonnerre qui gronde avant de frapper ; c'est le cri du bâtiment qui menace ruine ; sentinelle vigilante, sans elle, la mort s'avancerait sur nos têtes avant que nous l'eussions soupçonnée ; amie sincère, elle nous blesse pour mieux nous servir[1]. »

La souffrance comme savoir

À côté de cette approche médicale, l'idée que la souffrance a une utilité se fonde sur une approche pédagogique. Celle-ci est double. Elle renvoie d'abord à l'idée qu'en l'absence de toute école, c'est à la douleur qu'il revient d'être la première école. C'est à elle qu'il revient de déniaiser les esprits naïfs et innocents en leur enseignant les premières bribes de la réflexion ainsi que les premiers rudiments de la maturité, grâce au choc brutal mais salutaire avec l'adversité. Là encore, le providentialisme est présent. Il faut remercier la douleur. Cette auxiliaire de l'éducation ! Car, sans elle, nous serions encore des enfants. Mieux, il faut lui demander de revenir souvent nous voir, afin de nous réveiller comme elle seule sait le faire. Car, continuellement tentés de régresser vers l'enfance, nous avons périodiquement besoin

1. Cf. Jean-Pierre Peter, *De la douleur, op. cit.*, p. 76, 115.

d'être secoués afin de revenir dans le droit chemin. De ce fait, la pédagogie du déniaisement pratiquée par la douleur trouve son complément naturel dans la pédagogie du redressement.

Tout le monde a entendu un jour les propos excédés d'une mère à bout d'arguments devant son enfant rebelle à toute discipline : « Eh bien, fais donc tes expériences. Si tu ne veux pas être éduqué, c'est la vie qui se chargera de toi. » Impossible de mieux dire. La douleur n'est pas uniquement la pédagogie d'avant la pédagogie. Elle est aussi la pédagogie de l'au-delà de la pédagogie. Quand l'éducation ne fonctionne plus, c'est vers elle que l'on se tourne comme ultime recours, en lui demandant d'être non plus le berceau et l'auxiliaire des premiers apprentissages mais le salut de la pédagogie en péril.

La souffrance comme salaire

La troisième idée qui fonde le sens de la souffrance consiste à dire que celle-ci est nécessaire pour des raisons morales et sociales. La première, la principale de ces raisons réside dans le fait de dire qu'il faut souffrir pour réparer ses fautes. Car, quand on a transgressé la loi ou commis un crime, souffrir est le seul moyen de réparer. La justification d'une telle démarche est double. La première relève d'un principe d'équilibre et de justice. Quand quelqu'un fait subir un préjudice à quelqu'un d'autre, on juge qu'il ne serait pas normal qu'il puisse continuer à vivre comme si de rien n'était. Cela voudrait dire tout simplement qu'il serait possible que l'on nuise aux autres, sans que cela ait des conséquences. Tout serait dès lors permis. Il n'y aurait plus de lois. En punissant donc et en infligeant une souffrance de manière à marquer le rappel de son existence, la loi s'efforce d'indiquer que l'on ne saurait tout faire. Fondée par principe sur des relations de réciprocité, la société exclut les relations unilatérales. Quand cependant de telles relations apparaissent, la punition se donne pour tâche de rétablir la réciprocité absente. Une telle opération a certes une valeur restauratrice. Mais elle a aussi une valeur préventive, la loi punissant avec l'idée qu'en marquant la mémoire du délinquant, celui-ci ne sera pas tenté de recommencer.

La souffrance permet de réparer une dette. Mais elle permet aussi d'acheter. La loi, là encore, est présente. Cette loi, c'est celle qui veut que l'on n'ait pas rien sans rien. Tout salaire implique un travail. Tout travail implique un salaire. Une telle loi s'inscrit dans une relation de justice consistant à lutter contre un système produisant des exploiteurs (ceux qui bénéficient d'un salaire sans travail) et des exploités (ceux qui travaillent sans avoir de salaire). Mais pas seulement. Il est frappant de constater qu'à la faveur d'un principe de justice, celle-ci a des effets symboliques non négligeables. Car, dire que tout salaire doit impliquer un travail a pour conséquence d'interdire de salaire tous ceux qui n'ont pas travaillé. Et, en revanche, dire que tout travail doit impliquer un salaire a pour conséquence de réserver un salaire à tous ceux qui ont travaillé. D'où l'apparition d'une aristocratie de travailleurs et d'êtres ayant souffert disant en substance : nous avons travaillé et souffert, l'humanité a une dette à notre égard.

Du fait de l'équivalence entre travail et salaire, le travail et la souffrance ont créé l'idée qu'il existe un crédit et un droit chez ceux qui souffrent. Ce qui a entraîné comme conséquence la volonté de souffrir pour acquérir ce crédit et ce droit. Et par là un sens singulier conféré à la souffrance : celui de pouvoir être un moyen de plus-value à côté du fait d'être un instrument de réparation.

Racheteuse, acheteuse, moyen de paiement, moyen d'escompte, la souffrance est en définitive une monnaie. Une monnaie d'échange. L'argent est, on le sait, un équivalent général des marchandises qui permet à celles-ci de s'échanger. Il y a dans la souffrance quelque chose de semblable. Car, comme échanger c'est toujours souffrir une aliénation de soi ou d'une partie de soi à l'autre, souffrir c'est toujours échanger en étant le signe de la circulation des corps à travers son aliénation. De fait, l'échange social ayant besoin de l'aliénation pour exister, celui-ci est intrinsèquement lié à la souffrance qu'il tend à légitimer soit en développant une thématique de la souffrance réparatrice (« vu les erreurs du passé, il faut en passer par là, c'est le prix à payer »), soit en développant une thématique de la souffrance libératrice (« souffrons aujourd'hui, demain nous serons récompensés ! »). C'est la raison pour laquelle la souffrance est une monnaie d'échange. Qui veut s'intégrer socialement doit se laisser aliéner en épousant la figure d'une souffrance réparatrice ou libératrice. Qui épouse la figure d'une souffrance réparatrice ou libératrice devient un être social à part entière.

La souffrance comme salut

La souffrance a un sens social et économique. Elle a aussi un sens métaphysique. Ce texte d'Ernst Jünger écrit en 1934 le montre bien :

« Il existe quelques grands critères immuables qui révèlent la valeur de l'homme. L'un d'entre eux est la douleur ; c'est la plus dure épreuve au sein de cette succession d'épreuves que l'on a coutume d'appeler la vie. C'est pourquoi une méditation sur la douleur est forcément impopulaire : pourtant, non seulement elle est en soi riche d'enseignements, mais elle éclaire aussi une série de questions qui nous préoccupent aujourd'hui. La douleur est l'une de ces clés qui ouvrent non seulement l'intimité de l'homme mais l'ensemble du monde. Si l'on s'approche du point où l'homme se montre à la hauteur de la douleur ou même supérieur à elle, on accède aux sources de sa puissance et au secret qui se cache derrière sa domination. Dis-moi quel est ton rapport à la douleur, je te dirai qui tu es ! [...] Lorsque aucune valeur ne résiste, le mouvement en direction de la douleur conserve une étonnante valeur de signe ; en lui se trahit l'empreinte négative d'une structure métaphysique[1]. »

Ce texte d'Ernst Jünger est sans ambiguïté. La souffrance est nécessaire. Pour que l'homme puisse se dépasser. Se transfigurer. Passer, en un mot, du stade d'homme au stade de surhomme. Et ce pour s'arracher à la pesanteur des choses. Curieusement on retrouve une thématique semblable chez Simone Weil, formulée de façon mystique et non nietzschienne. Dans *La pesanteur et la grâce*, celle-ci rappelle que, comme la réalité que connaît l'humanité est un non-être du fait de l'ego des hommes, c'est par ce non-être qu'est le malheur qu'on en vient à se détacher d'un tel non-être. « Dieu s'est vidé de sa divinité, écrit-elle. Nous devons nous vider de la fausse divinité avec laquelle nous sommes nés. Une fois qu'on a compris qu'on n'est rien, le but de tous les efforts est de devenir rien. C'est à cette fin qu'on souffre avec acceptation, c'est à cette fin qu'on agit, c'est à cette fin qu'on prie. Mon Dieu, accordez-moi de devenir rien. À mesure que je deviens rien, Dieu s'aime à travers moi. [...] Il faut se déraciner. Couper l'arbre et en faire une croix, et ensuite la por-

1. Ernst Jünger, *Sur la douleur*, trad. J. Hervier, Nantes, Le Passeur, 1994, p. 18, 76.

ter tous les jours. [...] S'il n'y avait pas de malheur en ce monde, nous pourrions nous croire au paradis[1]. »

La souffrance a un sens métaphysique de par la capacité qui est la sienne de compenser par son non-être un déficit ontologique primordial inhérent à la condition humaine. Incontestablement nécessaire, il serait cependant erroné de voir en elle quelque chose de purement malheureux. Car, c'est elle qui nous fait apprécier l'existence. Sans souffrance, aurions-nous une conscience du prix des choses ? Non. Nous apprenons la valeur de la vie grâce à la force de contraste que la souffrance peut nous procurer. Tout comme dans un tableau, l'ombre met en relief la lumière, la souffrance fait ressortir la valeur. Aussi convient-il quelque part de bénir l'état de notre condition pécheresse. Car, sans elle, nous n'apprécierions pas autant les progrès que nous pouvons réaliser contre elle. *Felix culpa !*

On remarquera la rigueur du raisonnement. La circularité est parfaite. En favorisant son contraire, la souffrance se transfigure elle-même. On comprend dès lors que l'on ait pu soutenir qu'elle grandit l'homme, celle-ci étant l'instrument de son propre dépassement en vertu d'un mécanisme d'autocompensation. Comme on comprend que l'on ait pu voir en elle un principe métaphysique,

1. Simone Weil, *La pesanteur et la grâce*, Paris, Plon, 1991, p. 44, 50, 96.

souffrir activant, à travers une dynamique d'autodépassement, un mouvement d'autotranscendance. Ce qui ne laisse pas néanmoins d'interroger.

L'assimilation, en effet, de la souffrance à un signe, à un savoir, à un salaire ou à un salut a une efficacité certaine. La preuve nous en est donnée par le fait que c'est ainsi qu'elle est le plus couramment vécue. Il n'en demeure pas moins, cependant, qu'une telle efficacité ne doit pas nous abuser. Car, elle possède un envers pour le moins problématique. C'est le moins qu'on puisse dire.

1. LES DÉRIVES DE LA SOUFFRANCE-SIGNE

La médecine a fait un progrès considérable le jour où avec Hippocrate elle a envisagé la douleur comme un langage. Avec le monde moderne, et en particulier l'avènement de la psychanalyse, cette approche de la souffrance comme langage s'est encore précisée. Il est devenu courant d'entendre dire que l'on ne souffre pas par hasard. La souffrance est un signe.

S'il ne saurait être question de revenir sur la pertinence d'une telle approche dont les progrès qu'elle a pu engendrer témoignent pour elle, on peut néanmoins s'interroger sur ses limites. Tout est-il toujours langage dans la douleur ? N'y a-t-il pas en elle au contraire quelque chose de rebelle à l'égard de la parole ? N'est-ce pas en respectant son caractère intraduisible que l'on demeure au plus près de ce qu'elle peut être ? La question se pose aujourd'hui avec acuité. Aussi importe-t-il de l'examiner.

La souffrance comme signe et la souffrance comme sens

Avant tout, s'il est vrai que la douleur physique est un signe témoignant de la capacité propre au corps d'avertir par un cri, des larmes ou une perte de connaissance, ce qu'il peut endurer, un signe n'est pas pour autant un sens.

Un signe est le support d'un sens. C'est par définition un outil renvoyant à autre chose qu'à lui-même. Aussi n'a-t-il pas de sens en tant que tel. Comme l'a montré Ferdinand de Saussure, celui-ci n'a de sens que par rapport à une convention décidant que tel signe renvoie à tel sens[1].

Un signe de ce fait n'a de sens que par rapport à un contexte, ce contexte étant essentiellement constitué par l'émetteur capable de produire ce signe et le récepteur capable de l'interpréter.

Par opposition au signe, le sens, lui, n'est pas un support, mais une intention se déployant dans un discours. Le sens, par là même, est rapport à elle-même d'une intention capable de traduire ce

1. Ferdinand de Saussure, *Cours de linguistique générale*, Paris, Payot, 1975, p. 100.

qu'elle est. Comme intention faite langage, il est intention réalisée. D'où sa différence avec le signe. Si le signe appelle l'interprétation, le sens la réalise.

La souffrance est toujours signe. Elle est rarement sens. Elle n'est pas sens, car il existe toujours une résistance à sa traduction dans un langage. Si on pouvait la traduire, cela voudrait dire qu'il est possible de posséder une intelligibilité totale du sujet souffrant. Or, est-ce le cas ? Manifestement non. La nature comme le corps nous échappent encore. Entre eux et nous subsiste un fossé. Nous ne les comprenons pas comme ils se comprennent. L'origine de bien des maladies comme de nombreux virus demeure inconnue. En outre, quand on parvient à les cerner, on maîtrise mal leur développement et avec celui-ci les souffrances qu'ils peuvent entraîner. Douée d'une vie propre, une souffrance ressemble souvent à certaines rivières. Celle-ci est pleine d'apparitions, de disparitions et de résurgences. Il y a entre elle ainsi que le sujet souffrant et son environnement un va-et-vient difficile à saisir.

Le caractère intraduisible de la souffrance

La souffrance est d'autant plus mouvante et insaisissable qu'il n'est guère évident de dire où commencent et où finissent l'âme et le corps, où commencent et où finissent également le sujet et son environnement. Car, nous savons désormais qu'une maladie du corps finit toujours par avoir à la longue des conséquences psychologiques et sociales, et, à l'inverse, qu'un désordre psychologique et social finit toujours par se métaphoriser dans le corps sous une forme ou sous une autre. Ne maîtrisant de ce fait ni l'origine ni la destination de la souffrance, nous ne pouvons qu'en fixer des séquences et des intervalles donnant à lire des signes. Et à travers la lecture de ces signes, nous ne pouvons que capter des phénomènes complexes faisant converger la métaphorisation d'un désordre somatique et la métaphorisation d'un désordre psychique ou social.

Si la souffrance est difficile à traduire du fait de cette complexité, elle est aussi difficile à traduire du fait du sujet souffrant lui-même. Car, comment traduire ce qu'un sujet ressent et le comprendre comme il se comprend ? N'y a-t-il pas un fossé entre soi et l'autre faisant que l'autre est l'autre précisément et pas soi ? N'est-ce pas au détriment de graves méprises que l'on fait dire à celui-ci ce que celui-ci ne dit pas ?

Il convient donc de se rendre à cette conclusion : il y a dans la souffrance quelque chose qui échappe au sens, qui résiste à la traduction, et ce du fait de la distance qui nous sépare d'un savoir assuré de l'autre, du corps et de la vie. Aussi est-ce Paul Ricœur qui a raison. La souffrance jaillit d'un rapport à l'altérité, et c'est par l'altérité qu'elle se résout. Si elle signifie, ce n'est pas tant parce qu'elle délivre un message que parce qu'elle est un appel à l'autre faisant face à une altération. « La souffrance ne se borne pas à être, écrit Paul Ricœur, mais à être en excès. Souffrir, c'est toujours souffrir de trop. Le paradoxe dès lors du rapport à autrui est là, mis à nu. D'un côté, c'est moi qui souffre et pas l'autre, nos places sont insubstituables ; d'un autre côté, malgré tout, en dépit de la séparation, la souffrance exhalée dans la plainte est appel à l'autre, demande impossible à combler, peut-être, d'un souffrir avec sans réserve[1]. »

Entre la souffrance comme sens et la souffrance comme appel, il y a deux mondes. D'un côté, il y a le monde de la science, monde sourd par définition à l'appel, parce que préoccupé de réduire le signe au sens en faisant de la souffrance un objet, sans tenir compte du sujet. De l'autre, il y a le monde de l'intersubjectivité, dans lequel il n'est jamais question de réduire le signe au sens, et ce, afin de restituer au sujet souffrant sa pleine dimension de sujet. Ainsi que l'a montré Michel Foucault dans *Naissance de la clinique*, cette différence s'est fait jour avec l'apparition de la clinique face à l'hôpital : « À l'hôpital, écrit-il, on a affaire à des individus qui sont indifféremment porteurs d'une maladie ou d'une autre ; le rôle du médecin est de découvrir la maladie dans le

1. Paul Ricœur, « La souffrance n'est pas la douleur », dans *Souffrances*, sous la dir. de Jean-Marie Koessel, Paris, Autrement, 1994, p. 68.

malade ; et cette intériorité de la maladie fait qu'elle est souvent enfouie dans le malade, cachée en lui comme un cryptogramme. À la clinique, on a affaire inversement à des maladies dont le porteur est indifférent : ce qui est présent, c'est la maladie elle-même, dans le corps qui lui est propre et qui n'est pas celui du malade, mais celui de sa vérité [...] le malade est seulement ce à travers quoi un texte est donné à lire, parfois compliqué et brouillé. À l'hôpital, le malade est sujet de sa maladie ; c'est-à-dire qu'il s'agit d'un cas ; à la clinique, où il n'est question que d'exemple, le malade est l'accident de sa maladie, l'objet transitoire dont elle s'est emparée[1]. »

Face à la souffrance la science est victime de la science. Loin de se désintéresser de celle-ci, elle s'y intéresse, mais d'une façon telle qu'en se penchant sur elle, en fait, elle la nie, en transformant le patient en exemple, en objet d'un regard pour un diagnostic. Par le fait de trouver la maladie « intéressante », la clinique fait disparaître la souffrance.

On pourrait se dire qu'après tout cela n'est pas si grave, puisqu'une telle objectivation a favorisé des progrès spectaculaires. En fait, ce n'est pas si simple. Car, c'est précisément le fait de poser le problème en ces termes qui a eu de graves conséquences.

1. Michel Foucault, *Naissance de la clinique,* Paris, P.U.F., 1975, p. 59.

Quand la raison médicale justifie la guerre

L'un des grands arguments pour justifier la guerre dans la modernité ne réside plus dans la théologie, comme jadis, qui voyait en celle-ci une lutte du bien contre le mal dans la perspective du salut, mais dans le progrès, cette version laïque du salut. On avance ainsi fréquemment les progrès réalisés par la médecine au cours des guerres, comme les guerres napoléoniennes, par exemple, afin de blanchir celles-ci. Que la guerre ait servi de laboratoire du progrès, nul ne saurait le contester. Mais que l'on se serve des effets de la guerre pour justifier la guerre est un fait tout aussi réel qui devrait nous alerter. Les justifications abstraites de la guerre se construisent toutes sur le sophisme consistant à dire que, puisque cette catastrophe qu'est la guerre a obligé les hommes à déployer des trésors d'ingéniosité pour tenter de réparer les dégâts causés par celle-ci, il convient de remercier la guerre d'exister. Curieux raisonnement ! Car, si les hommes n'avaient pas d'ingéniosité, comment viendraient-ils à bout des dégâts occasionnés par les guerres ? À l'évidence, entre la violence et l'intelligence, les défenseurs des guerres ont fait leur choix. Leur respect pour la violence est inversement proportionnel à leur respect pour l'intelligence. Quelle tête ferait-on si, lors d'un incendie où des pompiers se sont distingués par leur courage pour éteindre le feu, on décorait le pyromane qui a incendié la maison ? On se récrierait et on aurait raison. En ce qui concerne la guerre, tel n'est pas le cas. Pourquoi ? Parce que nous vivons sous la férule d'une logique de la violence se servant du progrès comme alibi. Par le passé, la religion a souvent servi d'alibi à la violence. Par le présent, c'est à la science et au progrès que revient le soin d'assurer cette tâche. Il n'y a pas si longtemps que cela, le sinistre docteur Mengele a utilisé l'alibi de la médecine pour maquiller une pratique inédite du sadisme et de la torture sur les déportés des camps de concentration de la Seconde Guerre mondiale.

2. LES ERRANCES DE LA PÉDAGOGIE DE LA DOULEUR

Si la souffrance est, par l'un de ses sens, considérée comme un langage, elle est aussi considérée comme ayant une valeur pédagogique. On apprend, dit-on, en « souffrant ». En rencontrant ses limites à travers l'épreuve de la confrontation avec le réel. Dans cette perspective, on a tendance à considérer comme étant adulte celui ou celle qui a « souffert ». On considère, en revanche, comme étant encore un enfant celui ou celle qui n'a pas souffert. L'adulte qui a souffert connaît ses limites et a renoncé à ses illusions. Ce qui n'est pas le cas de l'enfant. D'où le côté adulte de l'adulte.

Quand la souffrance est ainsi envisagée comme

étant l'épreuve des limites, il paraît difficile de contester sa valeur et l'on comprend que beaucoup de ceux ou de celles qui ont traversé certaines épreuves aient pu dire et disent encore que leurs épreuves leur ont été salutaires. Ils se croyaient sans limites. La vie leur a appris le contraire et, leur enseignant ainsi qu'ils ne sont pas tout et donc pas des dieux, elle les a fait déboucher sur une vie réelle ainsi que sur leur humanité véritable. Peut-on cependant en rester là ? N'y a-t-il que dans la douleur que l'on puisse apprendre ? La souffrance n'est-elle pas parfois ce qui empêche d'apprendre ? Il importe que l'on revienne sur la valeur pédagogique de la souffrance.

Ce qu'apprendre veut dire

Apprendre, on le sait, met en présence un sujet et un savoir véhiculé par une culture. Tout le but de l'acte d'apprendre consiste à réduire cet écart afin de faire de la chose à savoir une chose sue. Ce qui ne va pas de soi. Car, pour celui qui apprend cela lui demande de s'aliéner. De devenir autre, en laissant l'altérité d'un discours étranger venir l'habiter.

Généralement, cette intrusion d'un discours étranger en soi provoquant une forme de rupture avec soi se passe bien. Car, elle est vécue sur le mode d'un enrichissement brisant l'enfermement autistique sur soi. Apprendre est source de joie, car, apprendre introduit de la nouveauté, élargit l'horizon et libère un langage.

Cette intrusion de l'autre se passe mal en revanche quand, refusant de rompre avec soi, on demeure figé en soi. Il faudra, alors, faire un effort pour apprendre. Prendre sur soi.

Ainsi, apprendre, c'est sortir de soi. Dans cette sortie de soi, il n'y a pas effort *ou* plaisir, mais effort *et* plaisir. Les deux allant toujours de pair. La contrainte de l'effort pour sortir de soi est toujours compensée par le plaisir du dépaysement que le savoir procure.

Les pédagogies se trompent quand elles ne parlent que d'effort ou que de plaisir. S'agissant du plaisir, les pédagogies dites douces, qui nous expliquent qu'il faut bannir l'effort, masquent un refus d'enseigner derrière une complaisance démagogique envers la paresse de ceux à qui il conviendrait d'apprendre à résister à eux-mêmes, au lieu de les laisser errer en les livrant à eux-mêmes. S'agissant des pédagogies dites dures, qui nous expliquent qu'il faut bannir le plaisir, elles masquent elles aussi un refus d'enseigner derrière la complaisance à lui-même d'un enseignant abusant de son pouvoir pour se défouler, sans tenir aucun compte de ceux qui lui font face. De fait, il ne peut y avoir que du plaisir ou que de l'effort en matière de pédagogie, car, procéder de la sorte, c'est agir avec passion, en oubliant qu'enseigner c'est résister. À soi. À ceux que l'on enseigne. À la matière que l'on enseigne. Il faut marier plaisir et effort. Car, la vérité de la pédagogie est qu'on apprend toujours.

Apprendre, c'est assurément aller contre soi. Dépasser sa paresse naturelle. Oublier son égoïsme viscéral pour aller vers l'autre. Pour s'intéresser à autre chose qu'à soi. C'est donc cesser de faire ce que l'on veut pour accepter la règle de l'autre et se plier à cette règle. Mais apprendre, c'est aussi, non pas se conformer à l'autre, mais l'épouser, le revivre de l'intérieur. En le pénétrant. En se laissant envahir soi-même. Cela s'appelle sentir, vivre, épouser ce que l'on apprend. C'est alors qu'en devenant intimement l'autre, on s'enrichit de l'autre en connaissant la joie du dépaysement et de la nouveauté. L'effort est la préparation de la joie d'apprendre et la joie est l'accomplissement de l'effort d'apprendre. L'effort étant préparation à une joie d'apprendre, il y a une joie de l'effort. Et l'accomplissement étant l'accomplissement de l'effort d'apprendre, il y a une exigence de la joie. L'effort comme la joie ne sont donc jamais fermés, l'un étant préparation, promesse, et l'autre exigence. D'où l'effort de l'effort pour être plus joyeux et la joie de la joie d'être toujours plus haute.

Les pédagogies réussies sont toujours celles qui font vivre cette fine dialectique. Quand elles y parviennent, elles mettent les esprits en état de savoir par le fait de vivre le savoir. Ce qui n'est pas le cas des pédagogies de la douleur. Celles-ci sont des échecs. Car, quand on apprend dans la douleur, on conserve la haine d'apprendre. Si elles étaient des pédagogies et, qui plus est des pédagogies de l'effort, elles croiraient qu'il y a quelque chose à apprendre. Elles penseraient qu'il est possible d'apprendre et de s'éduquer. Elles imagineraient qu'il peut exister une joie d'apprendre. Or, fondamentalement, les pédagogies de la douleur nient qu'il y ait quelque chose à apprendre. Elles refusent que les hommes puissent être perfectibles. Elles rejettent qu'il puisse y avoir une joie d'apprendre et une joie tout court. Car, elles sont nihilistes. Elles n'ont aucune confiance en l'homme et encore moins en une joie possible. Leur pratique même de la douleur en est la preuve. Si elles croyaient au savoir, en l'homme, en la joie d'apprendre, elles s'y prendraient autrement. Ce qu'elles ne font pas. Et pour cause ! C'est la violence qui les préoccupe. C'est en elle qu'elles croient. Aussi se servent-elles de la pédagogie comme d'un alibi afin de rendre la violence présentable. Les dictatures à cet égard sont éloquentes. Elles ont toujours eu recours à la caution de l'éducation pour justifier leur violence présentée comme méthode de rééducation de l'humanité.

Les limites de l'orthopédie

Il importe de ce fait de revenir sur l'orthopédie, cette pédagogie du redressement. Apprendre, on le sait, c'est se disposer à apprendre. Apprendre, c'est parfois aussi devoir réapprendre. Tant il est vrai que le parcours humain en cette matière est non pas droit mais courbe et sinueux. Quand c'est le cas, redresser ce qui est courbe en restituant, par exemple, un adolescent en situation de régression dans son devenir adulte, c'est ce que fait tout éducateur responsable en usant de son autorité.

Il est clair que l'orthopédie suit toujours une norme. Cette norme est, en général, celle de l'individu vivant capable d'autonomie. Quand, donc, elle impose un moule, ce n'est pas pour conformer les individus à un modèle, mais pour leur éviter d'être les prisonniers de contraintes et de handicaps. Les dictatures du XXe siècle ont beaucoup abusé de l'orthopédie, non pas pour libérer mais pour normer. En forgeant l'image d'une humanité déviée qu'il fallait ramener dans le droit chemin, elles se sont donné la justification dont elles avaient besoin pour pouvoir imposer le modèle d'un individu type et réduire ainsi l'humanité à ce modèle.

Il convient dès lors de prendre quelque recul avec la pédagogie de la douleur dont le credo réside dans le fait de répéter que l'humanité se redresse et grandit dans l'épreuve. Ce ne sont pas les épreuves qui grandissent l'homme, mais la force qui est en lui afin de les surmonter qui le grandit. Le plus souvent, les épreuves abaissent les hommes en les rendant tristes, méfiants, voire haineux. Si la sagesse devait se mesurer à la quantité d'épreuves que l'on est capable de subir, l'humanité devrait être sage depuis longtemps. Ce qui n'est pas le cas. L'expérience montre que plus il y a d'épreuves, plus on s'enfonce dans l'épreuve.

Et plus on s'enfonce dans l'épreuve, plus on a l'esprit et la mémoire davantage encombrés que délivrés par le fardeau que l'on porte. Il faut avoir bien peu d'amour de l'humanité pour penser que c'est en se brisant qu'une vie progresse. Il faut aussi avoir bien peu de respect de la pensée et de la culture pour confier à la douleur le soin d'éduquer les esprits. Démocrite disait que « ce qui instruit les sots, ce n'est pas la parole mais le malheur[1] ». La haine de la pensée n'est pas une invention récente. La haine de la joie aussi d'ailleurs. Les deux allant de pair. Tant il est vrai que c'est avoir le sens de la joie que d'avoir le sens de la pensée, comme c'est avoir le sens de la pensée que d'avoir le sens de la joie. N'est-ce pas la pensée qui nous apprend que l'on peut faire l'économie de la douleur ? Et l'économie de la douleur qui nous fait découvrir la pensée ?

Il y a à la base de l'idée que l'épreuve grandit l'homme une confusion sur les termes. On entend par épreuve un contact douloureux avec l'adversité en oubliant que épreuve veut dire vérification, c'est-à-dire confirmation par une expérience ou un ordre hors de soi de l'idée que l'on avait en soi

1. Démocrite, *Fragments*, dans *Les penseurs grecs avant Socrate*, trad. Jean Voilquin, Paris, Garnier Flammarion, 1985, § 199, p. 181.

sous forme de supposition. D'où la nécessité de marquer un écart entre ces deux épreuves. Ainsi, il y a épreuve au sens de douleur quand il n'y a pas d'épreuve au sens de vérification et de confirmation. À l'inverse, il y a épreuve au sens de confirmation, quand il n'y a plus d'épreuve au sens de douleur. De sorte que l'épreuve qui fortifie n'est pas celle que l'on croit. Celle-ci procède de l'absence de douleur et non de la douleur. On est fortifié par l'épreuve quand on est vérifié par notre dialogue avec l'existence. On est dans la douleur au contraire quand on cesse d'être vérifié par un tel dialogue.

L'histoire du XXe siècle nous a montré que, dans les périodes de crise, la tentation était grande de se tourner vers la violence et non vers la culture ou la pensée pour y trouver une solution. Le culte de la douleur et la valeur pédagogique qu'on a l'habitude de lui attribuer procèdent du même geste. Quand on est las, désespéré ou vide, la tentation est grande de se tourner vers la souffrance comme moyen de salut. Dans son *Histoire de la douleur*[1], Roselyne Rey relate qu'avant la guerre un écrivain-journaliste du nom de Julien Teppe a fondé une revue intitulée *La revue doloriste*, après avoir publié coup sur coup, en 1935, *L'apologie de la douleur ou le manifeste de l'anormal* et, en 1937, *La dictature de la douleur*. Contre les bien-pensants qu'il trouvait avachis, il prôna les saines valeurs de

1. Roselyne Rey, *Histoire de la douleur, op. cit.*, p. 375.

la douleur, seule capable, selon lui, de réveiller les peuples endormis dans la décadence, en proposant cette nouvelle version du cogito cartésien qui se passe de tout commentaire : Je souffre donc je suis !

3. LES JEUX PERVERS AVEC LA LOI

Si la souffrance a la signification théorique d'être un signe ou un outil d'apprentissage, elle a aussi un sens pratique. Sous la forme d'un moyen de payer ses dettes et de réparer ainsi ses fautes ou d'acheter un bien à venir, celle-ci est une monnaie d'échange. D'où son importance stratégique au sein de l'économie générale des échanges. Quand l'échange social a été brisé par la transgression de la loi, c'est au fait de « subir » une punition, pour celui qui a commis une faute, que l'on demande de venir réparer le dommage qui a été causé. Quand il s'agit de fonder un réseau d'échanges qui n'existe pas encore, c'est sur l'engagement, l'effort, le sacrifice de soi, qu'un tel réseau vient à se fonder. De sorte que la souffrance joue un double rôle au sein des échanges sociaux : un rôle de restauration et un rôle d'instauration de l'échange social à travers le fait de « payer de sa personne ». Car, fondamentalement, tout est là. Si la souffrance joue ainsi un tel rôle au sein des échanges humains, c'est que ceux-ci prennent toute leur valeur de l'engagement que les acteurs sociaux sont capables de consentir. Quelqu'un devient crédible dans l'espace des échanges quand manifestement il paye de sa personne en mettant le poids de sa vie sur la balance.

Cette idée qu'un être social est un être capable de payer de sa personne d'une façon ou d'une autre est au fondement de nos relations. C'est elle que l'on trouve au cœur des mécanismes de réciprocité que Marcel Mauss a analysés dans son *Essai sur le don.* C'est elle que l'on retrouve encore dans l'idée d'une valeur compensatrice ou rédemptrice de la souffrance, cette idée étant, nous semble-t-il, davantage une idée politico-juridique qu'une idée mystique. Cela suffit-il pour donner du sens à la souffrance ? La tradition religieuse et philosophique occidentale, on le sait, l'a fortement pensé et le pense encore. Il semble qu'il faille limiter une telle orientation. Car, si une telle signification de la souffrance a fortement contribué à socialiser les hommes comme la souffrance, elle a aussi fortement contribué à faire souffrir et à justifier la violence au nom de l'échange social, en pensant l'édification sociale sur la base du sacrifice de soi. D'où l'importance de revenir sur le sens de la punition, du travail et des échanges en général.

Les limites de la punition

Si on ne saurait remettre en question le fait que le crime ne doit pas rester impuni, il n'en demeure pas moins qu'une chose est de punir, une autre de s'acharner sur un coupable et de le faire souffrir. Car, quand on s'acharne sur un coupable, on ne punit plus. On se sert de la punition pour commettre un crime en toute impunité sur le dos d'un coupable. C'est la raison pour laquelle la loi punit la vengeance autant que le crime, la vengeance étant d'ailleurs souvent bien plus grave que le crime. Car, si le crime est une transgression de la loi, la vengeance est ce qui s'abrite derrière la loi pour commettre un crime. Ce qui aboutit à détruire la loi tout en ouvrant la voie à une violence sans fin, celle-ci n'ayant plus désormais de loi en face d'elle. On comprend donc que dans la Bible il soit dit que celui qui tuera Caïn, le meurtrier d'Abel, sera vengé sept fois (Genèse, IV, 16). Comme on comprend que, dans l'*Antigone* de Sophocle, Tirésias conseille à Créon de ne pas s'acharner sur Polynice : « Entêtement se condamne à maladresse, dit-il à Créon. Allons, cède au mort, ne persécute pas un cadavre. Un mort n'a pas besoin d'être tué deux fois[1]. »

Il y a des manières de punir qui ne sont pas des punitions mais des crimes. Quand celles-ci apparaissent, elles utilisent toujours la souffrance en proclamant qu'un criminel doit souffrir autant qu'il a fait souffrir. D'où la nécessité de se méfier du sens de la souffrance. Dans *La généalogie de la morale,* Nietzsche a bien fait apparaître comment

1. Sophocle, *Antigone,* trad. R. Pignarre, Paris, Garnier Flammarion, 1981, v. 1032, p. 93.

toute une pratique du châtiment n'avait pas fait autre chose qu'utiliser l'idée de vengeance afin de permettre à la cruauté de se déployer en toute impunité. « Rendons-nous compte de la logique qu'il y a dans cette forme de compensation, écrit-il, elle est assez étrange. Voici en quoi consiste l'équivalence : aux lieu et place d'un avantage qui compense directement le dommage causé [...] il est accordé au créancier une sorte de satisfaction en manière de remboursement et de compensation — la satisfaction d'exercer, en toute sécurité, sa puissance sur un être réduit à l'impuissance, la volupté de "faire le mal pour le plaisir de le faire", la jouissance de tyranniser. Et cette jouissance est d'autant plus vive que le rang du créancier sur l'échelle sociale est plus bas et que sa condition est plus humble [...] Grâce au châtiment infligé au débiteur, le créancier prend part au droit des maîtres. Il finit aussi par goûter le sentiment ennoblissant de pouvoir mépriser et maltraiter un être comme quelque chose qui est au-dessous de lui ou, du moins, dans la mesure où le vrai pouvoir délègue son autorité, de voir mépriser et maltraiter cet être. La compensation consiste donc en une assignation et un droit à la cruauté [1]. »

1. Nietzsche, *La généalogie de la morale*, trad. Henri Albert, Paris, Gallimard, 1972, p. 87-88.

Souffrance et pouvoir

Vengeance et pouvoir sont liés. Pouvoir et droit de faire souffrir sont inséparables. Tant il est vrai que le pouvoir jouit de lui-même et se représente ce qu'il est en faisant souffrir et que faire souffrir confère une forme de supériorité. Ainsi que l'a montré Michel Foucault, la monarchie absolue ne s'y est pas trompée, en faisant du supplice un rituel destiné non pas à punir mais à montrer son pouvoir à travers la punition. « Le supplice, écrit-il, a une fonction juridico-politique. Il s'agit d'un cérémonial pour reconstituer la souveraineté un instant blessée [...]. Son but est moins de rétablir un équilibre que de faire jouer, jusqu'à son point extrême, la dissymétrie entre le sujet qui a osé violer la loi, et le souverain tout-puissant qui fait valoir sa force. Si la réparation du dommage privé occasionné par le délit doit être bien proportionnée, si la sentence doit être équitable, l'exécution de la peine est faite non pas pour donner le spectacle de la mesure, mais celui du déséquilibre et de l'excès ; il doit y avoir, dans cette liturgie de la peine, une affirmation emphatique du pouvoir et de sa supériorité intrinsèque [...] rendre sensible à tous, sur le corps du criminel, la présence déchaînée du souverain. Le supplice ne rétablissait pas la justice ; il réactivait le pouvoir[1]. »

1. Michel Foucault, *Surveiller et punir*, Paris, Gallimard, 1976, p. 52-53.

Nietzsche n'a donc pas eu tort de le souligner : l'esprit de cruauté est au fond du pouvoir dans ce que celui-ci peut avoir de violent. D'où l'idéologie proclamant qu'il faut souffrir. Idée pas simplement pédagogique mais politique. Et pour cause ! Quand la souffrance est un bien, comment ne pas logiquement en conclure que ce qui fait souffrir est le bien même ? Et quand ce qui fait souffrir est le bien même, comment ne pas apercevoir que la violence et la tyrannie sont elles aussi des biens ?

L'idéologie de la souffrance bénéfique n'a pas fait que servir la justification des violents en contribuant à propager la fiction du tyran bienfaiteur et du bourreau innocent. Elle a aussi contribué à diffuser une autre fiction : celle de la victime coupable, fiction inséparable de la première. Un sorcier africain faisait remarquer que, dans sa tribu, lorsque quelqu'un était victime d'une agression, pour éviter que cette victime ne se révolte et ne désagrège ainsi l'unité de la tribu, il lui racontait toujours que celle-ci avait subi une agression pour ses fautes commises dans une vie antérieure. On ne saurait mieux dire. Selon René Girard, les pouvoirs autoritaires et violents ont toujours eu recours à la fiction de la victime coupable pour justifier la violence qu'ils exerçaient et la mettre ainsi sur le compte d'une victime. « La conjonction perpétuelle dans les mythes d'une victime très coupable et d'une conclusion simultanément violente et libératrice, écrit-il dans *Le bouc émissaire,* ne peut s'expliquer que par la force extrême du mécanisme de bouc émissaire. Cette hypothèse résout l'énigme centrale de toute mythologie : l'ordre absent ou compromis par le bouc émissaire se rétablit ou s'établit par l'entremise de celui qui l'a d'abord troublé [...]. Il est pensable qu'une victime passe pour responsable des malheurs publics[1]. »

Au XXᵉ siècle, lorsqu'il s'est agi d'exterminer les juifs, les nazis ne s'y sont pas pris autrement. Ils ont inventé la fiction de la victime coupable afin d'apparaître comme les bourreaux innocents. Ce qu'Edmond Jabès a fort bien résumé dans *Le livre des questions* en écrivant : « Être juif, c'est avoir à justifier de l'existence[2]. » Cri de vérité. Qui veut tuer son chien l'accuse de la rage, est-il dit. Quand on veut se débarrasser de quelqu'un, on l'accuse du crime que l'on commet contre lui. Les nazis, pour se débarrasser des juifs, en ont fait des coupables ontologiques.

On prétend souvent que c'est le christianisme qui aurait inventé l'idée de la victime coupable. En réalité, c'est la dérive d'un christianisme mystifiant qui en est la cause. Car, si l'on se reporte aux textes de la Bible, jamais il n'est question d'homme ontologiquement coupable, mais simplement d'homme historiquement coupable. Ce qui n'est pas la même chose. Originellement, il n'y

1. René Girard, *Le bouc émissaire*, Paris, Grasset, 1982, p. 64.
2. Edmond Jabès, *Le livre des questions*, Paris, Gallimard, 1988, t. I, p. 77.

a pas de péché, mais un état dit « adamique », dans lequel l'homme n'est coupable de rien, l'existence étant jugée bonne par Dieu. En outre, quand l'homme est dit être coupable de quelque chose, ce n'est pas un homme qui n'a rien fait, mais un homme qui a porté atteinte au fondement même de la morale, par le fait d'avoir voulu s'approprier celle-ci, c'est-à-dire faire « sa » morale et donc instaurer la « loi de la jungle » où chacun fait sa loi. Fondamentalement, le texte biblique est un texte de résistance face à tout ce qui pourrait de près ou de loin favoriser l'idée d'une victime coupable. Ce qui a comme conséquence une idée différente du salut. Dans une optique mythique liée à la violence, il importe de souffrir pour être sauvé. Et comme il importe de souffrir, il devient nécessaire d'en passer par un pouvoir violent rééduquant l'humanité dans la souffrance. Dans la version biblique du salut, le salut passe par le fait de mettre fin au salut par la souffrance en en terminant avec les pouvoirs violents et leur idéologie de la victime coupable. Quand il est demandé de souffrir, la seule chose qui est demandée réside dans le fait de « souffrir » de ne plus avoir à passer par la souffrance et la violence pour construire le monde des hommes. Ce qui, il est vrai, est beaucoup demander, tant la violence fascine.

Les limites de l'échange social

S'il n'est pas choquant de punir afin de rétablir la loi, il ne l'est pas de demander un travail, un effort ou un signe quelconque en échange d'un salaire ou d'une récompense. Cela procède de la même idée selon laquelle il serait injuste qu'un crime demeurât impuni. Un délit appelle la sanction d'une peine, comme un travail appelle la sanction d'un salaire. Ainsi, un héros, un acteur, un sportif, un génie ou un savant sont reconnus en vertu de leurs exploits, de leurs performances ou de leurs travaux. Et personne n'y trouve à redire. La célébrité qui est la leur n'est pas l'effet d'un privilège, mais d'un engagement et d'un don de leur part. On leur concède à un moment donné une forme de supériorité, parce que l'on juge qu'ils ont su servir. Quand, donc, la société les célèbre, il s'agit là d'un juste retour des choses. Par l'honneur qu'elle leur fait, celle-ci exprime sa dette à leur égard. En ce sens, il est erroné de penser qu'une société se fonde uniquement sur la punition. Celle-ci se fonde bien davantage sur un mécanisme de dette symbolique qui consiste, pour celle-ci, non pas tant à se faire reconnaître par ceux qui en transgressent les limites qu'à reconnaître ceux qui la dynamisent.

Le propre de la culture n'est donc pas d'avoir inventé la punition, même s'il s'avère qu'elle a inventé celle-ci, mais la dette symbolique. En inventant une telle dette, celle-ci a fait apparaître qu'il était possible qu'existât une contrainte sociale non pas répressive mais créatrice. Ainsi que le dit joliment l'expression que l'on emploie trop peu : on peut « s'obliger » les uns les autres. On peut, autrement dit, vivre les uns avec les autres dans une atmosphère de prévenance réciproque, par des services rendus mutuellement. Quand c'est le cas, on atteint l'état même de civilisation qui réside dans le fait d'être si prévenants les uns à l'égard des autres que la punition s'avère être inutile.

S'il existe une relation de prévenance réciproque entre une société et les créateurs qui la dynamisent, il arrive que cette relation soit détournée. Ainsi, il y a, il ne faut pas le nier, un conflit entre les créateurs d'une société et cette même société, dans lequel, tour à tour, ceux-ci comme la société usent de la souffrance. De ce fait, les créateurs ont tendance à dire : « J'ai souffert par mon travail, je souffre le public, donc j'ai des droits. » À quoi le public a tendance à répondre : « Nous souffrons de ne pas être des créateurs, nous souffrons ces mêmes créateurs, donc nous avons des droits. »

Qui manipule qui ? En fait, tout le monde manipule tout le monde. Car, chacun dans cette relation tend à se faire la victime de l'autre afin de devenir son bourreau innocent sur un mode symbolique. À l'évidence, cette structure opère fort bien dans la culture et, en particulier, dans le star-system du cinéma et de la musique où acteurs et chanteurs sont à la fois les victimes d'un public qui les dévore et les bourreaux de ce même public. Mais elle opère aussi dans des domaines comme le sport. Visible, palpable, la souffrance pousse à son paroxysme un jeu de manipulation entre sportifs et public où chacun de ces deux termes est tour à tour bourreau et victime. Ainsi, certains sportifs deviennent les victimes de leur public en souffrant pour celui-ci, afin de manipuler à leur profit les émotions de ce même public. À l'inverse, le public n'hésite pas à adorer ses héros de façon servile afin de pouvoir se servir de ceux-ci pour ses propres émotions. Bien évidemment, par-delà la culture et le sport, c'est dans le champ politique que ces relations de souffrance se déploient dans toute leur efficacité, les gouvernants comme les gouvernés disant tour à tour : « Je subis, donc j'ai droit. »

Le champ politique n'est pas un champ clos. Car, il existe un ordre de la loi qui n'est pas transgressif, comme il existe un ordre de la liberté face à la loi qui n'est pas transgressif non plus. Il existe néanmoins à l'intérieur du politique une certaine fascination pour la transgression qui tend constamment à réduire celui-ci à un domaine clos. Cette fascination est le fait des tenants d'un certain ordre opposé à toute liberté, comme elle est le fait des tenants d'une certaine liberté opposée à tout ordre. Quand ceux-ci parviennent à s'imposer, le champ politique se transforme en champ clos et, devenant tel, la souffrance a tendance à devenir un enjeu politique. La procédure totalitaire a, par exemple, opéré selon ce schéma. Fondamentalement désireux de transgresser toute loi afin de se faire prévaloir comme régimes absolus, ces régimes ont toujours transformé le champ politique en champ clos où régnait la souffrance, la violence de la transgression de toute liberté étant ici le prix à payer afin d'atteindre l'absolu. Il n'y a pas cependant que le totalitarisme qui a opéré de la sorte.

Souffrance et échange économique

Au XVIIIe siècle, réagissant contre la monarchie absolue, des penseurs comme Mandeville et Sade se sont proposé de lui opposer une liberté absolue. Pour ce faire, à la vision religieuse hiérarchique de l'Ancien Régime se donnant pour but de conduire l'homme à une perfection, ils ont opposé une vision matérialiste et athée consistant à laisser l'homme à ses passions et, en particulier, à son égoïsme naturel. À l'obéissance envers Dieu enlevant à l'homme toute souveraineté et sapant, selon eux, toutes les énergies de celui-ci, ils ont opposé une souveraineté de l'homme détruisant Dieu. En conséquence de quoi, une nouvelle logique sociale s'est mise en place, avec pour pari de parvenir à l'harmonie par l'égoïsme et les passions là où, auparavant, on pensait parvenir à cette harmonie par l'obéissance et la vertu.

La fable des abeilles de Mandeville, écrite en 1714,

en est l'illustration en ne laissant aucun doute à ce sujet, puisque dès son titre on peut lire que celle-ci a pour but de montrer que « les vices privés font les vertus publiques » et qu'elle contient « plusieurs discours qui montrent que les défauts des hommes dans l'humanité dépravée, peuvent être utilisés à l'avantage de la société civile, et qu'on peut leur faire tenir la place des vertus morales ». Plus loin, dans la fable qui sert d'exergue à tout l'ouvrage, on peut lire la description d'une ruche bien ordonnée grâce au vice.

C'est ainsi que, chaque partie étant pleine de vice,
Le tout était cependant un paradis...
Voici quels étaient les bonheurs de cet État ;
Leurs crimes conspiraient à leur grandeur,
Et la vertu, à qui la politique
Avait enseigné mille ruses habiles,
Nouait, grâce à leur heureuse influence,
Amitié avec le vice. Et toujours depuis lors
Les plus grandes canailles de toute la multitude
Ont contribué au bien commun[1].

Dans *Les prospérités du vice,* Sade fait tenir des propos en ce sens à l'un de ses héros, en imaginant d'étendre à la société entière un contrat de prostitution qui, s'il se réalisait, montrerait qu'il est possible d'aboutir à l'harmonie par le vice.

1. Bernard Mandeville, *La fable des abeilles,* trad. Lucien et Paulette Carrive, Paris, Vrin, 1990, p. 33.

« Eh ! quel mal fais-je, je vous prie, quelle offense commets-je, en disant à une belle créature, quand je la rencontre : Prêtez-moi la partie de votre corps qui peut me satisfaire un instant, et jouissez, si cela vous plaît, de celle du mien qui peut vous être agréable[1] ! »

L'économie du vice chez Mandeville et le contrat de prostitution chez Sade obéissent à une même logique. Dans les deux cas, il s'agit de montrer que, à partir du désordre, on peut fonder de l'ordre. À partir de la souffrance, on peut fonder du bonheur. Ordre suprême ! Bonheur suprême !

Rousseau pensait le pacte social sur le mode d'un contrat où, tout le monde obéissant à tout le monde, personne n'aurait à obéir à personne. Car, homme de raison, il croyait en l'efficacité de la loi. Sade a pensé le pacte social sur le mode d'un contrat où, tout le monde faisant souffrir tout le monde, tout le monde aurait des droits sur tout le monde. Car, homme de transgression, il croyait en l'efficacité de la transgression.

Il ne faudrait pas croire que la logique sadienne a été sans effets. Celle-ci est, quelque part, à l'origine des présupposés métaphysiques du libéralisme. Lorsqu'il s'est agi de fonder celui-ci en économie comme en politique, Adam Smith a repris cette logique : « L'homme a presque continuellement besoin du secours de ses semblables, écrit-il, et c'est en vain qu'il l'attendrait de leur

1. Sade, *Les prospérités du vice*, Paris, 10-18, 1970, p. 49.

seule bienveillance. Il serait bien plus sûr de réussir s'il s'adresse à leur intérêt personnel et s'il leur persuade que leur propre avantage leur commande de faire ce qu'il souhaite d'eux. C'est ce que fait celui qui propose à un autre un marché quelconque ; le sens de sa proposition est ceci : Donnez-moi ce dont j'ai besoin et vous aurez de moi ce dont vous avez besoin vous-même ; et la plus grande partie de ces bons offices qui nous sont si nécessaires s'obtient de cette façon. Ce n'est pas de la bienveillance du boucher, du marchand de bière ou du boulanger, que nous attendons notre dîner, mais bien du soin qu'ils apportent à leurs intérêts. Nous ne nous adressons pas à leur humanité, mais à leur égoïsme[1]. »

Comme Mandeville, comme Sade, Smith pense que les vices privés font des vertus publiques. Ainsi, l'égoïsme, en favorisant l'esprit d'entreprise par sa recherche du profit, se transforme naturellement en altruisme en contribuant par son activité à la prospérité des nations. Certes, il n'est pas moral. Mais il est si profitable que les désagréments qu'il peut occasionner finissent par être oubliés et par le faire apparaître comme un moindre mal. Machiavel, dans *Le Prince*, avait déjà utilisé un raisonnement semblable pour justifier en politique l'efficacité de la violence. Le libéralisme d'Adam Smith a su tirer parti de la leçon en

1. Adam Smith, *Recherches sur la nature et les causes de la richesse de nations*, Paris, Gallimard, 1976, p. 48.

machiavélisant l'économie. En conséquence de quoi, la transgression devenant la loi sous la forme du règne sans partage de l'égoïsme comme principe régulateur de toute la vie politique, sociale et économique, la souffrance a fait son entrée sous l'idée sinon de la bonne souffrance tout du moins sous celle du moindre mal selon la théorie du prix à payer. Elle a pris ainsi le sens d'une monnaie d'échange. On veut la richesse ? Il faut donc accepter l'égoïsme avec ses passions et ses souffrances. Ce schéma, mis en place au XVIIIe siècle, perdure encore aujourd'hui. La société moderne de prospérité est devenue une société prônant la souffrance comme une fatalité. Si l'on veut pouvoir goûter aux fruits de l'expansion, il convient d'accepter qu'il y ait des victimes et des « bourreaux ». Il convient même d'accepter que ces victimes soient coupables et que ces bourreaux soient innocents. Selon la dure loi de la prospérité fondée sur l'égoïsme, ceux qui sont égoïstes ne sont pas responsables d'un tel égoïsme. Ils ne font qu'appliquer la loi gouvernant les choses. Et ceux qui échouent dans le cadre de cette loi sont quelque part responsables de leur échec. Ils n'avaient qu'à mieux s'y prendre.

Certes, la société de prospérité ne se réduit pas qu'à cette logique qui relève d'une logique close et primaire. Mais il convient de demeurer vigilant. Le fait de vivre dans une société d'échanges fondée sur le contrat ainsi que la circulation de la monnaie a tendance à faire admettre comme allant de soi l'idée selon laquelle tout va quand les échanges vont, que les contrats sont honorés et que la monnaie circule. Or, précisément, c'est là qu'il importe de se méfier. Ce n'est pas parce que la forme de l'échange existe qu'il y a échange, ni parce qu'il y a respect du contrat qu'il y a respect des hommes et encore moins parce que la monnaie circule que la valeur de l'humain circule elle aussi. Une observation un tant soit peu attentive fait apparaître que la plus extrême barbarie peut parfaitement bien exister dans le cadre de l'échange, du contrat comme de la monnaie, et que même, souvent, celle-ci est leur meilleur soutien. Dans l'esprit de la loi en effet, le respect de la loi est lié au respect de l'homme et de l'équilibre de la vie en communauté. Cette relation entre l'homme et la loi est ce qui fait la force de la loi, mais aussi sa fragilité. Car, si elle permet de garantir l'équilibre de l'homme, elle est aussi ce qui introduit un déséquilibre en faisant dépendre l'homme de la loi, pour que l'homme demeure l'homme. La liberté du respect offerte par la loi se fonde, en effet, sur une aliénation de l'homme à la loi. Du fait de cette aliénation, on pourrait croire que le respect de l'homme et le respect de la loi vont de pair. Ce qui n'est pas le cas. Quand on respecte l'homme, on respecte toujours la loi. Quand on respecte la loi, on ne respecte pas forcément l'homme. Comme le montre le discours du héros de Sade, le propre du pervers est de comprendre parfaitement le déséquilibre qu'il y a au sein de la loi et d'en tirer avantage. Le respect de l'homme étant synonyme de respect de la loi, il est parfaitement possible d'inverser la proposition et de faire croire qu'en respectant la loi on respectera l'homme. On peut donc très bien établir un contrat de souffrance réciproque sous la forme du contrat de prostitution ou du contrat sadomasochiste, sans qu'il y ait pour autant respect de l'humanité en tant que telle. La violence, qui le sait parfaitement, a depuis longtemps l'art d'utiliser ce caractère formel de la loi pour en abuser et faire croire entre autres que, quand il y a violence réciproque, la violence s'annule du fait de l'équilibre produit par la réciprocité.

Marx, en son temps, a dénoncé la mystification du rapport marchand qui, au cours de l'échange, par le biais de la monnaie, tend à rendre possible l'équivalence, au niveau de la valeur, de marchandises n'ayant pas la même valeur. Le contrat de prostitution et de souffrance réciproque imaginé par Sade obéit à la même logique. Il est à la loi ce que la monnaie est aux marchandises en permettant de faire passer l'irrespect de l'homme pour du respect par l'entremise du sophisme tendant à faire accréditer l'idée que le respect de la loi équivaut au respect de l'homme puisque le respect de l'homme implique le respect de la loi. Le résultat de cette opération frauduleuse est de faire circuler la souffrance comme on fait circuler la monnaie. En toute impunité. Avec, au bout du compte, le triomphe de ce sophisme consistant à dire en substance : laissons vivre la souffrance. Celle-ci, par son mécanisme de compensation comparable à la main invisible d'Adam Smith, se supprimera d'elle-même. Car, quand tout le monde aliène tout le monde, plus personne n'aliène personne. De sorte que, par la souffrance, on finit par aboutir à un monde sans souffrance, dans lequel toutes les souffrances s'annulent du fait d'une sorte de loi du marché appliquée à la souffrance. Par le passé, le religieux, lorsqu'il est devenu un système de pouvoir, a su tirer le parti que l'on sait de cette transmutation mystique de la souffrance. En entretenant une dialectique de la souffrance, il a permis que se mette en place un système d'aliénation politique favorisant son ordre. Dans le monde moderne, cette loi s'est conservée en changeant de sens. Ce qui se disait hier en termes religieux se dit aujourd'hui en termes économiques. La sacralisation présente de l'économie qui s'est substituée à l'économie du sacré d'hier a besoin d'une mystique de la souffrance, la valeur quasi rédemptrice accordée à celle-ci permettant de faire accepter la dure loi de l'économie. Ainsi, en Extrême-Orient, certaines entreprises fonctionnent comme de véritables monastères avec à leur tête un dirigeant exigeant comme les gourous d'une secte que l'on vive et que l'on meure pour l'entreprise et, à la base, une population d'employés transformés en moines de la production. En Europe, cette dialectique de la souffrance a envahi les discours et les imaginaires à travers une mystique de l'entreprise qui a vu le jour et, surtout, derrière celle-ci une logique de ce qu'il convient d'appeler le recyclage.

Tout ne se recycle pas

Ce discours consiste à dire que rien n'est inutile. Tout sert à tout. À commencer par la souffrance. Celle-ci est un bien. Comme l'a dit Leibniz, elle aiguillonne. Et quand elle ne stimule pas, elle révèle. Elle enseigne. Elle montre ce qui ne va pas et ce que l'on n'avait pas su voir.

Leibniz a consacré ce discours du recyclage avec son providentialisme soulignant la vertu civilisatrice de la peine. Si celle-ci n'existait pas sous la forme du manque, l'humanité ne se serait jamais mise au travail afin de transformer la nature et, ainsi, de la civiliser. Il faut donc saluer ce qui nous fait souffrir, puisque, nous invitant à agir et à lutter, cela provoque l'avènement de la négation même de la souffrance. Hegel a désigné ce mécanisme d'autosuppression du mal sous le nom de « ruse de la raison », la raison se servant du mal afin de parvenir au bien.

Le résultat d'une telle façon de penser la souffrance est pour le moins efficace, en permettant d'éliminer toute trace de celle-ci et de la rendre ainsi transparente à elle-même. Quasiment blanche et propre ! Il est si efficace même qu'il parvient à faire oublier jusqu'à l'idée qu'il y a eu souffrance à un moment donné. Aussi n'est-il pas étonnant qu'il soit utilisé à tous les niveaux de la vie sociale. Ainsi, au niveau économique et politique, cette logique du recyclage permet d'expliquer les crises qui ont eu lieu et surtout de préparer celles qui vont arriver. Régulièrement, certains politiciens comme certains économistes, tout en déplorant la crise qui jette au chômage des millions de personnes désireuses de travailler, ne cessent pour autant de la saluer comme étant une étape nécessaire vers un lendemain prometteur. Hier, les guerres ont fait progresser la médecine. Aujourd'hui, la guerre économique accélère la mondialisation. Et accélérant la mondialisation qui ne devrait pas manquer d'ouvrir un vaste marché aux perspectives radieuses, elle justifie qu'on intensifie la guerre économique. Discours imparable. D'une parfaite circularité. Opérant sur la base de l'idée du vaccin, le poison étant le remède au poison en empoisonnant le poison. De sorte qu'il n'y a plus de poison. Il n'y a que des remèdes, le poison faisant disparaître le poison.

Que la souffrance entraîne comme réaction le désir de ne pas souffrir, personne ne saurait le contester. Mais qu'il faille en conclure que la souffrance est bénéfique parce que sans souffrance il n'y aurait jamais eu le désir de ne pas souffrir est plus que contestable. Car, c'est là prendre l'effet pour la cause et voir dans le moyen une fin. Spinoza en son temps, après Lucrèce il est vrai, a toujours fait la guerre au discours finaliste en y voyant la source de toutes les dérives délirantes de l'humanité. Comment ne pas lui donner raison ? Qu'on le veuille ou non, à force de vouloir trouver un sens à tout, on finit par voir une intention dans tout. Et à force de voir une intention dans tout, on finit par basculer dans des spéculations sur le destin ou la providence en se mettant plus ou moins à la place de Dieu. Par le passé, lorsque l'Église a prétendu tenir un discours expliquant tout, celle-ci s'est trouvée confrontée au paradoxe de faire de Dieu la cause de la souffrance envoyée pour le salut des hommes, alors que, par ailleurs, il était dit que Dieu avait envoyé son fils afin de libérer les hommes de la souffrance et de la mort. Présentement, on se trouve confronté à un même type de paradoxe sur un mode non religieux. À force de vouloir trouver une explication économique et politique à tout, on se condamne à faire de l'économie et de la politique la cause et le remède de tous nos maux. D'où une logique de la souffrance induite par cette sacralisation de l'économique et du politique, ceux-ci n'apparaissant comme remèdes que pour autant qu'on les accepte comme des maux nécessaires.

La rationalisation de la souffrance est aujourd'hui la clé de voûte d'une logique de sacralisation de l'économie comme hier elle était au fondement d'une économie du sacré. Dans *L'idiot* de Dostoïevski, le prince Muichkine (l'idiot) raconte sa tristesse d'avoir vu un jour un tableau de Holbein représentant le Christ dégoulinant de sang. Il avoue voir là le drame de l'Occident : ne plus avoir d'autre vision de Dieu que celle d'un Dieu souffrant, à l'agonie. Avoir donc totalement perdu le sens de l'icône du Christ comme icône de la résurrection. Cette réaction du prince Muichkine dans *L'idiot* va à l'essentiel en soulignant un trait qui concerne autant le religieux que l'économie ou la politique. Le prince Muichkine a bien conscience en effet que ce qui importe dans l'image sanglante du Christ dépasse l'image et renvoie à une logique du religieux dans laquelle la souffrance est l'instrument du religieux, parce que le religieux est devenu un système recyclant tout. Si la souffrance est devenue ainsi représentable, c'est parce que, au fond, elle n'est rien, la logique du recyclage étant tout. Quand tout acquiert un sens, tout devient montrable et dicible. À commencer par la souffrance qui se met à devenir un objet comme un autre. Un spectacle ! Au lieu de demeurer un mystère, c'est-à-dire quelque chose d'irréductible. D'où la tristesse du prince Muichkine. Tristesse liée au fait de se trouver confronté à un monde sans mystère qui montre tout, parce que, assuré d'une logique lui permettant de tout recycler, il peut désormais tout oser, tout faire, tout dire.

Montrée, exhibée partout, objet d'une continuelle sollicitude, c'est par tombereaux que la souffrance est aujourd'hui déversée sur les écrans, du journal télévisé aux débats publics, en passant par les films et les reportages. Et pour cause ! Médiatiser la souffrance en faisant de celle-ci un objet montrable, n'est-ce pas, sous couvert d'une opération destinée à sensibiliser le public aux malheurs du monde et alerter sa générosité comme son attention, reproduire la logique d'un monde où tout est montrable, parce que tout est recyclable ?

Certes, ainsi que l'a montré Luc Boltanski, il existe dans cette logique un contre-pouvoir de la pitié, de la générosité et de l'attention sous la forme du sentiment, de l'indignation et de l'esthétisation, qui permet de ne pas verser dans le pur et simple cynisme. La médiatisation de la souffrance, c'est aussi, il ne faut pas le nier, la possibilité de trouver la souffrance à la fois scandaleuse et courageuse et donc de pouvoir agir contre celle-ci. Néanmoins, Luc Boltanski ne le conteste guère, cette logique de récupération de tout, et en particulier de la souffrance, est suffisamment présente pour que l'on n'adhère pas naïvement au système médiatique et aux usages parfois dévoyés d'une certaine représentation de la souffrance que l'on peut trouver en celui-ci[1].

Cette logique du recyclage est profondément inscrite dans nos rapports avec la souffrance. On pense souvent que le christianisme est responsable de la positivation de celle-ci, du fait de sa logique de rédemption. Ce n'est pas le cas. Cette logique a existé avant le christianisme et elle existe par-delà

1. Luc Boltanski, *La souffrance à distance*, Paris, Métailié, 1993.

celui-ci, tout en ayant existé et en existant encore, il est vrai, dans certains de ses courants. On pense également qu'une telle logique n'existe que dans le monde pratique de l'économie et de la politique. En fait, elle existe aussi dans la pensée. Marx, qui a pourtant dénoncé la souffrance engendrée par l'exploitation économique, a cédé à la tentation de la logique du recyclage, en croyant à l'autosuppression du capitalisme. Et ce, en vertu d'une foi dans le processus de l'histoire, à même, selon lui, de « résoudre les questions qu'elle se pose ». Heidegger, de son côté, malgré sa lucidité vis-à-vis de la technique, a, lui aussi, cédé à la tentation de la logique du recyclage, en prêtant au tragique d'être ce fond qui, quand on le touche, fait que l'on remonte. Et ce, en vertu d'une foi dans les crises existentielles des hommes, qui, selon lui, permettent de redécouvrir l'essentiel que l'on a oublié. D'une façon générale, les processus de rationalisation philosophique ont toujours eu tendance à pratiquer un optimisme à l'égard des crises que pouvait traverser l'humanité, que celles-ci soient ou non historiques, en voyant en elles des négations positives faisant éclater les contradictions comme on crève un abcès. Ce mouvement de rationalisation a sa cohérence. Il correspond au besoin de pouvoir « habiter » le monde en se réconciliant avec lui. Bergson a bien perçu que la logique de l'action avait naturellement tendance à avoir un rapport principalement technique à la vie, pour pouvoir agir. Face à la souffrance, il semble qu'il en aille de même. Pour pouvoir habiter un monde où règne la violence, la tentation naturelle de l'esprit consiste à convertir celle-ci en instrument positif d'un progrès soit personnel, soit historique. Une telle conversion a, assurément, comme résultat celui de permettre de vivre et d'agir au lieu de se figer dans l'angoisse et le désespoir sous la forme d'un cri et d'un hurlement. Mais elle a aussi comme effet de justifier la violence et, en la justifiant ainsi, d'être une machine à faire souffrir offrant une caution inespérée à tout ce qui fait souffrir.

4. LES ENFERS DU SALUT PAR LA SOUFFRANCE

À côté de son sens épistémologique, pédagogique ou politique, la souffrance a un sens métaphysique. Selon un certain nombre de consciences religieuses ou philosophiques, elle renvoie à l'être même des choses et, en particulier, de la condition humaine. S'agit-il d'un masochisme de leur part ? D'un certain point de vue, nullement, si l'on veut bien comprendre qu'elles appellent souffrance l'abnégation, le don de soi, le sacrifice de sa personne. Vivre dans cette perspective revient à souffrir, car, vivre revient à ne pas faire ce que l'on veut. À abolir donc sa volonté devant une loi autre. La loi biologique, en premier lieu, qui veut que l'on meure. La loi de la vie ensuite avec sa lutte. La loi sociale enfin avec la pression exercée par autrui et par l'histoire. Ainsi, vivre c'est souffrir, car, vivre c'est toujours faire l'épreuve de la distance qu'il peut y avoir entre le sujet et l'être. Le sujet n'étant pas l'être et l'être n'étant pas le sujet, il y a le réel tel que nous le vivons de notre point de vue et il y a le réel tel qu'il est.

L'expérience de la souffrance est liée à l'expérience de l'altérité qui nous sépare en tant que sujets de l'être. Généralement, il faut le dire, il s'opère un échange au cours de la vie entre le sujet et l'être qui fait que, au bout du compte, le sujet finit par s'y retrouver et, comme on dit, retomber sur ses pieds. Certes, dans la vie, un sujet ne peut pas faire ce qu'il veut. Aussi doit-il limiter ses désirs et ses rêves face à la réalité. Mais, en se limitant ainsi, il se sauve d'une vie qui ne serait qu'une vie imaginaire et finalement irréelle. Aussi gagne-t-il à perdre sa liberté, alors qu'il perd à ne vouloir rien perdre.

Tout ce que nous perdons en liberté individuelle, la vie nous le rend apparemment en forme de vie réelle. De sorte que peu à peu, en nous détachant ainsi des choses, nous devenons plus réels. Si la vie nous défait d'un certain point de vue, d'un autre, elle nous fait. Aussi André Comte-Sponville a-t-il raison d'écrire : « Le deuil marque l'échec du narcissisme. Sa majesté le "moi" perd son trône. Le moi est nu et, par là, il entre dans la vraie vie. Comment se savoir vivant sans se savoir mortel ? Le deuil est cet apprentissage : l'homme est un écolier ; la douleur et la mort sont ses maîtres. [...] "Nous ne savons renoncer à rien", disait Freud. C'est pourquoi le deuil est souffrance et travail[1]. »

Comment mieux résumer la grande structure métaphysique qui a toujours consolé les hommes et qui les console encore lorsque ceux-ci sont confrontés à la souffrance ou à la mort ? C'est parce que nous croyons qu'il existe un grand échange entre l'homme et la vie, dans lequel l'homme n'est pas complètement perdant, que nous trouvons des ressources pour vivre. Peut-on toutefois entièrement souscrire à une telle foi ? Tout est-il ainsi réversible dans la grande économie de la vie ? Et l'irréversible ? Et l'irréparable ? a-t-on envie de demander.

Que la souffrance fasse partie de la vie et qu'elle puisse parfois se renverser en un effet positif, nul ne saurait le nier. Est-ce une raison cependant pour en faire l'horizon indépassable de l'existence ? Prenons-nous-y à deux fois avant de répondre oui. Car, il n'est nullement sûr que celle-ci soit fatale, comme on se plaît à le dire. Comme il n'est nullement sûr qu'elle soit cette ombre faisant ressortir la lumière des choses ou cette expérience en tout point profitable, comme on se plaît à le dire aussi.

1. André Comte-Sponville, *Impromptus, op. cit.*, p. 112, 116.

Les limites du fatalisme

Ainsi, le fait que la souffrance existe dans la nature n'autorise nullement à conclure que celle-ci fait partie de la nature des choses, en passant ainsi d'un constat à un discours de fatalité et, par là même, des faits aux valeurs.

Une prudence élémentaire recommande en effet de distinguer les faits des valeurs. Les faits qui renvoient à « ce qui est » sont faits. Ils ne sont plus à faire. Les valeurs, en revanche, qui renvoient à « ce qui doit être » sont à faire. Elles ne sont pas faites. Quand de ce fait on confond les deux ordres, on produit la violence qui consiste à prendre le réel pour de l'idéal. Ce qui a pour conséquence de considérer que le réel n'est pas fait, mais reste à faire. Donc qu'il n'y a pas de faits. On produit également la violence qui consiste à prendre l'idéal pour du réel. Ce qui a pour conséquence de considérer que l'idéal est fait et non plus à faire, et de conclure, par voie de conséquence, que les valeurs sont inutiles. On n'a dès lors pas tort de vouloir distinguer les faits des valeurs. Car, quand tel n'est pas le cas, on aboutit à une idéalisation du réel qui fait disparaître le réel, comme à une réalité de l'idéal qui fait disparaître l'idéal.

Manifestement, le fatalisme l'ignore. Si celui-ci avait un tant soit peu de jugement, il ne prendrait pas le sens de la fatalité pour un sens de la réalité en disant, par exemple, que la souffrance qui a été et qui est sera toujours. Car, une telle prophétie apparemment réaliste est en fait une forme d'idéalisme pour lequel la souffrance au fond n'a pas de réalité parce que pas de caractère gênant. Si en effet le fatalisme trouvait la souffrance réelle, il la trouverait gênante, et s'il la trouvait gênante, peut-être ferait-il un effort pour la supprimer. Ce qu'il ne fait pas. Signe en définitive de son acquiescement à la souffrance existante et du peu de poids de celle-ci à ses yeux. Quand on se sent nié par la souffrance, on cherche à la nier. Quand on ne cherche pas à le faire, c'est le signe qu'on ne se sent pas nié par elle. Hegel a par là même raison sur ce point. N'est réel que ce que l'on nie en se posant comme l'autre de cet autre qu'est le réel. Le fatalisme n'a jamais été une forme de lucidité sur la souffrance mais un compromis passé avec elle. Il a en revanche toujours été le plus fidèle soutien des logiques de la violence, dont la stratégie consiste à trouver le mal fatal afin de mieux justifier ainsi un opportunisme cynique jouant avec le sens de celui-ci. De ce point de vue, il n'y aura jamais de philosophie possible de la souffrance, comme il n'y a jamais eu et il n'y aura jamais de philosophie possible du mal. Car, il importe que les mots aient un sens. Ou bien la souffrance et le mal sont la souffrance et le mal. Dans ce cas-là ils ne peuvent qu'être intolérables et, étant intolérables, la seule attitude philosophique digne réside dans le fait de lutter pratiquement contre eux en mettant la pensée au service de cette pratique. Ou bien, la souffrance et le mal ne sont pas au fond la souffrance ainsi que le mal, mais les moyens d'un sens ou d'un progrès. Dans ce cas-là, il n'y a nulle urgence à lutter contre eux et toutes les spéculations sont possibles. Le fatalisme a toujours choisi la seconde voie. Il a toujours déréalisé la souffrance et le mal en y voyant autre chose que de la souffrance et du mal. C'est la raison pour laquelle il a réussi à en faire une philosophie. Une illusion de philosophie, convient-il d'ajouter.

Les limites de l'esthétisme

Le fait que l'ombre fasse ressortir la lumière est aussi incontestable que l'existence de la souffrance. Reste que l'on peut s'interroger sur la pertinence de l'analogie consistant à voir dans la souffrance cette ombre portée sur la vie qui fait tout le relief de celle-ci. Car, très franchement, peut-on mettre les deux choses sur le même plan ? Jusqu'à preuve du contraire, l'ombre, plus qu'une souffrance, elle est l'ombre d'une souffrance. Quant à la souffrance, on aimerait bien qu'elle ne soit qu'une ombre. Seulement voilà, s'il y a une chose que celle-ci n'est pas, c'est bien une ombre, tant sa présence est envahissante en mettant l'existence à vif. Sartre, dans *La nausée,* résume bien ce caractère irréductible de la souffrance lorsqu'il écrit : « À présent, il y a ce chant de saxophone. Et j'ai honte. Une glorieuse petite souffrance vient de naître, une souffrance-modèle. Quatre notes de saxophone. Elles vont et viennent, elles ont l'air de dire : "Il faut faire comme nous, souffrir en mesure." Eh bien oui ! Naturellement, je voudrais bien souffrir de cette façon-là, en mesure, sans complaisance, sans pitié pour moi-même, avec une aride pureté. Mais est-ce que c'est ma faute si la bière est tiède au fond de mon verre, s'il y a des taches brunes sur la glace, si je suis de trop[1] ? »

Le recours à une image insensible afin de qualifier ce qu'il y a de plus sensible en nous ne doit donc pas nous abuser. Ce procédé analogique a toujours été utilisé comme anesthésique afin de tenter d'endormir la souffrance en endormant le regard que l'on porte sur elle. L'esthétique comme anesthésique ! Il fallait y penser. On y a pensé. Témoin ce texte de Khalil Gibran dans *Le Prophète* : « Et ceci encore, écrit-il, dût le mot peser lourdement sur vos cœurs. L'assassiné n'est pas irresponsable de son assassinat. Et le volé n'est pas irréprochable d'avoir été volé. Et le juste n'est pas innocent des actions du méchant. Et celui qui a les mains blanches n'est pas indemne des actes du félon. Oui, le coupable est souvent victime de l'offensé. Vous ne pouvez séparer le juste de l'injuste et le bon du méchant. Car, ils se tiennent tous deux devant la face du soleil, tout comme les

1. Jean-Paul Sartre, *La nausée*, Paris, Gallimard, Folio, 1972, p. 245.

fils noirs et blancs que manie le tisserand qui se tiennent ensemble[1]. »

Les victimes d'Auschwitz apprécieront. Les SS victimes des enfants jetés vivants dans les flammes des fours crématoires ? Et ces villageois de l'Algérois complices de ceux qui les égorgent au nom de la religion ? Pilate victime du Christ ? Et les juges d'Athènes de Socrate ?

Dans un beau livre consacré au problème du mal, Étienne Borne a fait remarquer que la sagesse avait souvent servi d'alibi à la passion de pouvoir faire la paix avec le monde et ce, en réduisant le monde à un objet esthétique de façon à pouvoir le contempler comme une œuvre d'art. Façon imparable de dissoudre le mal, en faisant de celui-ci non plus cet abîme qui angoisse mais cette dissonance consonante qui charme l'oreille et ce clair-obscur qui fascine l'œil. « Un texte de Plotin, écrit Étienne Borne, montre admirablement ce que deviennent le mal, le monde et l'homme, quand ils sont pensés par la sagesse sous l'aspect de la beauté. “Considérons comme un spectacle au théâtre ces meurtres, ces morts, ces prises et ces pillages de ville ! Tout cela ce sont des changements de scène, des changements de costume, les lamentations et les gémissements de grands rôles. Car, dans toutes ces circonstances de la vie réelle, ce n'est pas l'âme au-dedans de nous, c'est son ombre, l'homme extérieur, qui gémit, se plaint et

1. Khalil Gibran, *Le Prophète*, Paris, Casterman, 1973, p. 41.

remplit tous ses rôles sur ce théâtre à scènes multiples qu'est la terre entière" (Plotin, *IIIe Ennéade*, IIe traité, Paris, Budé, p. 43). Qui contemple la guerre selon la beauté y voit une danse pyrrhique. La tragédie n'est que jeu de théâtre. Tels sont la beauté du destin et le destin[1] de la beauté. »

Force est de le constater, quand on veut fuir la souffrance sans pour autant renoncer au monde, on trouve un compromis dans l'esthétisation de celle-ci. Pour pouvoir regarder le mal en face ou l'exercer en toute quiétude, l'esthétique a toujours été cet opérateur magique permettant d'anesthésier le sensible en le sublimant. D'où le pacte passé avec la réalité sous la forme d'une posture contemplative dissolvant le mal dans la beauté afin de faire s'épanouir une vision bienheureuse, la *visio beata* tant recherchée par les Anciens, ou bien encore dans la curiosité, la souffrance devenant un objet intéressant éveillant mille analyses, entre les orchidées et les papillons rares.

Certes, il est un fait que tout plaisir qui vient après de la douleur profite du contraste. Est-ce une raison pour conclure que la douleur est essentielle au plaisir ? Ne risque-t-on pas en défendant une pareille théorie du contraste de ressembler à ce fou dont nous parle une histoire drôle, qui déclarait se taper sur la tête avec un marteau pour

1. Étienne Borne, *Le problème du mal*, Paris, P.U.F., 1973, p. 87.

connaître le plaisir que cela procure quand il s'arrête ?

En fait, il est erroné de croire que la souffrance puisse procurer du plaisir en offrant un contraste à celui-ci. Sade lui-même en a été conscient. Tout n'est que montage et c'est davantage le montage de l'association souffrance-plaisir qui procure du plaisir que le contraste en tant que tel. « Ah ! chère amie, s'écrie l'une des héroïnes des *Prospérités du vice*, si, comme moi, tu avais la force de faire un pas de plus, si tu avais le courage de trouver du plaisir à la contemplation des maux d'autrui, rien que par cette idée satisfaisante de ne les éprouver soi-même, idée qui nécessairement procure une volupté sûre, si tu pouvais aller jusque-là, tu aurais beaucoup gagné pour ton bonheur, sans doute, puisque tu serais parvenue à changer en roses une partie des épines de la vie[1]. »

Contemplation. Idée. Ces termes, sous la plume de Sade, sont significatifs. C'est bien dans un montage intellectuel jouant avec les choses et procurant une sensation de triomphe sur celles-ci que se trouve le plaisir et non dans la douleur. La souffrance n'a donc jamais fait jouir personne. C'est le leurre autour de la souffrance qui fait jouir. On a là l'essence du sadisme comme du masochisme. C'est la mise en scène de la violence dans le sadisme qui procure du plaisir, en donnant l'impression à celui qui la pratique d'être de l'art

1. Sade, *Les prospérités du vice, op. cit.*, p. 119.

et non de la violence. Comme c'est la mise en scène dans le masochisme, à travers le contrat passé entre le masochiste et son maître, qui procure du plaisir, en transmutant l'humiliation en rituel. Ôtons la mise en scène ? Il ne reste rien. Un masochiste confronté à une violence réelle n'aura aucun plaisir et un sadique non plus. De ce point de vue, la pulsion de mort comme l'instinct de violence chez l'homme ne sont que des mythes. Le prétendu plaisir de souffrir n'est que le plaisir de pouvoir se nourrir de mots et d'images autour de la douleur, en jouissant de sa capacité de dissoudre la réalité dans une esthétique. Sade ne nous a donc rien appris sur le plaisir en identifiant douleur et plaisir. Il nous a en revanche éclairés en tenant un discours sur cette identification. Car, tout le plaisir concernant la douleur ne réside pas tant dans la douleur que dans le fait de parler de la douleur comme plaisir et, parlant ainsi de la douleur comme plaisir, de faire croire à cette identité comme à une réalité. Plaisir suprême de romancier. Que les mots deviennent des choses !

On peut dès lors comprendre pourquoi l'idée selon laquelle l'épreuve grandit et fortifie l'homme est si prégnante dans notre langage, au point de se parler, pour ainsi dire, toute seule. Dans un bel article de *La pensée et le mouvant*, Bergson, abordant l'histoire, a fait remarquer qu'il existe une illusion tenace consistant à expliquer les choses rétrospectivement, en prenant les effets pour les causes[1]. Quand on a surmonté une épreuve, on a tendance à se dire que celle-ci a été somme toute utile, puisqu'elle a conduit au dépassement de l'épreuve. Cela participe d'une illusion rétrospective. On peut interpréter l'épreuve comme ayant été le moyen d'un progrès, parce qu'il y a eu progrès. Si l'épreuve n'a pas d'issue heureuse, cela cesse d'être vrai.

Les succès ont toujours tendance à transfigurer les échecs en préparations au succès. Cette transfiguration ne provient pas du succès logé dans l'échec, mais de nous-mêmes. Pour sauver notre passé, nous n'hésitons pas à voir du succès partout. Ce qui a peu de conséquences au niveau individuel, mais beaucoup au niveau politique. Car les dictatures nous ont montré qu'elles avaient la mémoire courte et qu'elles pratiquaient volontiers la technique de l'illusion rétrospective, afin d'étouffer les erreurs commises hier par les succès obtenus aujourd'hui.

Les limites de la mystique

À côté du réalisme et de l'esthétique, l'approche religieuse et mystique demeure le dernier volet du triptyque métaphysique de la souffrance. Le plus puissant sans doute. Le plus problématique aussi.

1. Bergson, *La pensée et le mouvant*, Paris, P.U.F., 1962, p. 17.

Le Christ face à la souffrance

L'approche religieuse et mystique de la souffrance en Occident est marquée par la vision chrétienne qui rappelle que l'homme souffre du fait d'une faute originelle commise envers Dieu, le premier homme ayant mangé le fruit de l'arbre de la connaissance du bien et du mal. Elle est aussi de rappeler que si Dieu a puni l'homme en le rejetant dans une vie dominée par la corruption et la mort, celui-ci est venu libérer l'humanité des entraves du péché en envoyant son fils souffrir et mourir et, par sa souffrance et sa mort, mettre fin à la souffrance et à la mort. Prise entre la chute et le salut, cette approche de la souffrance a un sens profond qui consiste à ne jamais enfermer l'homme dans la souffrance ainsi que la mort, pour peu que l'on prenne la peine de lire la Bible ainsi que les Évangiles d'un point de vue éthique et phénoménologique.

On lit souvent la Bible et les Évangiles en effet comme des textes théoriques qui auraient pour objet de nous « expliquer » l'origine du mal ainsi que celle du salut. Leur visée est autre. Car, toujours avant tout, il s'agit de délivrer. Ainsi, le récit de la chute a été souvent compris comme un récit punitif et culpabilisateur. Il l'est encore d'ailleurs. On s'imagine souvent que la conséquence du récit biblique est de faire de l'homme un être intrinsèquement mauvais. Or, c'est précisément ce qu'un tel récit cherche à éviter. Si l'homme était intrinsèquement mauvais, il n'y aurait jamais eu de chute. S'il y a eu chute, c'est justement parce que l'homme n'est pas intrinsèquement mauvais. Le récit de la chute est donc un récit qui nous délivre des ontologies du mal et de la fatalité du mal, en nous enseignant que le mal n'a rien de naturel. Il ne fait pas partie de l'ordre des choses comme dans le manichéisme, où il est l'un des constituants du monde. Dans la vision biblique, il n'est jamais dit qu'il faut de tout pour faire un monde. Jamais le mal n'est donc un élément jugé utile et dynamisant pour la vie politique et économique de l'humanité. Jamais, non plus, on ne lui prête des vertus esthétiques, comme celles d'être cette ombre faisant rejaillir la lumière ou cette dissonance consonante. En fait, jamais le mal n'est banalisé parce que jamais il n'est naturalisé. Toujours, il nous est rappelé que celui-ci a une histoire. Il a un début. C'est donc qu'il n'est pas une fatalité. Une autre vie est possible que celle que l'on trouve dans un monde où un cynisme aux allures d'esthète nous explique que le mal est un ingrédient stimulant pour le réel, comme le fumier pour la terre. La Bible ne nous invite pas à méditer sur une ontologie de la pourriture cherchant dans la décomposition les secrets de la création. La création nous vient d'ailleurs. D'une vie autre. D'une vie d'avant la violence, à laquelle on accède pour peu que l'on change son regard sur les choses en cessant de banaliser le mal. Changeons nos cœurs et nous comprendrons le texte.

Ainsi, la chute réside dans le fait de lire la chute comme nous le faisons. En y voyant une fatalité du mal et un enfermement de l'homme dans la culpabilité. Alors qu'il s'agit du contraire. Si nous lisions le récit biblique de la chute en y voyant une chute, nous cesserions aussitôt d'être dans la chute, en ayant coupé à la racine, par cette lecture, ce qui est à l'origine de la chute, à savoir notre vision non éthique de la chute. Le fruit de l'arbre de la connaissance, nous en mangeons à chaque fois que nous faisons un pacte avec un monde où le mal est jugé comme étant naturel. Baudelaire, dans *Le spleen de Paris,* a fort bien résumé cette chute produite par l'absence de sens de la chute, lorsqu'il fait dire au diable qu'il rencontre dans un dîner, un soir : « Je n'ai eu peur qu'une seule fois. C'est le jour où j'ai entendu un prédicateur plus subtil que ses confrères s'écrier en chaire : “Mes chers frères, n'oubliez jamais, quand vous entendrez vanter le progrès des Lumières, que la plus belle des ruses du diable est de vous persuader qu'il n'existe pas[1].” »

Tout comme on présente à l'envers la symbolique de la chute, on présente à l'envers la symbolique de la passion du Christ. Dieu qui aurait puni l'homme aurait ensuite envoyé son fils pour souffrir à la place de l'homme et payer par ses souffrances la dette de l'homme envers Dieu. Dans

1. Baudelaire, *Le spleen de Paris,* « Le joueur généreux », Lausanne, La Guilde du Livre, 1947, p. 386.

une telle approche de la passion du Christ, on voit peu de traces du Dieu d'amour dont parlent les Évangiles. En revanche, il est beaucoup question du Dieu vengeur, du Dieu de colère, qui exige la souffrance et la mort pour apaiser son courroux. Dieu serait de ce fait une sorte de créancier irascible, poursuivant l'humanité de façon acharnée afin de lui faire rembourser sa dette jusqu'au dernier centime. Étrange conception, fort proche des divinités païennes exigeant des sacrifices, fort éloignée du Dieu d'amour dont parle le Christ, en enseignant davantage à pardonner et à remettre sa dette à l'autre, plutôt qu'à le poursuivre. En outre, que de contradictions et que d'irréalité ! Ne nous est-il pas dit dans les Évangiles que le Christ est venu libérer les hommes de la souffrance et de la mort ? Pourquoi, dans ces conditions, faire de la souffrance et de la mort le moyen du salut ? La bonne nouvelle apportée par le Christ ne réside-t-elle pas dans le fait d'annoncer aux hommes que désormais il n'est plus nécessaire de recourir à des logiques de souffrance et de mort pour pouvoir être sauvé ? Les kamikazes au Japon pensaient qu'en mourant héroïquement ils allaient devenir immortels. Aussi n'hésitaient-ils pas à lancer leur avion sur les navires de guerre américains. Les terroristes, qui se font sauter avec leur bombe dans des supermarchés au nom d'Allah, sont persuadés qu'ils iront tout droit au paradis. Les logiques extrémistes ont toujours héroïsé la souffrance et la mort. Pour envoyer les hommes à la guerre, les pouvoirs politiques ont toujours entretenu le culte des héros, en promettant le Ciel à ceux qu'ils envoyaient se faire massacrer pour des raisons terrestres. En annonçant un Dieu d'amour et non pas un Dieu de violence, la passion du Christ n'est-elle pas justement une rupture avec ces logiques de violence ? N'est-ce pas d'ailleurs ce qui lui a été reproché ? Une approche passionnelle et pathologique de la passion du Christ a fait de celui-ci un kamikaze et de la mystique une entreprise d'auto-anéantissement proprement terroriste. Par une diabolique inversion des choses, la violence s'est emparée des Évangiles contre les Évangiles, afin de justifier par la mort du Christ des dictatures exigeant que l'on meure pour elles, comme il faudrait, paraît-il, que l'on mourût pour Dieu. Par-delà la justification des dictatures, beaucoup de chrétiens se sont mis à attendre le salut de la souffrance et de la mort, sans plus l'attendre de la Parole et de la vie, l'autodestruction tenant lieu d'enseignement.

« S'il y a une affirmation fondamentale de la plus haute tradition chrétienne, c'est que Dieu n'a pas créé la mort, nous rappelle Olivier Clément. La mort des hommes, il la souffre cruellement[1]. » Le sens de la passion du Christ n'a donc pas été de mourir pour renaître, en mettant son espoir et son salut dans la mort, comme les kamikazes, mais

1. Cité par Olivier Clément, *Corps de mort et de gloire*, Paris, Desclée de Brouwer, 1995, p. 104.

d'aimer tellement les hommes et la vie qu'il a porté cette vie jusque dans la mort et l'enfer. Le Christ n'est pas ressuscité parce qu'il est mort. Il est mort parce qu'il était l'éternel vivant venu réveiller la vie refoulée dans les profondeurs de l'humanité. La souffrance du Christ est en ce sens une affirmation absolue de la vie. C'est parce qu'il est vivant qu'il souffre et qu'il endure la mort, en allant au bout d'une fidélité indéfectible à la vie. Elle est de ce fait un renversement profond consistant non plus à voir la vie du point de vue de la mort, comme peut le faire la violence, mais à aborder la mort du point de vue de la vie. Ce que Cyrille d'Alexandrie résume si bien lorsqu'il écrit dans son *Homélie sur Luc* (v, 19) : « L'homme sur terre, subjugué par la mort, comment pouvait-il revenir à la plénitude ? Il était nécessaire de rendre à la chair morte la participation à la chair vivifiante de Dieu. Or la force vivifiante de Dieu c'est le Verbe, le Fils unique. C'est donc celui qu'il nous envoya comme Sauveur et Libérateur [...] Vie par nature, il prit une chair soumise à la pourriture afin de détruire en elle la puissance de la mort et de la transmuer dans la vie. Comme le fer, mis en contact avec le feu, prend la couleur de celui-ci, de même la chair, après avoir reçu en elle le Verbe vivifiant, est libérée de la corruption (c'est-à-dire de l'anéantissement). Ainsi, il a revêtu notre chair pour la libérer de la mort[1]. » Sans aller

1. Cité par Olivier Clément, *Corps de mort et de gloire*, Paris, Desclée de Brouwer, 1995, p. 105.

jusqu'au Christ, Alain en lisant Spinoza a eu l'intuition qu'il y a une logique libératrice dans laquelle ce n'est pas la mort qui donne sens à la vie, mais la vie qui donne sens au fait de mourir, puisqu'il écrit dans ses *Propos sur le bonheur* : « Le fantassin comme l'aviateur combattent de leur bonheur comme d'une arme ; ce qui a fait dire qu'il y a du bonheur dans le héros tombant. Il faut user ici de cette forme de redressement qui appartient en propre à Spinoza et dire : ce n'est point parce qu'ils mouraient pour la patrie qu'ils étaient heureux, mais au contraire, c'est parce qu'ils étaient heureux qu'ils avaient la force de mourir[1]. »

Enfin, comment ne pas voir qu'à force de trop vouloir sauver Dieu, on finit par le perdre ? Pierre Bayle, au XVIIIe siècle, déclarait trouver pour le moins étranges ces explications de la conduite de Dieu à l'égard de l'humanité, dont il finissait par ressortir que Dieu au fond, à travers la mort du Christ, se faisait mourir afin de se payer à lui-même la dette qu'il réclamait à l'homme. À force de soutenir que Dieu est celui qui crée la dette et qui la paye, c'est le risque auquel se heurte toute théodicée. Pour défendre la logique de Dieu, le rationalisme théologique n'a pas hésité à créer un vaste système explicatif fondé sur le monisme ontologique de Dieu, source de tout et destination

1. Alain, *Propos sur le bonheur*, Paris, Gallimard, Folio, 1988, p. 204.

de tout. Résultat, si en expliquant ainsi tout par Dieu, il a pu établir une parfaite circularité de l'action divine dans le monde, cela s'est fait au détriment de l'homme, réduit au rôle de simple spectateur du jeu de Dieu avec lui-même à travers l'histoire. Kierkegaard, de ce point de vue, a donc eu raison de se méfier du rationalisme métaphysique et de soupçonner en lui un désir proprement esthétique d'annihiler la question du mal à travers des explications. Ce sont les esthètes qui expliquent tout et qui réduisent le monde à un jeu divin. Et, plus près de nous, Jaspers a lui aussi eu raison de souligner qu'en voulant expliquer le mal quasi scientifiquement par la religion, le rationalisme théologique était parvenu au contraire du résultat souhaité, puisqu'il n'avait fait rien de moins que de naturaliser le mal en mettant la religion au service de la science, au lieu d'indiquer la présence d'une surnature face au mal en mettant la science au service de la religion.

L'erreur du rationalisme théologique réside dans le fait de fournir des explications. Face au mal, dira Kierkegaard, ce n'est pas d'explications dont nous avons besoin, mais d'action et de salut. Toute explication consistant à justifier le mal, nous n'avons que faire d'une explication. D'où la véritable logique divine, inaperçue celle-là, consistant à ne pas expliquer mais à sauver, en pratiquant un double geste de libération : celui d'historiciser le mal au lieu de le naturaliser, grâce au récit de la chute, et celui d'axiologiser la vie et non la mort par une fidélité sans faille à la vie n'attendant rien de la souffrance et de la mort ?

Le mal commence donc toujours avec l'apparition de ce que Kierkegaard a appelé l'homme théorique. Celui qui veut comprendre le mal, parce qu'au fond il ne veut pas agir contre celui-ci, par désir de se fondre en lui en jouant avec lui. *Libido sciendi,* diront les penseurs médiévaux. Péché de connaissance. Pulsion incestueuse, diront les modernes. Refus de faire l'épreuve de l'altérité. Quand il est apparu dans la culture chrétienne, ce désir immodéré de théoriser le mal a produit ces étranges constructions théologiques finissant par faire du diable un agent spécial de Dieu. Ainsi Lactance, cet apologiste chrétien des premiers siècles de notre ère. Comme le souligne Étienne Gilson dans sa *Philosophie au Moyen Âge* : « Entraîné par son ardeur finaliste, il a trouvé le diable si utile à Dieu, qu'il en a presque fait un agent nécessaire de l'ordre universel. Avant tout, le Dieu de Lactance aime la diversité, et c'est pourquoi, assure le *De opificio Dei,* il a établi ce tourmenteur du genre humain. Pas de victoire sans combat, pas de vertu sans obstacle ; Dieu a donc créé d'abord l'adversaire comme instigateur des tentations que l'homme devrait surmonter par sa vertu[1]. »

On rentre dans le mal avec l'apparition de

1. Étienne Gilson, *La philosophie au Moyen Âge,* Paris, Payot, 1993, p. 109.

l'homme théorique. On en sort en revanche avec l'apparition de l'homme éthique, lequel ne cherche pas à expliquer le mal, mais à agir contre celui-ci. Et cherchant à agir ainsi contre le mal, non seulement il s'en délivre, mais, de surcroît, il en vient à découvrir les explications qu'il avait à un moment cherchées. Si l'humanité est en butte au mal, c'est qu'elle chute de l'humanité pratique dans l'humanité théorique. Par désir non plus de vivre mais de jouer avec l'existence. Le mal fait partie de ces choses, comme la vie, qu'on ne comprend qu'en existant. Qu'en s'engageant contre lui. Au lieu de demeurer extérieur à lui. C'est donc dans la lutte éthique contre le mal que se trouve la clé du mal et non dans la théorisation du mal faisant de celui-ci un objet « intéressant » sur lequel il serait bon que l'on se penchât. Et plus profondément, c'est dans l'ouverture à l'existence que se trouve cette même clé. Car, au-delà du fait de rechercher des explications à la vie, on vit, sans explications. Pour vivre. Dans la générosité et la gratuité. Vivant ainsi, on trouve, de l'intérieur de la vie, une générosité qui comble et qui apaise. Car, pourquoi s'en ferait-on, puisque l'expérience de la vie pour rien dévoile que dans ce rien il y a encore quelque chose ? Une générosité et à travers elle une présence. N'est-ce pas le signe que le néant est vaincu ? Quand, en revanche, on soumet la vie à une explication, on manque la découverte de la vie gratuite et dans la vie gratuite la découverte de ce rien qui comble. Comment alors ne pas être obsédé par ce rien et vouloir tenter de le réduire ? Il y a une manière de penser qui crée la pensée du mal et qui, créant la pensée du mal, crée le mal tout court. Il y a une manière de ne pas penser qui, ne créant pas la pensée, ne crée pas la pensée du mal et donc le mal. D'où l'importance de ne pas penser. De faire taire la pulsion théorique et de laisser parler l'existence. L'histoire du christianisme démontre que la voix de l'homme théorique a souvent fait taire celle de l'existence. Pourquoi ? On en trouve la raison dans un double phénomène de pouvoir qui a traversé son histoire et qui la traverse encore.

Pouvoir religieux et souffrance

On ne comprend rien aux relations de la religion avec la violence et donc avec le fait de faire souffrir et de vouloir souffrir soi-même, si l'on perd de vue un phénomène essentiel. Avoir eu une expérience religieuse, c'est avoir eu, pour celui qui l'éprouve, le sentiment de vivre une expérience exceptionnelle dans sa vie. C'est avoir eu l'impression que le Ciel s'ouvrait et que tous les problèmes que l'homme pouvait se poser avaient leur solution quelque part. Tout comme les cosmonautes qui ont vécu longtemps dans l'espace sont fragiles lors de leur rentrée dans l'atmosphère, les visionnaires de Dieu sont fragiles, quand ils reprennent le contact avec le monde. Ils ne peuvent manquer d'être blessés par ce qu'ils voient et ce qu'ils entendent. Et, en particulier, par le fait d'être traités de fous et d'illuminés par la foule, lorsqu'il leur arrive de parler de leurs expériences. Blessés jusqu'au plus profond d'eux-mêmes, il arrive qu'alors ils deviennent fous du fait d'être ainsi traités de fous et d'illuminés. Eux, qui avaient le sentiment d'avoir tout reçu, voient soudain ce tout réduit à néant. Quand nous assistons au vandalisme de quelques voyous saccageant des œuvres d'art dans un musée ou des trésors du patrimoine national, nous crions à la barbarie. Et nous avons raison. Un homme religieux éprouve un même sentiment de barbarie quand il voit les valeurs qui ont ennobli sa vie et lui ont procuré un sentiment intense d'espérance et de foi dans la vie être foulées au pied et bafouées par des remarques désinvoltes faisant de lui un pauvre illuminé. Quand c'est le cas, il n'est pas rare que ceux qui n'ont pas un solide ancrage dans une tradition craquent et cèdent à la violence. Alors, débute une mécanique implacable se déroulant en deux temps. Le premier étant de se croire persécuté et de délirer sur sa persécution en assimilant le monde ainsi que le genre humain à des ennemis avides de nuire et de faire le mal. Le second étant de passer de la condition de persécuté à celle de persécuteur, en se mettant à tyranniser ce qui tyrannise, afin de défendre les valeurs injustement bafouées. On dit que les violenteurs sont souvent d'anciens violentés. C'est le cas des fanatiques religieux ainsi que des persécuteurs au nom de la religion. Ceux-ci sont des humiliés de la foi qui rêvent de revanche et qui ne trouvent pas d'autre issue à leur rêve que la folie destructrice, vécue comme purification de la souillure du monde. Les êtres spirituellement jeunes courent toujours le risque de devenir des paranoïaques en puissance, du fait de l'écart qui existe entre ce qu'ils ont vécu et ce que vit le monde ordinairement. Quand une telle chose arrive, ils versent alors dans le discours du paranoïaque type. Ils s'imaginent faire partie d'une aristocratie de purs désignés par Dieu pour souffrir mais aussi pour témoigner, au milieu d'un océan d'obscurité et de haine. Résultat, se sentant condamnés par un monde qui ne les comprend pas, ils se mettent à condamner le monde, en s'imaginant être les envoyés de Dieu, accomplissant une mission purificatrice.

Ainsi que l'a montré Jean Delumeau dans son ouvrage sur *La peur en Occident*, entre le XIVe et le XVIIe siècle, l'Occident a cédé à une véritable fièvre obsidionale, en se croyant assiégé par le diable et ses agents, les femmes, les Juifs, les Turcs, les sorcières et les hérétiques, parce que victime de sa passion pour le religieux, il a vu dans tout non-religieux un ennemi potentiel. « Depuis le XIVe siècle, souligne Jean Delumeau, pestes, disettes, révoltes, avance turque, Grand Schisme ayant alors additionné leurs effets traumatisants, une culture de "chrétienté" se sent menacée. Cette angoisse atteint son apogée au moment où la sécession protestante provoque une cassure apparemment sans remède. Les dirigeants de l'Église et de l'État se trouvent plus que jamais devant la pressante nécessité d'identifier l'ennemi. C'est évidemment Satan qui mène avec rage son dernier grand combat avant la fin du monde. Dans ce suprême assaut il utilise tous les moyens et tous les camouflages. C'est lui qui fait progresser les Turcs ; c'est lui qui inspire les cultes païens d'Amérique ; c'est lui qui habite le cœur des Juifs ; c'est lui qui pervertit le cœur des hérétiques ; c'est lui qui, grâce aux tentations féminines et à une sexualité depuis longtemps réputée coupable, cherche à détourner de leurs devoirs les défenseurs de l'ordre ; c'est lui qui, par sorciers et surtout sorcières interposés, perturbe la vie en envoûtant hommes, bêtes et récoltes. Il n'y a pas lieu de s'étonner si ces diverses attaques se produisent en même temps. L'heure a sonné de l'offensive démoniaque généralisée, étant évident que l'ennemi n'est pas seulement aux frontières, mais dans la place et qu'il faut être encore plus vigilant au-dedans qu'au dehors[1]. »

Quand on développe une telle conception de soi dans la religion, il n'est pas étonnant que l'on se marie avec la souffrance. D'abord en voyant dans la persécution un signe d'élection de Dieu et, par là même, de vérité intrinsèque de son propre

1. Jean Delumeau, *La peur en Occident*, Paris, Fayard, 1978, p. 389.

message. (Moins on m'aime, plus cela prouve que j'ai raison. Car, on ne chercherait pas à m'attaquer ainsi, si je ne détenais pas la vérité.) En outre, en voyant, dans le fait de faire souffrir, une fidélité à la vérité dont on est le porteur. (En étant l'ennemi des ennemis de Dieu, je suis son ami et je le protège. Faire souffrir au nom de Dieu, ce n'est pas faire souffrir, mais cesser de faire souffrir, les ennemis de Dieu étant ceux qui font souffrir.)

Quand, autrement dit, la religion verse dans une fièvre obsidionale, l'attaque est vécue comme un signe et une confirmation de ce que l'on est et l'agression contre l'adversaire comme un autre signe et une autre confirmation de sa vocation. En étant éprouvé, en éprouvant les autres, il s'agit en permanence de faire la démonstration de ce que l'on est. L'épreuve est preuve. Tout doit venir confirmer que l'on est bien le porteur et le défenseur de la vérité.

Souffrance et passion

Pour protéger une image d'elle-même qu'elle estimait menacée, l'Église s'est lancée dans une logique de pouvoir faisant souffrir en souffrant elle-même. La souffrance a, de ce fait, été bénie, comme signe d'élection par Dieu et signe d'hommage adressé à celui-ci. Celle-ci n'a pas cependant uniquement servi une logique de pouvoir et de défense de sa propre image. Elle a aussi été un contre-pouvoir face au pouvoir et en particulier au pouvoir religieux avec ses tendances conservatrices.

Dans son livre *L'érotisme,* Georges Bataille a souligné qu'il existe une forme de triangulation entre la violence, le sacré et la sexualité. Leur point commun réside en effet dans un passage à la limite, permettant en dépassant toute limite de se fondre avec une forme de continuité profonde de l'existence au-delà des discontinuités présentes dans la vie quotidienne. « Toute la mise en œuvre de l'érotisme, écrit Bataille, a pour fin d'atteindre l'être au plus intime, au point où le cœur manque [...]. L'action décisive est la mise à nu [...]. La mise à nu est une équivalence sans gravité de la mise à mort. Dans l'Antiquité, la destitution qui fonde l'érotisme était assez sensible pour justifier un rapprochement de l'acte d'amour et du sacrifice. [...] le partenaire féminin apparaissait comme la victime, le masculin comme le sacrificateur, l'un et l'autre, au cours de la consommation, se perdant dans la continuité établie par un premier acte de destruction [...]. Il y a dans le passage de l'attitude normale au désir une fascination fondamentale de la mort. Ce qui est en jeu dans l'érotisme est toujours une dissolution des formes constituées, de ces formes de vie sociale, régulière, qui fondent l'ordre discontinu des individualités définies que nous sommes [...]. Les chances de souffrir sont d'autant plus grandes que seule la souffrance révèle l'entière signification de l'être aimé [...]. Nous souffrons de notre isolement dans l'individualité discontinue [...]. Dans la passion, l'image de cette fusion prend corps avec une folle intensité [...]. Si l'union des deux amants est l'effet de la passion, elle appelle la mort, le désir de meurtre ou de suicide. Ce qui désigne la passion est un halo de mort [...]. C'est seulement dans la violation — à hauteur de mort — de l'isolement individuel qu'apparaît cette image de l'être aimé qui a pour l'amant le sens de tout ce qui est. L'être aimé pour l'amant est la transparence du monde[1]. »

Quand on ne perd pas de vue que, si l'érotisme a un effet de sacré de par sa capacité à être « sans bornes », le sacré a de son côté un effet érotique en dépassant les limites de la condition humaine, on comprend ce qui a lié et ce qui lie encore la mystique à la souffrance. Les mystiques ont désiré souffrir et ils désirent encore souffrir, comme les amants passionnés désirent souffrir. Pour dire leur manque infini de l'Autre et, à travers ce manque, un désir infini de fusion avec lui. Le langage de Simone Weil est clair à ce sujet. Ne voit-elle pas tout le malheur de la condition humaine dans la séparation avec Dieu ? Le culte de la souffrance qui a traversé la mystique et qui la traverse encore ne se comprend pas, si l'on n'aperçoit pas le désir de fusion passionnée que celui-ci véhicule et, avec

1. Georges Bataille, *L'érotisme*, Paris, 10-18, 1966, p. 23 et suiv.

lui, la volonté subversive d'une subjectivité religieuse de dire à travers la souffrance et la passion, en termes religieux, un certain nombre de choses, tant en matière érotique qu'en matière politique, dépassant le religieux.

Ainsi que le souligne Michel de Certeau, entre le XIIIe et le XVIIe siècle, se forme en Europe un « pays mystique » avec ses « héros » et ses modes de circulation. Le propre de ce pays mystique est de prendre ses distances avec l'institution de l'Église en épousant une expérience individuelle, intérieure, parfois « sauvage » de Dieu. « À travers une problématique du pauvre, de l'enfant ou du fou, écrit Michel de Certeau, ce mouvement prend une forme anti-intellectuelle, antiélitiste et anti-institutionnelle faisant naître un nouveau courant politique à l'origine de l'individualisme moderne[1]. » Dans l'apparition de ce courant, la souffrance possède un caractère stratégique. Car, plus le moi cherche à s'anéantir en Dieu sous la forme d'une intériorité, plus il transforme l'horizon politique en un horizon où ne subsistent plus que des individus médiés par leur seule intériorité. De sorte que la mystique finit par faire objectivement le jeu d'un monde laïc et désacralisé. La démarche de Benoît de Canfield au XVIIe siècle est un parfait exemple de cette solidarité que l'on

1. Michel de Certeau, « Mystiques et philosophie : itinéraires occidentaux », dans *Philosopher*, sous la dir. de R. Maggiori, Paris, Fayard, p. 447.

peut trouver entre laïcité et mystique. Ainsi que le montre Daniel Vidal, la mystique canfieldienne associe dans un même élan intérêt pour l'économie et intérêt pour Dieu, parce qu'elle se situe dans un espace symbolique où, par définition, tout renvoie à Dieu, qui ne renvoie à rien qu'à lui-même, mais qui, en se renvoyant ainsi à lui-même, autorise une circulation générale des signes, et en particulier des signes monétaires. La mystique est le signe fondateur de tous les autres signes. Car, en renvoyant l'homme à autre chose que lui-même par un mécanisme de dépossession mystique, elle justifie un système d'aliénation économique, où tout renvoie toujours à autre chose que soi, du fait de l'échange. Étrange ironie des choses ! La passion de la dépossession de soi et de la souffrance de soi pour Dieu dans un anéantissement de soi n'a pas eu pour conséquence la pauvreté, mais la légitimation de l'enrichissement des puritains du XVIIe siècle, ceux-ci voyant dans l'échange économique faisant circuler toutes choses, en les dépossédant de leur valeur propre, un signe de l'échange mystique entre l'homme et Dieu, dans lequel l'homme se perd pour Dieu[1].

Le quiétisme a eu le même effet. En entreprenant, au XVIIe siècle, d'épouser la « voie passive » consistant à s'anéantir pour Dieu au point d'anéantir en soi la volonté même d'être en Dieu

1. Sur ce point, voir Daniel Vidal, *Critique de la raison mystique*, Grenoble, Jérôme Millon, 1990, p. 162-167.

afin de ne plus avoir de volonté propre, il aboutit à un paradoxe. « La passivité dans laquelle le mystique tombe, écrit L. Kolakowski, fait que son comportement physique n'est plus soumis à son autorité, qu'il peut être victime des violences du démon, et donc se tourner contre la volonté de Dieu [...]. Autrement dit, le serviteur fidèle ne fait pas attention aux interdits et aux commandements que Dieu a rédigés pour son peuple [...]. Il apparaît ainsi que le commandement d'aimer son prochain, peut être nuisible, si l'on considère les objectifs les plus importants du contemplatif[1]. »

On ne saurait être plus clair. Si l'anéantissement de soi dans une mystique de la souffrance a préparé les voies de l'individualisme moderne ainsi que celles d'un monde gouverné par une pratique généralisée des échanges vécus comme dépossession, l'anéantissement de soi a eu aussi pour effet de pouvoir dire en toute quiétude, si l'on peut dire, de l'intérieur du religieux, une rébellion contre le religieux sous la forme soit d'une désobéissance aux ordres divins, ainsi que le montre Kolakowski, soit sous celle d'un athéisme pur et simple. Comment ne pas apercevoir dès lors les raisons qui ont pu guider un culte de la souffrance ? Il serait naïf de croire que celui-ci s'est développé pour des raisons masochistes. La souffrance a été aimée parce que, sous la forme d'une

1. Leszek Kolakowski, *Chrétiens sans Église*, trad. Anna Posner, Paris, Gallimard, 1969, p. 519.

obéissance extrême à la religion, elle permettait de s'affranchir de la religion, voire de Dieu comme autorités. Les mystiques de la souffrance ont voué un culte à la souffrance parce que, sous la forme d'une obéissance apparente extrême à la volonté de Dieu, celle-ci leur a permis de découvrir les possibilités hautement intéressantes d'une obéissance désobéissante.

Enjeu politique, la souffrance est aussi un enjeu érotique. Ainsi que le souligne Michel de Certeau : « Parce qu'elle s'articule sur le désir de l'Autre, la mystique fait une place centrale à la différence sexuelle et à l'expérience amoureuse. Tout en obéissant à des règles et en s'élaborant comme une science propre, elle est centrée sur ce qu'éliminent les techniciens du savoir : la relation personnelle, la passion, le désir, les désespoirs et les surprises de l'amour. Elle en est aussi la théorie. Trait significatif : alors que les hommes dominent la théologie, des femmes, "amantes de Dieu", sont les Amazones et les pionnières de la mystique : elles jouent le désir au féminin[1]. »

Bien des choses s'éclairent dès lors. Le cri de sainte Thérèse d'Avila, par exemple : « Ou souffrir ou mourir ! », est à comprendre dans une problématique de la passion et du « je » plus que dans une dérive morbide. C'est un cri d'appel à la liberté de pouvoir jouir de Dieu comme une

1. Michel de Certeau, « Mystiques et philosophie : itinéraires occidentaux », *loc. cit.*, p. 447.

femme peut jouir de son amant. Un signe de cela ? La description que Thérèse fait de l'âme qu'elle compare au palais que son Roi vient visiter. « Le vocabulaire de Thérèse épelle avec précision, et comme avec gourmandise, écrit Michel de Certeau, les diverses sortes de douceurs qui se rencontrent en ces lieux : "goûts", "délices", "régals". Le corps devient l'orgue de toutes ces "faveurs" et "grâces" spirituelles ; il est joué par ces touches ; il en devient le langage [...]. À la question "Qui suis-je ?", la jouissance répond. Introduit par la fiction ou le songe, espace différent, le plaisir (comme la douleur) est une marque de l'autre, la blessure de son passage. Écriture illisible puisqu'elle ne se détache pas de qui la sent, mais écriture qui certifie par le plaisir l'altération en quoi consiste l'ex-istence [...]. Ainsi Thérèse, semblable à "quelqu'un qui, le cierge à la main, va mourir de la mort qu'il désire, jouissant de cette agonie avec plus de délectation qu'il ne peut se dire"[1]. »

La souffrance est l'occasion de dire « je » et de parler de jouissance sans éveiller le soupçon à l'intérieur d'une institution qui la réprime. Elle est aussi une possibilité de pouvoir montrer son corps sans retenue, quand elle n'est pas une possibilité de pouvoir manipuler l'obscène et l'innommable. Jean Delumeau a eu raison de faire remarquer que la fièvre obsidionale qui a saisi

1. Michel de Certeau, *La fable mystique*, Paris, Gallimard, 1982, p. 271.

l'Occident entre le XVe et le XVIIe siècle a engendré une névrose de culpabilité se traduisant par un dolorisme. La peur de l'autre génère une peur de soi qui tourne vite en haine de soi. Cela est connu. Mais comment ne pas voir aussi dans les excès de souffrance que certains mystiques s'infligent une façon de transgresser l'institution de l'intérieur et de s'affranchir de celle-ci à un moment où son poids est particulièrement écrasant ?

Dans *Le péché et la peur en Occident*, il est question d'une Madone Faustina qui, apparemment, a bien compris les ressources qu'elle pouvait tirer de la souffrance, puisqu'elle y voit une façon de devenir la créancière de Dieu. N'est-il pas dit que plus on souffre dans ce monde, plus on sera récompensé dans l'autre ? Lorsque le père Cacciaguerra vient visiter cette dame Faustina (la scène se passe en 1562), il est proprement sidéré et dépassé par ce qui se déroule sous ses yeux : « Le père lui disait : "N'avez-vous pas assez avec ce que vous souffrez ? Non, répondit-elle, car je voudrais encore souffrir tant qu'il ne me reste plus que la peau sur les os." Le religieux observe : "Mais vous l'avez obtenue, cette grâce : seule la peau vous reste sur les os." Quelques jours plus tard, l'état de la malade s'étant encore aggravé, Cacciaguerra lui dit : "Toutes les souffrances que vous avez devraient vous suffire et vous devriez vous contenter d'elles." La mourante rétorque : "Oh non, Père, je ne m'en contente pas. Je voudrais de mes propres yeux voir la vermine manger mon corps"[1]. »

Si souffrir s'inscrit dans une économie de l'inversion de la dette de l'homme envers Dieu, cela s'inscrit aussi dans l'économie d'une capture du regard de l'autre au sein de l'espace social. Le corps souffrant n'est-il pas un spectacle saisissant et par là fascinant ? Les grands souffrants ne sont-ils pas parfois des monstres et ne va-t-on pas les voir comme on va voir des curiosités ? Ne se laissent-ils pas aller ainsi à souffrir afin de pouvoir jouir d'être vus ? C'est la question que pose le spectacle d'épouvante offert par une grande extatique du Tyrol, Maria Domenica Lazzari, au XIXe siècle. « Elle est étendue sur le dos, relate le récit d'un visiteur, dans son misérable lit, les mains croisées à la hauteur du menton, les cheveux épars, les yeux fermés et pourtant mouillés de larmes, n'ouvrant la bouche que pour laisser échapper des soupirs et des gémissements ; sa tête est percée d'environ cinquante trous, et de ses mains ouvertes par une large blessure, coule en abondance un sang rouge et frais [...]. Quelle bouche pourrait redire ses douleurs et ses angoisses mortelles ? Ah ! elle aussi peut s'écrier : "Tu es pour moi un époux de sang : *Tu es mihi sponsus sanguis*"[2]. »

1. Jean Delumeau, *Le péché et la peur en Occident*, Paris, Fayard, 1983, p. 343.
2. Jean-Pierre Albert, *Le sang et le ciel*, Paris, Aubier, 1997, p. 326.

Quand on souffre vraiment, on ne voue pas un culte à la souffrance, trop occupé que l'on est à souffrir. Quand on voue un culte à la souffrance, c'est qu'on ne souffre pas vraiment, mais que l'on joue avec celle-ci. Ce n'est donc pas parce que l'on souffre que l'on est purifié, ni parce que l'on s'anéantit pour Dieu que l'on est un saint. Au contraire. Pour être vraiment dépouillé, encore faut-il s'être dépouillé du dépouillement et à travers lui de la passion jouant avec celui-ci. Le saint ne cherche pas à être saint. Il est saint. Ce qui veut dire qu'il est simple et qu'il est humble en ayant fait taire en lui les passions et, en particulier, la passion de vouloir être et paraître un saint. Pour exprimer cet état de vrai dépouillement et donc de véritable sainteté, le monachisme chrétien d'Orient utilise le beau mot d'*hesychia* qui a donné hésychaste et qui veut dire tranquillité. L'homme vraiment dépouillé est un homme tranquille et calme et non un homme convulsé, se tordant de douleur. La véritable ascèse n'est donc pas ce que l'on croit. Celle-ci n'est pas souffrance comme on le pense trop souvent, mais apaisement. Détachement à l'égard des passions, dont la passion d'être sans passions et de vouloir faire de soi un cadavre vivant. Ce qui est un signe. Le signe qu'un tel dépouillement est un retour à la vie et non un rapport à la mort. Il y a donc un dépouillement qui rend plus vivant. Tout ce dont on se détache ne diminue pas forcément. Au contraire ! Cela allège. Il faut s'alléger. On taille bien la vigne afin de favoriser la poussée du raisin. Pour être dans un rapport essentiel de soi à soi, de soi à ce qui fait vivre, il faut tailler de même. Se délivrer du superflu. Ce détachement vécu sous la forme d'une mort symbolique est vivifiant. Toutes les sagesses l'ont pratiqué et le pratiquent encore. Et pour cause. C'est lui qui donne son langage à la vie en la délivrant des obstacles qui l'embarrassent. Le principal est la confusion de soi avec soi ainsi qu'avec les choses qui fait que nous manquons la vie et que nous nous manquons nous-mêmes par trop grand désir de vouloir les posséder. Qui veut posséder est possédé, est-il rappelé. Aussi convient-il de se déposséder si l'on ne veut pas être possédé et entreprendre de vivre une mort symbolique à soi comme à la vie, dont l'expérience montre qu'elle ne débouche pas sur la mort mais sur la vie. Tant il est vrai qu'en se détachant ainsi de la confusion, on pénètre dans la distance d'où jaillit la relation et, par là, la proximité à soi et aux choses, alors que dans la confusion avec soi comme avec les choses, sans distance, avec celles-ci, nous sommes sans proximité avec elles et donc, dans l'éloignement absolu. C'est dans la distance que se crée la proximité. C'est ainsi qu'il faut toute une vie pour être dans la vie, la vie étant cette plus grande distance et cette plus grande proximité qui soient.

L'erreur des mystiques de la souffrance

La confusion avec les choses comme avec soi-même nous prive des choses comme de nous-mêmes. Aussi la sagesse nous enseigne-t-elle à nous détacher. Encore faut-il cependant se détacher jusqu'au bout et ne pas être attaché au détachement, comme certains sages qui sont davantage des fakirs que des sages, en recherchant à travers le détachement ce que d'autres recherchent à travers la possession. Car, quand tel n'est pas le cas, on rentre dans des processus de rupture délirants avec les choses comme avec soi. La volonté de souffrir présente dans la passion et dans la mystique en est l'illustration. Si celle-ci fait peur, c'est que l'on sent, à juste titre d'ailleurs, qu'elle n'est nullement détachée, mais au contraire très attachée. Sous forme de rupture avec les choses comme avec eux-mêmes, en fait, les mystiques et les passionnés de la souffrance vivent une confusion délirante avec leur corps, transformé pour l'occasion en un théâtre de la transgression. Il n'est donc pas sage de vouloir souffrir comme de vouloir mourir. D'ailleurs le sage ne veut pas souffrir ni mourir. Aussi son détachement l'amène-t-il à aller au-delà de la passion du détachement, afin de faire retour à la vie. Quand il se produit, un tel détachement a un nom. Il s'appelle la pensée qui consiste à n'être ni confondu avec la vie ni en rupture avec celle-ci, mais en relation avec elle. Penser, c'est avoir un rapport tel avec la vie que l'on est dans la vie parce que l'on n'est plus tout à fait dans la vie, en étant dans l'esprit de la vie.

Être dans l'esprit de la vie consiste à être dans la vie en s'étant dépouillé des deux volontés qui enlèvent toute vie et donc tout esprit à la vie : la volonté de ne pas mourir et la volonté de mourir. Quand, en effet, on est dans la volonté de ne pas mourir, on n'est pas dans la vie, mais dans la passion pour la vie cherchant à conserver celle-ci à tout prix en ayant peur de ce qui pourrait arriver. Ivresse et anxiété. On vit mal dans l'ivresse et l'anxiété. Car, ce n'est pas vivre que de vivre « à mort ». C'est être déjà mort en pratiquant une forme de fête désespérée de la vie. Comme ce n'est pas vivre que de vivre en ayant peur de perdre la vie. C'est avoir peur de la vie et, par là même, avoir déjà perdu la vie. Quel remède à tout cela ? Le plus simple. Vivre en ne pensant plus à ne pas mourir. Souffrir donc et mourir, quand la souffrance et la mort sont là. Et découvrir en souffrant et en mourant ainsi, simplement, qu'on peut souffrir sans souffrir et mourir sans mourir. Car, ne pas vouloir mourir faisant exister la mort, mourir sans peur de mourir cesse de faire exister cette même mort. Mourons donc, sans penser à la mort en refoulant celle-ci sur le mode de la peur et de la rétention de la vie, et nous aurons une chance d'avoir, pour la première fois de notre vie, une vraie pensée de la vie nous donnant la force de mourir.

Mourir ainsi ne veut pas dire vouloir mourir. C'est même tout le contraire. Car, ce n'est pas mourir que de vouloir mourir. C'est jouer avec la mort et transformer celle-ci en un instrument. C'est vouloir encore posséder la vie et se conserver. L'ultime visage de la peur de la mort réside dans la volonté de mourir. Aussi le sage ne veut-il pas mourir. Il meurt. Et en mourant ainsi, il nous indique la voie qui délivre du morbide. Car, la mort n'est pas morbide. La volonté de mourir, en revanche, l'est. Dans la mort, c'est elle qui crée l'impression de mort. Par son culte adressé à la mort. Par sa confusion des valeurs, la volonté de mourir se faisant passer pour du courage, alors qu'elle renvoie à une passion malsaine pour la vie cachant une peur maladive de mourir. Vouloir mourir, c'est avoir un rapport imaginaire et théâtral avec sa propre mort, comme vouloir souffrir consiste à avoir un rapport imaginaire et théâtral avec sa propre souffrance. On comprend donc que Spinoza ait pu dire qu'« un homme libre ne pense à aucune chose moins qu'à la mort et sa sagesse est une méditation non de la mort mais de la vie[1] ». Quand on n'a pas de rapport théâtral avec soi comme avec sa propre pensée, on n'a pas de rapport théâtral avec la mort. On évite donc de se tromper soi-même et de tromper les autres à travers un rapport à la mort qui n'est pas la mort,

1. Spinoza, *L'éthique*, trad. Ch. Appuhn, prop. 67 de la partie IV, Paris, Garnier Flammarion, 1983, p. 285.

mais sa caricature. Le sage meurt, sans chercher à vouloir mourir. C'est la raison pour laquelle il est l'exemple d'un rapport juste à la mort.

En Occident, Socrate demeure l'exemple de cette attitude juste face à la mort. Car, il n'a ni cherché à ne pas mourir ni voulu mourir. Il n'a pas cherché à ne pas mourir, parce qu'il a le sens de la vie. Vivre, ce n'est pas vivre à tout prix en vivant « à mort ». Ce qui a pour conséquence d'engendrer de la violence et de la mort à travers la passion et l'ivresse de la vie. C'est au contraire cesser de faire exister dans la vie ce qui tue celle-ci. De ce point de vue, ce n'est pas mourir que de mourir à une vie traversée par la passion violente pour la vie. C'est au contraire vivre. Aussi Hubert Grenier a-t-il raison d'écrire que « la vie des hommes loin de la philosophie est alarmée, crispée. La mort l'encercle. Vivre pour eux, c'est ne pas encore mourir. Semblable vie n'en est donc pas une. Ainsi se comprend la formule du *Phédon* : "Philosopher, c'est apprendre à mourir." C'est mourir à cette vie qui n'était qu'un abominable simulacre de vie, où tout ne parlait que de mort[1] ».

Socrate n'a pas voulu ne pas mourir, mais il n'a pas voulu mourir pour autant. Il le déclarera lui-même : il ne se suicide pas en buvant la ciguë. Il demeure fidèle à ce qu'il est. Les dieux l'ont mis

1. Hubert Grenier, *La connaissance philosophique*, Paris, Masson, 1973, p. 172.

au poste de philosophe dans la cité. Il n'abandonnera pas ce poste. Il sera philosophe jusqu'au bout. S'il abandonnait son poste en fuyant, c'est alors qu'il se suiciderait. Car, il serait condamné, en vivant à l'extérieur d'Athènes, à vivre sans pouvoir philosopher. Il devrait, comme philosophe, mener une vie non philosophique. Ce qui pour un philosophe signifie la mort.

Mieux que quiconque, Socrate nous l'a fait comprendre : le sens de la souffrance se trouve non pas dans le fait de philosopher sur la souffrance en spéculant à son propos, mais dans celui de lutter contre elle en la faisant cesser. Et lutter contre elle passe par un seul geste, aussi difficile que simple : celui de vivre, de souffrir et de mourir, sans chercher à vouloir vivre, souffrir et mourir. Simplement en vivant, en souffrant et en mourant. C'est en vivant ainsi, en souffrant ainsi et en mourant ainsi que de l'intérieur de la vie, de la souffrance et de la mort, on fait cesser les mécanismes qui attisent la souffrance ainsi que la mort.

En Orient, on retrouve un semblable chemin de sagesse. Quand, en effet, le Bouddha enseigne qu'il y a quatre nobles vérités : la vérité de la souffrance, la vérité de l'origine de la souffrance, la vérité de la cessation de la souffrance, la vérité du chemin de la cessation de la souffrance. Et quand, en outre, il ajoute que ces vérités consistent dans le fait qu'il faut connaître l'origine de la souffrance, détruire la souffrance, réaliser la cessation de la souffrance et mettre en pratique la cessation de la souffrance[1], il s'agit là encore d'enseigner la juste distance permettant d'être dans l'esprit de la vie entre la volonté de ne pas mourir et celle de désirer mourir. Schopenhauer l'a bien compris en faisant apparaître deux temps dans la sagesse orientale. Le premier est tissé dans la désillusion radicale. La vie est illusion. Parce que tout est enchaîné au désir de vivre. Nihilisme ? Nullement. Bien plutôt, socratique lucidité, l'ego des hommes qui s'accroche désespérément à la vie croit et fait croire que c'est en retenant et en possédant celle-ci que l'on vit et que se trouve le sens de la vie. Et, le croyant tout en le faisant croire, il enchaîne l'existence au malheur. Où est le nihilisme ? La psychanalyse qui écoute la souffrance de la société de consommation a vérifié cette analyse lucide. La rétention narcissique de la vie ligote les hommes à la roue de la souffrance. D'où l'importance de faire l'expérience d'un échappement à soi-même à travers l'acceptation de l'inconscient[2].

Le second temps de cette sagesse est tissé dans la conversion de soi à une autre dimension de la vie. Quand on entreprend de dépasser l'ego, on ne débouche pas sur une mort à la vie faisant de soi un cadavre vivant. Car, si tel était le cas, on serait encore dans l'ego. On débouche au

1. *Paroles du Bouddha,* trad. Jean Éracle, Paris, Le Seuil, 1991, p. 26.
2. Sur ce rapport de la souffrance au narcissisme, voir Annie Aubert, *La douleur,* Paris, P.U.F., 1996.

contraire sur une autre forme de vie. Une vie infiniment sensible. Infiniment sensible à l'autre. « Quand le voile de Maya, le principe d'individuation se soulève, devant les yeux d'un homme, au point que cet homme ne fait plus de distinction égoïste entre sa personne et celle d'autrui, quand il prend aux douleurs d'autrui autant de part que si elles étaient les siennes, et qu'ainsi il parvient non seulement à être très secourable, mais tout prêt à sacrifier sa personne s'il peut par là en sauver plusieurs autres, cet homme qui dans chaque être se reconnaît lui-même, considère les infinies douleurs de ce qui vit comme étant ses douleurs. Désormais nulle souffrance ne lui est étrangère [...]. Ce qu'il a devant lui, ce n'est plus cette alternance de biens et de maux qui est sa vie propre ; comme il voit clair à travers le principe d'individuation, tout le touche. Il aperçoit l'ensemble des choses, il en connaît l'essence[1]. »

Pour Socrate et l'Occident, entre ne pas vouloir mourir et vouloir mourir, il y a la sagesse. Pour le Bouddha et l'Orient, il y a la compassion. Mais le constat demeure le même. On n'échappe pas à la souffrance et à la mort en étant contre celles-ci ou pour elles, mais en vivant et, en vivant, en vivant avec autrui. Le dépouillement qui nous dépouille vraiment nous conduit donc vers la vie et non vers

1. Schopenhauer, *Le monde comme volonté et comme représentation*, voir p. 192 et 219 : *Schopenhauer, le Vouloir vivre*, texte tiré du *Vouloir vivre*, textes choisis par André Dez, Paris, P.U.F., 1991, p. 203.

la mort. Belle leçon, qui aide à vivre tous ces dépouillements que la vie nous impose. À comprendre aussi que l'on n'est jamais triste de mourir que parce que l'on n'est pas assez dépouillé. C'est cela qui nous rend triste. Celui qui meurt vraiment n'est pas triste, ayant dépouillé sa vie de ce qui la faisait mourir. Il l'est d'autant moins qu'ayant dépouillé la vie de ce qui la fait mourir, il a au fond toujours été un homme heureux, sachant se rendre heureux et rendre les autres heureux. Il n'y a donc qu'une seule chose à souffrir comme il n'y a qu'une seule chose à quoi nous devons mourir. C'est la joie que nous devons souffrir et à la tristesse que nous devons mourir. C'est la raison pour laquelle Alain a écrit que le bonheur est vertu et uniquement lui. « Il n'est pas difficile d'être malheureux ou mécontent, écrit-il dans ses *Propos sur le bonheur* ; il suffit de s'asseoir comme fait un prince qui attend qu'on l'amuse [...]. Il est difficile d'être heureux ; c'est un combat contre beaucoup d'hommes [...]. Ce que l'on n'a pas assez dit, c'est que c'est un devoir envers les autres d'être heureux [...]. Car le malheur, l'ennui et le désespoir sont dans l'air que nous respirons tous ; aussi nous devons reconnaissance et couronne d'athlète à ceux qui digèrent les miasmes et purifient la commune vie par leur énergique exemple [...]. Tout homme et toute femme devraient penser à ceci, que le bonheur est l'offrande la plus généreuse[1]. »

1. Alain, *Propos sur le bonheur, op. cit.*, p. 203-204.

III

QUAND LE NON-SENS FAIT SOUFFRIR

Les non-sens du non-sens

Si la souffrance comme mal n'a guère de sens, sinon aux yeux du tyran qui fait souffrir, encore convient-il de se méfier de la façon dont on a tendance à la traiter de non-sens. Car, quand on n'y prend pas garde, loin de contribuer à lutter contre le mal, cette façon en fait le jeu. Ainsi, il existe trois manières de dénier tout sens à la souffrance qui invitent à la vigilance. La première d'entre elles réside dans une pratique du soupçon.

Du soupçon quant au sens de la souffrance

Dès lors qu'il s'agit de s'interroger sur le sens de la souffrance en particulier et sur celui de la vie en général, il n'est pas rare d'entendre dire : « Mais pourquoi donc voulez-vous absolument que la souffrance ait du sens ? Et pourquoi donc la vie devrait-elle avoir un sens ? »

Dans l'idée de ceux qui formulent une telle interrogation, vouloir donner ainsi du sens à la souffrance comme à la vie relève d'une faiblesse intrinsèque. Cela renvoie au besoin de se rassurer en tentant de combler par un sens la brèche ouverte par la souffrance, histoire de se dire que l'on n'a pas souffert ni vécu pour rien, que tout ce qui a été vécu a été utile. Cette faiblesse procéderait d'une impuissance à vivre. D'un doute à l'égard de soi. D'un besoin de se raccrocher à quelque chose d'extérieur au lieu de se relier à soi en acceptant une solitude courageuse. D'un doute aussi à l'égard de la vie, entraînant un besoin de justifier celle-ci en la rattachant à une transcendance extérieure au lieu de la rapporter à elle-même. Étrange besoin, en vérité, que Nietzsche dans *La généalogie de la morale* a résumé en écrivant : « Ce qui révolte à vrai dire contre la douleur, ce n'est pas la douleur en soi, mais le non-sens de la douleur. Pour chasser la douleur du monde, on a été obligé d'inventer les dieux... À l'aide de pareilles inventions, la vie est parvenue au tour de force de justifier son propre mal. "Tout mal est justifié, dès lors qu'un dieu se complaît à le regarder." Ainsi a parlé l'ancienne logique du sentiment. Quel sens ont eu la guerre de Troie et d'autres horreurs tragiques ? Ce furent des jeux pour réjouir le regard des dieux... Les philosophes moralistes de la Grèce pensèrent que les regards des dieux étaient fixés sur les luttes morales et les tortures que s'infligeaient les vertueux. L'Hercule du devoir était sur un théâtre et il le savait[1]. »

1. Nietzsche, *La généalogie de la morale, op. cit.*, p. 94-95.

Nietzsche a pensé que le besoin de donner un sens à la souffrance était à la source des souffrances que nous connaissons. Car, qui a besoin de donner du sens à la souffrance doute de lui et de ses forces par peur d'oser vivre. Aussi fait-il tout pour exister par rapport à l'extérieur et en particulier par rapport aux autres. D'où la transformation de la douleur en spectacle et, donc, la manipulation ludique de la souffrance, manipulation spectaculaire jugée préférable à la solitude. Sans compter que, qui désire donner du sens à la souffrance doute de la vie et de sa force interne. Si bien qu'il fait tout pour compenser la faiblesse de la vie par une justification extérieure et transcendante. Ce qui explique la transformation de la souffrance en problème théorique abstrait et, à travers cette abstraction, l'apparition d'un système compliqué de la douleur.

La souffrance trouvant son équilibre dans un sens, il y aurait une sorte d'équilibre entre la souffrance et le sens, le sens compensant la souffrance. On serait remboursé quand on souffre. Il serait dès lors possible de spéculer sur la souffrance, celle-ci devenant un placement intéressant.

On comprend que Nietzsche ait voulu en finir avec une telle pratique du sens en pratiquant un soupçon radical. Comme on comprend le renversement des valeurs qu'il a tenté d'opérer quand, en effet, le sens devient un non-sens, n'est-ce pas le non-sens qui fait sens ?

Dans une vision nietzschéenne, l'homme libre

n'attend rien de l'extérieur, mais tout de lui-même. Et, n'attendant rien de l'extérieur, il se moque d'être vu quand il souffre, comme il ne lui vient jamais à l'esprit de pratiquer un quelconque calcul ni un quelconque marchandage à propos de la souffrance. Quand il souffre, il souffre comme il vit. Pour rien, c'est-à-dire par pure générosité. Par pur amour. Et c'est ce qui fait la grandeur de sa vie comme de sa souffrance. En « s'appuyant sur lui-même », au sein d'une vie se soutenant elle-même, c'est dans le fait de souffrir qu'il trouve les forces capables de surmonter la souffrance, comme c'est dans la vie qu'il trouve la force de vivre. Et, étant ainsi vivant et souffrant, jamais au fond il ne souffre en subissant la souffrance.

On pense en général que le non-sens est tragique et que le tragique est un poison. Aux yeux de Nietzsche, c'est le sens qui est un poison. Car, quel mérite aurions-nous de vivre si la vie avait du sens ? N'est-ce pas le fait de vivre et de souffrir dans une vie qui n'a pas de sens qui donne tout son sens au fait de vivre et de souffrir ? Quelle valeur aurait la vie si au fond nous étions sûrs que tout ce que nous vivons aura du sens et sera récompensé ? N'y a-t-il pas là une forme de bassesse, de faiblesse, de calcul et de mesquinerie ? Les seigneurs de la vie ne sont-ils pas ceux qui trouvent dans la contingence ainsi que la pure gratuité de la souffrance et de la vie les plus belles raisons de vivre et de souffrir ?

Nietzsche a mené avec un éclat incomparable la critique du sens. Sans avoir cet éclat, le soupçon que l'on pratique ordinairement à l'égard du sens de la souffrance s'alimente pourtant à la même source en décelant une forme de faiblesse ainsi qu'un besoin de pouvoir dans le fait de vouloir donner du sens à tout et en particulier au fait de souffrir. Comme si la vie et la souffrance étaient un problème de sens ! Le sens a-t-il jamais aidé quiconque à vivre et à souffrir ? Pensons-nous à un sens quand nous vivons et quand nous souffrons ? Nullement, a-t-on envie de répondre. Quand la vie a du sens, celle-ci est tellement vivante qu'elle n'a pas besoin de sens. Et quand la question de son sens se pose, c'est qu'elle n'est plus vivante. Aussi est-il erroné de croire que le sens ajoute quelque chose à la vie. Selon Nietzsche, il participe davantage d'un symptôme que d'une création.

Quant à la souffrance, il en va de même. Quand souffrir a du sens, souffrir n'a pas besoin de sens, et quand souffrir a besoin d'un sens, le sens ne changera jamais rien, tant les choses se passent ailleurs en appelant bien autre chose qu'un sens.

De la politisation quant au sens de la souffrance

La seconde façon de dénier tout sens à la souffrance réside dans la politisation de celle-ci. Cette politisation s'enracine dans une critique de la religion. La religion, est-il dit, conduit toujours les hommes à souffrir en se résignant à leur sort, sans faire montre d'une quelconque révolte. Cette résignation se fonde sur deux idées. La première consiste à dire que l'on ne peut rien faire contre la souffrance. Car, la vie est viciée à la base en vertu d'une faute originelle. L'humanité ayant péché contre Dieu, celle-ci a basculé dans une vie où la souffrance est inhérente à l'ordre des choses. Pour que la souffrance ne soit pas, il aurait fallu qu'il n'y ait pas de péché à l'origine. Ce qui est trop tard. Le mal est là. Il a été fait et il est impossible à effacer, comme, d'une façon générale, il est impossible de changer le passé.

En outre, il n'est pas dans l'intérêt des hommes de vouloir agir contre la souffrance. Il ne faut pas chercher à la supprimer en ce bas-monde. Car, souffrir c'est payer sa dette et effacer sa faute première, en assumant les conséquences non seulement de ses actes mais de tout ce qui est.

Certes, souffrir, c'est subir le mal. Mais subir le mal, c'est aussi transcender le mal. D'où l'importance de ne pas se révolter et d'attendre qu'une solution au mal nous vienne non pas en ce monde et de l'homme, mais de la mort et de Dieu.

Marx a récusé cette vision religieuse de la souffrance. Car, a-t-il fait remarquer, en faisant de cette dernière quelque chose contre quoi on ne peut rien faire et contre quoi il ne faut rien faire, parce qu'elle s'enracine dans une chute et un salut dépassant l'histoire, on fait le jeu d'une situation d'exploitation économique historiquement déterminée, qui conduit à déculpabiliser les exploiteurs et à culpabiliser les exploités. La chute dont parle la religion n'est pas pré-historique, mais historique. Elle réside dans la mystification de l'échange et, au sein de l'échange dans l'illusion véhiculée par le contrat de travail, lequel fait croire qu'il a lieu entre deux parties contractantes égales, alors que ce n'est pas le cas. Un ouvrier qui a besoin de travailler n'est pas l'égal d'un employeur qui l'embauche. Il y a entre eux une inégalité qui fait que le premier, mû par la nécessité, sera obligé de se soumettre aux conditions fixées par le second. D'où une situation profitable au second et nuisible au premier, avec, à la clé, un dommage occasionné au premier masqué par l'idéalité du contrat et de l'échange. Il convient pour cela d'être lucide. Comme l'inégalité tend à se masquer derrière l'idéalisation du contrat, plus il y a inégalité, plus celle-ci tend à se masquer derrière l'idéalisation du contrat et plus il y a idéalisation du contrat, plus il y a inégalité. La production de l'inégalité sociale va de pair avec l'expansion d'un processus d'abstraction, d'idéalisation et de contractualisation du champ social. Concrètement, pour le travailleur, cela se traduit dans son corps ainsi que dans sa vie. Tandis qu'il est exploité par un système qui permet de s'enrichir sans travailler par l'entremise de l'échange et des spéculations rendues possibles par l'échange, celui-ci s'appauvrit en travaillant. De sorte qu'il est conduit à vivre dans des conditions fatales pour lui-même. D'où l'impression réelle de vivre une fatalité et, du fait de cette fatalité, un processus de scission. Car, devenant ainsi une fatalité pour lui-même, l'exploité est conduit à se maudire ainsi qu'à maudire sa vie. Et, maudissant ainsi sa vie, la vie réelle se met à devenir une vie rêvée, une vie sublime, une vie résidant dans l'au-delà de la malédiction et, donc, dans l'au-delà tout court. « L'ouvrier, écrit Marx dans *Les manuscrits de 1844*, se sent malheureux dans son travail. Car il n'y déploie pas une libre activité physique et intellectuelle, mais il y mortifie son corps et il y ruine son esprit. Aussi ne se sent-il lui-même qu'en dehors de son travail. Il est à l'aise quand il ne travaille pas et quand il travaille il ne se sent pas à l'aise [...]. De même que dans la religion, l'activité propre de l'imagination humaine, du cerveau humain et du cœur humain agit sur l'individu indépendamment de lui, c'est-à-dire comme une activité étrangère, divine ou diabolique, de même, l'activité de l'ouvrier n'est pas son activité propre. Elle appartient à un autre. Elle est la perte de soi-même[1]. »

On comprend, dans ces conditions, que Marx ait voulu politiser la question de la souffrance et qu'il ait écrit dans la *Critique de la philosophie du droit de Hegel* : « C'est l'homme qui fait la religion et non la religion qui fait l'homme [...]. L'homme n'est pas une essence abstraite blottie quelque

1. K. Marx, *Les manuscrits de 1844*, trad. Jacques-Pierre Gougeon, Paris, Garnier Flammarion, 1996, p. 112.

part hors du monde. L'homme, c'est le monde de l'homme, l'État, la société. Cet État, cette société produisent la religion, conscience inversée du monde, parce qu'ils sont eux-mêmes un monde à l'envers. La religion est la théorie universelle de ce monde, sa somme encyclopédique, sa logique sous forme populaire, son point d'honneur spiritualiste, son enthousiasme, sa sanction morale, son complément solennel, le fondement universel de sa consolation et de sa justification. Elle est la réalisation fantasmagorique de l'essence humaine, parce que l'essence humaine ne possède pas de réalité véritable. Lutter contre la religion c'est donc lutter indirectement contre le monde dont la religion est l'arôme spirituel. La détresse religieuse est, pour une part, l'expression de la douleur réelle et, pour une autre, la protestation contre la détresse réelle. La religion est le soupir de la créature opprimée, la chaleur d'un monde sans cœur, comme elle est l'esprit de conditions sociales dont l'esprit est exclu. Elle est l'opium du peuple. Abolir la religion en tant que bonheur illusoire du peuple, c'est exiger son bonheur réel. Exiger qu'il renonce aux illusions sur sa situation, c'est exiger qu'il renonce à une situation qui a besoin d'illusions. La critique de la religion est donc la critique de cette vallée de larmes dont la religion est l'auréole[1]. »

1. K. Marx, *Critique de la philosophie du droit de Hegel*, et plus spécialement *Critique du droit politique hégélien*, Annexe, trad. Albert Baraquin, Paris, Éditions sociales, 1975, p. 198-199.

Marx a montré mieux que quiconque que le problème soulevé par la souffrance ne consiste pas à lui donner du sens, mais à la supprimer, en supprimant les conditions politiques, économiques et sociales qui lui ont donné naissance et qui, surtout, continuent de la produire, en parlant de lui donner un sens au lieu d'y mettre fin par l'établissement d'un bonheur réel.

Consultons-nous nous-mêmes. Comment ne pas lui donner raison ? Quand nous souffrons, est-ce d'un discours dont nous avons besoin et que nous attendons ? Non. Nous attendons que l'on agisse et nous bénissons médecine, psychanalyse, économie, politique, éducation et culture, quand celles-ci sont en mesure de voler au secours de la douleur, de la dépression, de la pauvreté, de l'oppression, de l'ignorance et de la barbarie que l'on peut endurer.

De la personnalisation quant au sens de la souffrance

La troisième façon, enfin, de dénier tout sens à la souffrance renvoie à ce que l'on peut appeler le procès de personnalisation de celle-ci. Celui-ci consiste à dire que la souffrance n'a pas de sens parce que celle-ci est multiple et non une. Ne sommes-nous pas tous différents ? Chacun avec une sensibilité particulière ? Comment établir des généralités sans pratiquer de graves erreurs ?

À l'évidence, ce que l'un supporte, l'autre ne le

supporte pas et réciproquement, pour des raisons qui tiennent aux capacités propres à chacun, à l'hérédité de chacun, enfin à la culture ainsi qu'à l'histoire personnelle de chacun. Georges Canguilhem a bien résumé cette diversité en écrivant dans *Le normal et le pathologique* que « l'homme normal, c'est l'homme normatif, l'être capable d'instituer de nouvelles normes, même organiques. Une norme de vie unique est ressentie privativement et non positivement [...]. La normalité vient de la normativité. Le pathologique n'est donc pas l'absence de normes pathologiques, mais une autre norme [...]. Ainsi, être sain, c'est non seulement être normal dans une situation donnée, mais être aussi normatif dans cette situation et dans d'autres situations éventuelles. Ce qui caractérise la santé, c'est de pouvoir dépasser la norme momentanée. C'est la possibilité de tolérer des infractions à la norme habituelle et d'instituer des normes nouvelles dans des situations nouvelles[1] ».

Comment dès lors, sachant qu'il n'y a pas plus de norme de santé qu'il n'y a de norme de souffrance, croire un instant que l'on puisse souffrir avec l'autre et pour lui ? Comment même imaginer que l'on puisse comprendre la souffrance de l'autre ? Il convient de se méfier de la bonne volonté qui croit pouvoir comprendre la souffrance d'autrui et qui, en fait, ne comprend rien.

1. Georges Canguilhem, *Le normal et le pathologique*, Paris, P.U.F., 1991, p. 87, 91 et 130.

Celle-ci relève souvent davantage d'un fantasme de fusion avec autrui que d'un respect de celui-ci. Fantasme dangereux consistant à se prendre pour l'autre et à parler à sa place. Ainsi que le rappelle Catherine Chalier, il y a une distance entre nous et autrui à l'occasion de la souffrance qui invite à se demander dans quelle mesure il est possible d'accompagner l'autre dans la souffrance d'une fin de vie confrontée à la maladie incurable. Car une telle idée de pouvoir accompagner l'autre en dit « trop si elle laisse entendre que nous pouvons aider l'autre au point de suivre pas à pas son trajet, en rythmant totalement notre démarche au rythme de la sienne, en accordant notre cadence à celle de son souffle et en nous proposant de le soulager en portant avec lui sa souffrance. Car n'est-ce pas oublier alors que l'Autre, parce qu'il est Autre justement, n'est jamais à la mesure de notre conscience, que celle-ci, malgré toute sa bonne volonté, "est toujours en retard au rendez-vous du prochain" ? N'est-ce pas se leurrer en estimant qu'on peut porter la souffrance de l'autre de la même façon qu'on porterait ses fardeaux pour lui permettre de cheminer léger[1] ? ».

Le totalitarisme est fondé sur une pratique qui nie l'individualité en cherchant à imposer partout le même prototype. Il pense pour l'autre. Il sent pour l'autre. Il prétend savoir pour chacun, mieux

1. Catherine Chalier, *La persévérance du mal*, Paris, Le Cerf, 1987, p. 134.

que lui, ce qui est bon pour lui. Et pour cause, la vérité consistant à se fondre dans la masse, tout ce qui est individuel est faux par définition. Ne convient-il donc pas, si on veut pouvoir lui échapper, de revenir à la multiplicité des individualités, en évitant de projeter sur autrui ses goûts, ses façons de voir, de se comporter comme de sentir ? Le respect envers autrui ne commande-t-il pas que l'on fasse passer l'altérité avant la totalité ? Ne faut-il pas radicalement individualiser la souffrance si l'on veut pouvoir ne pas nier celui qui souffre ?

Cette individualisation est d'autant plus nécessaire qu'au-delà de considérations éthiques, c'est elle qui aide à surmonter la souffrance. François Jacob, dans *Le jeu des possibles*, a rapproché le travail de la vie de l'art du bricolage. « L'évolution, écrit-il, procède comme un bricoleur qui, pendant des millions et des millions d'années, remanierait lentement son œuvre, la retouchant sans cesse, coupant ici, allongeant là, saisissant toutes les occasions d'ajuster, de transformer, de créer[1]. »

Il y a une parenté entre cet art du bricolage qu'est la vie et le fait de souffrir. Souffrir est un art, comme nous l'ont appris Proust et Thomas Mann. L'art de savoir composer avec sa souffrance. « Sois sage, ô ma Douleur, et tiens-toi plus tranquille », s'exclame Baudelaire dans *Recueille-*

1. François Jacob, *Le jeu des possibles*, Paris, Fayard, 1975, p. 72.

ment. Il faut apprendre à vivre avec sa souffrance comme s'il s'agissait de quelqu'un. Il faut savoir aussi et surtout ne pas en « rajouter », ne pas s'écouter, ne pas se plaindre, ne pas basculer dans la spirale destructrice du malheur s'enroulant sur lui-même en appelant le malheur. Art de savoir donner le change, en faisant bonne figure. En faisant « comme si ». Art de savoir tirer parti de chaque occasion afin de se faufiler dans la vie en se saisissant du moment qui se présente. Leibniz disait que l'art divin par excellence consiste à savoir faire le plus avec le moins. *Maximis in minimis !* Comment mieux décrire l'art de vivre qu'est l'art de souffrir qui, parfois, relève d'une prouesse surhumaine ? N'est-il pas l'expression du génie de chacun ?

Malebranche, pour expliquer comment Dieu parle au monde en associant l'infini au fini, a parlé d'occasions. Si tout est en Dieu, tout n'est pas Dieu. Mais si tout n'est pas Dieu, tout n'en est pas moins en Dieu. Dieu et ce qui est sont donc liés sans se confondre et ce lien s'exprime par l'occasion. Car, c'est par l'occasion que Dieu se manifeste, en transparaissant dans ce qui apparaît. De sorte que tout est occasion pour Dieu de manifester sa présence et tout est liberté pour le fini de pouvoir s'élever jusqu'à Dieu. Dans la souffrance, on est souvent occasionnaliste. Tout comme l'infini se déroule en parallèle avec le fini, la vie tente de se dérouler en parallèle avec l'adversité, afin de dire autre chose dans l'épreuve que l'épreuve. Art de la diversion. Art de montrer que la vie n'a pas cessé d'être et qu'elle peut être partout. Art de la continuité. Démonstration de la permanence de l'être à travers un savoir-être au sein du non-être ! Tout en n'étant pas la vie, l'épreuve peut laisser passer la vie. C'est cela que l'occasion signifie à travers le regard que l'on peut être amené à jeter sur elle. Voir ainsi dans une épreuve une occasion, c'est ce que signifie bricoler avec art et génie. L'art et le génie de la pensée en définitive, capable de renverser et d'inverser les situations les plus difficiles afin de les convertir à soi. Bachelard louait l'art du boulanger de savoir mêler de l'eau à la poussière de farine qu'il a sur les bras lorsqu'il pétrit afin de transformer cette poussière en pâte à pain. Il y voyait là l'art des alchimies intelligentes. Descartes, dans deux lettres à Élisabeth du 18 mai 1645 et de juin 1645, ne procède pas autrement quand le temps de l'épreuve est venu. « Les grandes âmes, écrit-il, ont des raisonnements si forts et si puissants que, bien qu'elles aient aussi des passions, et même souvent de plus violentes que celles du commun, leur raison demeure néanmoins toujours la maîtresse, et fait que les afflictions même leur servent, et contribuent à la parfaite félicité de leur vie [...]. Ainsi ressentant de la douleur en leur corps, elles s'exercent à la supporter patiemment, et cette épreuve qu'elles font de leur force leur est agréable ; voyant leurs amis en quelque grande affliction, elles compatissent à leur mal, et font tout leur possible pour les en délivrer, et ne craignent pas même de s'exposer à la mort pour ce sujet, s'il en est besoin [...]. Je sais bien qu'il est presque impossible de résister aux premiers troubles que les nouveaux malheurs excitent en nous, et même que ce sont ordinairement les meilleurs esprits dont les passions sont plus violentes et agissent plus fort sur leurs corps ; mais il me semble que le lendemain, lorsque le sommeil a calmé l'émotion qui arrive dans le sang en telles rencontres, on peut commencer à se remettre l'esprit et à le rendre tranquille. Ce qui se fait en s'étudiant à considérer tous les avantages qu'on peut tirer de la chose qu'on avait prise le jour précédent pour un grand malheur, et à détourner son attention des maux qu'on y avait imaginés. Car il n'y a point d'événements si funestes, ni si absolument mauvais au jugement du peuple, qu'une personne d'esprit ne les puisse regarder de quelque biais qu'ils lui paraîtront favorables[1]. »

La vie est ingénieuse. L'homme a du génie. L'homme et la vie peuvent donc communiquer de génie à génie. D'où une liberté immense. De l'homme à l'égard de la vie. De la vie à l'égard de l'homme. Si l'homme ne saurait être un obstacle pour la vie, l'inverse est vrai. La vie n'est jamais un obstacle pour l'homme. C'est là un trait du génie de la vie qu'il revient au génie de l'homme de

1. Descartes, *Correspondance avec Élisabeth*, Paris, Garnier Flammarion, 1989, p. 97 et 106.

savoir saisir. Pour qui sait voir, le possible est toujours possible. Cette possibilité du possible, c'est ce que l'on appelle l'occasion, qui n'est jamais qu'un autre nom de l'esprit. Pensons donc. Personnalisons-nous en pensant ainsi et nous saurons saisir les occasions de la vie au lieu de souffrir de celle-ci.

Toutes ces façons de dénier du sens à la souffrance ne sont pas sans justesse ni sans efficacité et les gestes philosophiques qu'elles sous-tendent ne sont pas sans grandeur. Il y a, à propos de la souffrance, beaucoup de commentaires. Beaucoup trop. Comment ne pas penser dans ces conditions à *La mort du loup* d'Alfred de Vigny ?

À voir ce que l'on fut sur terre et ce qu'on laisse,
Seul le silence est grand ; tout le reste est faiblesse [...]
Gémir, pleurer, prier est également lâche.
Fais énergiquement ta longue et lourde tâche
Dans la voie où le sort a voulu t'appeler,
Puis après, comme moi, souffre et meurs sans parler.

Il y a une grandeur dans cette attitude. Mais n'y a-t-il là que grandeur ? Est-il si certain qu'il soit sans équivoque de cultiver le soupçon, la politisation et la personnalisation de la souffrance afin d'échapper aux ambiguïtés de son sens ?

1. LES IMPASSES DU SOUPÇON

Nietzsche a vu dans la quête du sens une faiblesse et dans la vie gratuite souffrant pour rien une force. Il a pensé que, dans une vie sans justifications, il serait possible de se délivrer du système de la violence pratiquée en toute bonne conscience à l'abri d'un sens garantissant une sorte de caution. Est-il si sûr que cela qu'une telle vie tragique et absurde où l'on vivrait et on souffrirait pour rien nous préserve de la méchanceté des faibles et des lâches s'appuyant sur un ordre établi ?

Et d'abord, que signifie vivre pour rien et souffrir pour rien ? Vit-on jamais pour rien ? Et souffre-t-on jamais pour rien ? Par hasard ?

Vous avez dit absurde ?

Spinoza, pourtant très critique à l'égard du sens, ainsi que le montre l'appendice de la première partie de l'*Éthique*, où il dénonce le désir égocentrique de se sentir le centre des attentions de la Nature, a été le premier à dénoncer également le hasard, en y voyant une figure de l'irrationalité. Car, il n'y a jamais grande différence à parler de hasard et à parler de destin. Le destin n'est-il pas par définition aveugle, c'est-à-dire profondément hasardeux ? Et le hasard n'est-il pas à l'inverse profondément fatal, c'est-à-dire inéluctable ? Comment ne pas voir que hasard et destin sont les deux faces d'un même aveuglement à l'œuvre dans le cours des choses ? Bergson l'a bien compris lorsque dans *Les deux sources de la morale et de la religion* il fait remarquer : « Une énorme tuile, arrachée par le vent, tombe et assomme un passant. Nous disons que c'est un hasard. Le dirions-nous si la tuile s'était simplement brisée sur le sol ? Peut-être, mais c'est que nous penserions vaguement alors à un homme qui aurait pu se trouver là, ou parce que, pour une raison ou pour une autre, ce point spécial du trottoir nous intéressait particulièrement, de telle sorte que la tuile semble l'avoir choisi pour y tomber. Dans les deux cas, il n'y a de hasard que parce que un intérêt humain est en jeu et parce que les choses se sont passées comme si l'homme avait été pris en considération, soit en vue de lui rendre service, soit plutôt avec l'intention de lui nuire. Ne pensez qu'au vent arrachant la tuile, à la tuile tombant sur le trottoir, au choc de la tuile contre le sol ; vous ne voyez plus que du mécanisme, le hasard s'évanouit. Pour qu'il intervienne, il faut que l'effet ayant une signification humaine, cette signification rejaillisse sur la cause et la colore, pour ainsi dire, d'humanité. Le hasard est donc le mécanisme se comportant comme s'il avait une intention[1]. »

Spinoza comme Bergson l'ont bien perçu : le

1. Bergson, *Les deux sources de la morale et de la religion*, Paris, P.U.F., 1984, p. 154.

hasard est un leurre qui sert à masquer une adhésion à la fatalité. Aussi est-il erroné de croire se débarrasser du sens par le hasard. Ce n'est pas vivre pour rien que de vivre pour rien. C'est vivre pour la fatalité aveugle et à travers celle-ci pour ses passions, en envisageant le monde comme une grande passion aveugle. Vieille façon de justifier la souffrance en opposant au providentialisme de celle-ci sa fatalisation. Vieille façon surtout de lui assurer un sens et d'en faire l'horizon indépassable de l'existence.

On aurait pu croire que la promotion moderne du désespoir nous délivrerait de la souffrance en nous enseignant à désespérer de tout (à commencer par la souffrance), ainsi qu'en nous enseignant à vivre et à souffrir pour rien, de façon tragique. Absurdement, comme le héros absurde de Camus. En fait, un tel désespoir, loin d'être un progrès, s'avère davantage être une régression au fatalisme et derrière lui aux dispositifs qui font souffrir. S'il est un fait que vivre ne consiste pas à suivre une trajectoire préétablie ni à attendre d'un sens le sens de sa vie, mais bien à vivre en faisant vivre sa vie, encore y a-t-il manière et manière de désenchanter la naïveté, voire la faiblesse présidant à la quête du sens. On peut le faire effectivement dans l'ouverture à l'existence en voyant dans le fait de vivre pour vivre les prolégomènes à une vie généreuse. Ou bien, on peut le faire de façon dure et violente. À l'image de Nietzsche, partagé sur ce point entre l'innocence et la cruauté, la modernité a des rapports ambigus avec la vie gratuite. Car, si une partie de celle-ci a effectivement saisi l'occasion d'une critique du sens afin de s'ouvrir à l'existence, une autre partie de celle-ci s'est enfermée dans un désespoir radical menant à un fatalisme tout aussi radical.

Les limites du non-sens

Selon la modernité, si l'on veut pouvoir inciter les hommes à grandir, il importe de les désespérer en leur enseignant à ne compter que sur eux-mêmes sans rien escompter au lieu d'attendre passivement la venue d'un salut extérieur, comme les personnages du *Désert des Tartares* de Dino Buzzati, qui voulant devenir des héros ne trouvent rien de mieux à faire que de s'enfermer dans un fort en attendant qu'« un ennemi » vienne les attaquer. Faut-il saluer, dans une telle attitude, une démarche héroïque, courageuse et créatrice, délivrant les hommes des illusions de la finalité ainsi que du sens, afin de conduire ceux-ci vers une approche plus libre de l'existence ? On peut en douter. Avant tout, parce que cette façon de procéder n'a rien de bien nouveau ni de bien libre, celle-ci relevant davantage de la technique de l'électrochoc et du rite de passage que de l'éthique bien pensée.

Dans les fonctionnements sociaux de type archaïque, lorsqu'on veut introniser soit les jeunes, soit les étrangers comme membres du groupe, on leur impose des épreuves, consistant à les lâcher dans un espace hostile, afin de tester leurs aptitudes à la survie. Dans certains groupes industriels, on procède de même. Afin de stimuler l'agressivité au travail des cadres, on place ceux-ci dans des situations hyperconcurrentielles, afin de sélectionner les plus forts et d'éliminer les moins productifs. Cette technique est humainement coûteuse. Car, si elle parvient à repérer des individus créatifs, cela se fait sur fond d'une élimination féroce. C'est ce principe que l'on voit apparaître chez Nietzsche. « Je ne sais qu'une chose au monde, peut-on lire dans *Ainsi parlait Zarathoustra,* c'est que l'homme a besoin de ce qu'il a de pire en lui pour parvenir à ce qu'il a de meilleur. » Et, dans *Le gai savoir,* Nietzsche d'ajouter : « Peut-être l'homme le plus nuisible est-il encore, au bout du compte, le plus utile à la conservation de l'espèce ; car il entretient en lui-même et chez les autres, par son action, des instincts sans lesquels l'humanité serait amollie et corrompue depuis longtemps. La haine, le plaisir de nuire, la soif de prendre et de dominer et, d'une façon générale, tout ce qu'on appelle le mal, n'est au fond qu'un des éléments de l'étonnante économie de la conservation de l'espèce ; économie coûteuse, certes, prodigue et, au total, hautement insensée, mais qui a, la chose est prouvée, maintenu jusqu'ici notre race[1]. »

1. Nietzsche, textes cités par Jean Granier, dans *Nietzsche, Vie et vérité,* Paris, P.U.F., 1990, p. 193-194.

Économie coûteuse... Ce mot sonne comme un aveu. Il n'y a pas de hasard dans la vie pour rien, mais la plus dure des lois. La loi de l'espèce, fatale pour les hommes. Il faut que l'existence soit fatale pour que survive l'espèce ! Voilà ce que veut dire la vie pour rien. La vie en pure dépense de la vie pour la vie. Langage de tyran. Légitimant ce qui fait souffrir. Voulant la souffrance. Critiquer la méchanceté de la religion et des Lumières qui ont fait l'apologie de la « bonne souffrance » pour Dieu ou pour le progrès afin de sauver le sens pour rencontrer la dure loi de la sélection du plus fort faisant exister la « bonne souffrance » au nom de la survie de la race, est-ce là avoir quitté la méchanceté ainsi que le nihilisme ? A-t-on vraiment changé de paradigme ? Ou bien n'est-ce pas plutôt le même schéma persistant sous d'autres formes ?

Du non-sens à l'intériorité

Tous les jours, des hommes et des femmes frappés par l'adversité font l'effort de vivre en faisant la preuve d'une patience et d'un courage admirables. En vivant comme ils le font, ils démontrent que la vie est encore possible et qu'elle continue, malgré toutes sortes de difficultés. Plutôt que de faire souffrir les autres, ils subissent. Ne sont-ce pas eux les vrais vivants ? Les vrais forts que l'espèce recherche et dont elle peut s'honorer ? La patience n'est-elle pas infiniment plus vivante que la cruauté ? Ne passe-t-on pas dès lors complètement à côté de la vie en dressant des autels à la cruauté au lieu d'honorer la patience ?

Est-il vraiment si naïf que cela et même si faible que cela de soutenir que la vie a du sens grâce à de tels exemples de vies droites et fermes dans leur patience ? Le sens renvoie à une direction dans l'espace. Il renvoie également à une signification dans le langage. Il renvoie enfin à une attitude morale de responsabilité. On n'a pas tort de critiquer le besoin de sens quand celui-ci relève du désir de suivre de façon moutonnière un mode d'emploi donné à l'avance. Il existe un conformisme du sens. Le sens qui n'est plus un sens que l'on recrée cesse d'être un sens. Il n'y a donc quelque part pas de sens, mais simplement des individus sensés. Toutefois, le sens n'est pas gratuit. On n'est certes pas dans le sens quand on pense celui-ci sous la forme d'un itinéraire qu'il s'agirait de suivre à la trace. Mais on n'est pas dans la création du sens quand on est désorienté. Pour créer, encore faut-il être capable d'être ordonné à soi. Ce qui implique de suivre un itinéraire intérieur et non aucun itinéraire. En outre, il est vrai qu'un sens ne se traduit pas à la lettre. Ni dans les discours. Ni dans les actes. Il faut savoir imaginer pour traduire. Mais être ainsi sensible ne s'invente pas. Pour être sensible, encore faut-il se conformer à l'ordre du sensible, qui a ses règles. Il n'y a donc que des hommes sensés, c'est vrai. Mais ces hommes sensés, pourquoi le sont-ils ? N'est-ce pas parce qu'ils se conforment de l'intérieur d'eux-mêmes à un itinéraire dans le sensible ? Et n'est-ce pas parce que cet ordre intérieur les met en relation avec la tradition des hommes sensés ?

Il y a une vie du sens que font vivre les hommes sensés qui ont intériorisé l'ordre même de la vie. C'est elle qui donne sens à la vie. On fait donc une double erreur quand on fait du sens quelque chose d'extérieur et de figé. Ou quand, sous prétexte d'échapper à tout sens figé, on institue le non-sens en liberté du sens. Entre le sens figé et le non-sens, il y a l'ordre de l'intériorité. C'est en lui que réside le sens. Les hommes et les femmes qui vivent dans la patience et le courage malgré l'adversité sont les témoins et les porteurs de cette intériorité. S'ils n'en étaient pas les porteurs, ils ne vivraient pas comme ils vivent. Et parce qu'ils vivent comme ils vivent, ils en sont les porteurs.

Nietzsche s'est donc trompé. S'il a eu raison de s'insurger contre le sens figé de la vie, il a eu tort d'aller chercher sa liberté absente dans une vie fatale et cruelle en négligeant l'ordre de l'intériorité. Car, en procédant de la sorte, il a enfermé le sens dans une soumission à la règle biologique des choses. Aussi est-ce Merleau-Ponty qui a raison. Le sens de la vie n'est ni en dehors de la vie dans un sens donné d'avance qu'il s'agirait de reproduire de façon servile, ni dans l'absence de sens d'une vie vouée aveuglément au hasard, mais dans le fait de faire vivre la vie qui nous est donnée par le fait de la reprendre à notre compte. On peut refuser de vivre. En suivant servilement un itinéraire donné. Ou bien on peut décider de vivre en reprenant la vie à son compte. Cela s'appelle penser, qui est la même chose qu'épouser la vie de l'intérieur en n'étant plus ni servile ni perdu. Ce que Merleau-Ponty a traduit en écrivant dans *La phénoménologie de la perception* : « L'existence est indéterminée en soi à cause de sa structure fondamentale qui est d'être l'opération fondamentale par laquelle ce qui n'a pas de sens prend un sens [...]. Nous appellerons transcendance ce mouvement par lequel l'existence reprend à son compte et transforme une situation de fait [...]. L'existence n'a pas d'attributs fortuits, pas de contenu qui ne contribue à lui donner sa forme. Elle n'admet donc pas en elle-même de pur fait, parce qu'elle est le mouvement par lequel les faits sont assumés [...]. Tout ce que nous sommes, nous le sommes sur la base d'une situation de fait que nous faisons nôtre et que nous transformons sans cesse [1]. »

La souffrance n'a pas de sens. Mais celui ou celle qui souffre au sens de supporter en a. Si la souffrance ne donne pas de sens à la vie, l'homme vivant donne du sens au fait de « souffrir ». D'où la double erreur que l'on commet toujours. En donnant du sens à la souffrance sous prétexte de sauver la vie, on oublie l'homme vivant. En doutant du sens de la vie pour échapper au mal, on l'oublie également.

1. Maurice Merleau-Ponty, *La phénoménologie de la perception*, Paris, Gallimard, 1972, p. 196-198.

2. LES IMPASSES DE LA POLITISATION

Outre les questions que soulève la pratique du soupçon, il importe de s'interroger sur les conséquences de la politisation. Car, celles-ci ne vont pas de soi. Il est vrai qu'il existe une acceptation de la souffrance qui fait le jeu de ce qui fait souffrir. Aussi ne dira-t-on jamais assez combien sa dénonciation est indispensable. Combien également il importe d'user de toutes les ressources offertes par les progrès de la médecine, de l'économie, de la démocratie et de l'éducation, afin de démontrer qu'il est possible de faire reculer le malheur. Suffit-il cependant de dénoncer la passivité et d'agir politiquement pour s'affranchir de celui-ci ? Qu'il soit permis d'en douter.

Politisation et culpabilisation

Sous prétexte de lutter contre le fatalisme, la culture contemporaine a pris l'habitude de dire que le mal ne tombe pas du ciel, mais qu'il a des causes politiques et économiques. Venant des hommes, il est donc possible de le supprimer pourvu que l'on change ceux-ci et les systèmes d'oppression qu'ils ont fait naître. Une telle analyse est à double tranchant. Car, si elle a pour effet de provoquer une prise de conscience ainsi qu'un engagement politique, elle a aussi pour effet de faire de la société la cause ainsi que le but de tout. D'où une attitude ambiguë mêlant de la haine à l'égard de celle-ci, accusée de tous les maux, et un fol espoir, le grand soir de la révolution politique étant censé devoir tout régler. Le monde contemporain souffre de la politisation du malheur. Car, depuis que celui-ci a été politisé, il existe une attitude proprement névrotique consistant à rejeter la société tout en attendant tout de celle-ci. Ce qui a pour effet d'entraîner un intense sentiment de frustration, la société n'étant jamais à la hauteur des espérances placées en elle.

En outre, le fait de politiser le malheur a tendance à favoriser une logique de suspicion, d'accusation et d'inquisition. Quand quelque accident arrive, il existe une tendance à vouloir désigner nommément des responsables. Nietzsche a critiqué la logique vengeresse qui cherche toujours à montrer du doigt tel ou tel membre ou tel ou tel groupe de la société dès lors qu'un incident se produit. Il y a vu une forme de haine ayant besoin de boucs émissaires afin de soulager sa hargne contre sa propre impuissance. Comment nier qu'il s'agit là d'une tentation à laquelle il arrive que l'on cède ? D'autant plus qu'il y a là un puissant anesthésique contre la douleur. « À mon avis, peut-on lire sous la plume de Nietzsche qui, à cette occasion, ne manque pas de lucidité, la cause véritable du ressentiment réside dans le désir de s'étourdir contre la douleur au moyen de la passion [...]. "Quelqu'un doit être la cause que je me sens mal." Cette façon de conclure est propre à tous les maladifs [...]. Ceux qui souffrent sont d'une ingéniosité et d'une promptitude effrayantes à découvrir des prétextes aux passions douloureuses ; ils jouissent de leurs soupçons, se creusent la tête à propos de malices ou de torts dont ils prétendent avoir été victimes ; ils examinent jusqu'aux entrailles de leur passé et de leur présent, pour y trouver des choses sombres et mystérieuses qui leur permettent de s'y griser de douloureuses méfiances, de s'enivrer au poison de leur propre méchanceté — ils ouvrent avec violence leurs plus anciennes blessures, ils perdent leur sang par des cicatrices depuis longtemps fermées, ils font des malfaiteurs de leurs amis, de leurs femmes, de leurs enfants, de tous leurs proches. "Je souffre, certainement quelqu'un doit en être la cause" — ainsi raisonnent toutes les brebis maladives[1]. »

Politisation et victimisation

Quand on se met à rechercher des responsables partout, on engage un processus risqué d'accusation. On engage aussi un processus risqué de victimisation. Qu'est-ce que la victimisation ? Non pas le fait d'être une victime, comme on pourrait le croire, mais celui d'abuser de sa position de vic-

1. Nietzsche, *La généalogie de la morale, op. cit.*, p. 192-193.

time afin de tyranniser son entourage et de pouvoir, de ce fait, en tirer des bénéfices. La chose est délicate à dire, mais il importe de la dire tout de même. Quand quelqu'un est malade ou en situation de souffrance, celui-ci est dans un double rapport vis-à-vis d'autrui. D'un côté, il dépend des autres, avec tout ce que cela comporte de gênant et d'humiliant. Mais, d'un autre côté, il fait dépendre les autres de lui, avec toutes les possibilités de pouvoir que cela offre. Si beaucoup de ceux qui souffrent ont la dignité de ne jamais en abuser, d'autres ne s'en privent pas. D'où des situations de contraintes souvent intolérables dans lesquelles les victimes de souffrances se mettent à utiliser leur situation comme un moyen de chantage à l'égard de leur entourage. Comment refuser en effet la tyrannie de certaines victimes déguisée en appel sans passer pour un monstre ?

Au XVIIe siècle, à la naissance de l'individualisme moderne, Molière a démonté avec une acuité rare les mécanismes du caprice jouant avec la pitié afin d'obtenir satisfaction par l'intermédiaire de messages du type : « Si tu me refuses ce que je te réclame, c'est que tu n'as pas une once de cœur. » Ainsi, dans *Le malade imaginaire,* le comportement d'Argan en est l'illustration, lorsqu'il s'écrie à la scène I de l'acte I : « Ah ! Monsieur Flamant [il s'agit de l'apothicaire], c'est se moquer, il faut vivre avec vos malades. » Et à la scène V de ce même acte I, il ne fait pas mystère de sa stratégie lorsqu'il ajoute, pour expliquer le refus du gendre que sa fille lui propose : « Ma raison est que me voyant infirme et malade comme je suis, je veux me faire un gendre et des alliés médecins afin de m'appuyer de bons secours contre ma maladie, d'avoir dans ma famille les sources des remèdes qui me sont nécessaires et d'être à même des consultations et des ordonnances. »

Il existe, on le sait, au sein de la notion de justice, une tension entre une conception égalitaire et une conception méritocratique de celle-ci. Si la conception égalitaire est plus sociale, sa tentation constante est de réprimer tout ce qui se distingue du groupe. D'où la critique d'un penseur comme Nietzsche de l'égalitarisme, masquant, selon lui, de la jalousie à l'égard du talent individuel. À l'inverse, si la conception méritocratique de la justice est plus respectueuse des talents individuels, sa tentation constante est de se servir du talent pour justifier la création au sein de la collectivité d'une élite aristocratique. D'où la critique d'un penseur comme Marx, de la méritocratie, masquant, selon lui, de la prétention et du mépris à l'égard des autres. La méritocratie fait souffrir une société, à travers la morgue de ses élites. L'égalitarisme fait souffrir également à travers la pesanteur de son conformisme Au sein de cette confrontation, la position victimaire fait figure de troisième voie en étant cette façon égalitariste d'adopter un comportement élitiste et cette façon élitiste d'être égalitaire par le fait de constituer une aristocratie de victimes détournant la solidarité à leur profit sans que personne puisse lutter contre. Tant il est vrai que constituer les victimes en élite sociale c'est pouvoir être une élite sans que l'égalitarisme y trouve à redire puisque l'on est une victime. C'est pouvoir être aussi égalitariste sans que l'élitisme y trouve à redire puisque l'on forme une élite en étant victime. À la jonction de deux mondes, le monde méritocratique de l'Ancien Régime et le monde égalitariste de la modernité, le malade imaginaire de Molière a découvert au XVIIe siècle une façon de pouvoir résoudre la contradiction entre ces deux mondes. En étant une victime professionnelle, il a inventé l'art de demeurer un aristocrate dans un monde démocratique tout en étant déjà un démocrate dans un monde aristocratique. Avec le développement de l'individualisme moderne, cette tentation s'est affirmée. Si l'hypocondrie est la façon privilégiée de traduire le souci que l'on a de soi en étant malade de soi et en désirant que le monde entier devienne malade de soi, elle est aussi une stratégie politique consistant à se donner les moyens de constituer démocratiquement une aristocratie : l'aristocratie des victimes. Aussi Pascal Bruckner a-t-il raison de souligner que dans la société individualiste contemporaine, il existe une tentation de vouloir occuper la place enviée de la victime. « Fascisme ? écrit-il dans *La tentation de l'innocence*. Le grand mot est lâché. Qu'est-ce que le fascisme à une époque de laxisme infantile ? Une forme de régime totalitaire fondée sur l'embrigadement des personnes et le culte de la pureté raciale ? Vous n'y êtes pas du tout : le fascisme est tout ce qui freine ou contrarie le penchant des individus, tout ce qui restreint leurs caprices. Et qui alors n'est pas écrasé, n'est pas en droit de se lamenter ? [...] Du haut en bas de l'échelle sociale, tout le monde se bat pour occuper "la place la plus désirable", "la place de la victime". Ce sont donc bien les usages et l'état d'esprit qui nous poussent sur la pente d'un dolorisme généralisé. Ainsi se dessine l'un des visages possibles de l'individu contemporain : celui d'un vieux poupon geignard flanqué d'un avocat qui l'assiste. L'alliance des nourrissons séniles que nous sommes et du clergé chicaneur des hommes de loi, voilà peut-être l'avenir qui nous attend[1]. »

Il convient donc d'être prudent face à la politisation du malheur, si l'on veut que celle-ci ne débouche pas sur un usage pervers de la culpabilisation ainsi que de la victimisation. Une telle prudence s'impose d'autant plus que la définition du bonheur qui sert de justification à la politisation du malheur est le plus souvent bien ambiguë. En voulant agir en effet contre la souffrance, la politisation du malheur a tendance à vouloir défendre le bonheur et à soutenir que celui-ci est le contraire du malheur. Ce qui est bien superficiel. Car, aussi paradoxal que cela puisse paraître, le

1. Pascal Bruckner, *La tentation de l'innocence*, Paris, Grasset, 1995, p. 135-136.

bonheur n'est pas le contraire du malheur. Non pas que le bonheur ait besoin du malheur et qu'il serait erroné de vouloir un bonheur sans malheur. Non. Il s'agit d'autre chose.

Politisation et bonheur.
Rappel à propos du bonheur

Le bonheur est un état. Cela veut dire une façon d'être qui consiste à être pour rien sinon pour être et à trouver dans cette façon d'être ainsi gratuitement une forme de plénitude. À ce titre, le bonheur n'est pas dans les choses ni quelque chose. Il n'est pas non plus dans quelqu'un ou quelqu'un, mais dans la façon dont on vit les choses et les autres. Tout peut donc devenir occasion de bonheur. Tout le monde également. Pour peu que l'on fasse non seulement un effort pour être mais aussi et surtout l'effort d'être. D'où l'extraordinaire liberté du bonheur. Son extraordinaire capacité également de pouvoir tout transformer.

Ainsi, il suffit que l'on se mette à être en devenant présent à sa propre vie, pour que le temps se mette à changer d'allure. Le temps, on le sait, apparaît souvent comme un mangeur de vie. Aussi cherchons-nous à le fuir et, le fuyant, sommes-nous toujours obsédés, poursuivis et persécutés par celui-ci. Donnons cependant du temps au temps en épousant celui-ci et voilà qu'il en vient soudain à se transfigurer en nous faisant oublier le temps. Pourquoi ? Parce qu'un peu de présence a fait jaillir le présent du présent et, au travers de ce présent, le présent du passé comme le présent du futur. Nous avions l'impression d'une fuite des choses. En réalité, c'est nous qui étions en fuite, parce que nous sommes presque toujours dans le regret du passé et dans la crainte de l'avenir. Presque toujours dans le désir insatiable de tout retenir et de tout anticiper. Dans le besoin de dominer. Un peu de présence. De don de soi aux choses comme à la vie. Et soudain, par ce présent de nous-mêmes, le présent en retour de la vie à nous-mêmes. Notre violence engendrait la violence du temps. Notre amour engendre, lui, le bonheur du temps. Si nous sommes du temps, l'inverse est également vrai. Le temps est ce que nous sommes. Il peut donc être heureux si nous sommes heureux. Quand devient-on heureux ? Quand on prend la peine de le devenir. En prenant du temps. En se donnant du temps. En rentrant dans le temps de soi-même, par le fait de se donner à soi. On rencontre le temps quand donc on se rencontre soi-même. Cette rencontre, ce don de soi à soi, c'est ce que l'on désigne sous le beau nom de présence, d'où vient le présent qui est le cœur du temps, assurant la continuité entre toutes ses dimensions à travers le présent du passé, le présent du présent et le présent du futur, pour reprendre la terminologie de saint Augustin. La rencontre de soi avec soi dans la présence à soi fait tout l'être de soi et à travers soi tout l'être du temps. L'inverse est également vrai. Le temps de soi avec soi fait tout le temps de soi et tout le temps de l'être. L'être et le temps sont donc les deux faces d'une même réalité qui n'est pas autre chose que celle de la vie vivante qui est la vie heureuse. La vie heureuse est la rencontre de la vie avec la vie dans la rencontre de soi avec soi. Une telle rencontre se fait à chaque fois que l'on devient une chance pour soi-même en saisissant l'occasion qu'offre la vie pour devenir une occasion pour soi-même. Le bonheur est l'art d'être à la bonne heure avec soi. Au rendez-vous de soi. Pour un instant. Il commence avec cette bonne heure de l'occasion que l'on se donne en se donnant le temps de vivre. C'est ainsi qu'il en vient à transfigurer le temps. Comme le désir d'ailleurs. Car il en va du désir comme il en va du temps.

Lui aussi obsède et dévore, quand il se présente sous la forme du manque de telle ou telle satisfaction. Mais laissons une fois le désir à lui-même, en ne cherchant pas à le combler tout de suite afin de vivre satisfait, ce qui débouche toujours sur l'ennui. Alors, lui aussi change d'allure. Car, désirer, ce n'est pas seulement manquer. C'est aussi rêver. S'il y a une douleur du désir, il y a aussi un plaisir du désir. Le plaisir du rêve qui est plaisir d'attendre. On peut être malheureux dans la satisfaction, parce que l'on ne rêve plus. On peut être heureux dans le manque, parce que l'on rêve. Si l'on veut donc pouvoir être heureux, il importe de donner du désir au désir. Autre façon de donner du temps au temps. Autre façon de se donner à soi.

Le temps et le manque assaillent souvent l'existence. Pourtant, il suffit que l'on ait une certaine manière d'être dans le temps comme dans le manque en les épousant pour que cette tendance se mette à s'inverser. Miracle de l'esprit ! Spinoza a eu raison de dire que le bonheur n'a pas de contraire. Tout comme le bien n'est pas le contraire du mal. Si le bonheur était le contraire du malheur, cela voudrait dire qu'être heureux consiste à ne pas être malheureux. Donc à se définir par rapport au malheur. En se comparant au malheur des autres. En pensant au malheur que l'on a eu ou que l'on pourrait avoir. Triste bonheur qui consiste à être heureux parce que d'autres sont malheureux. Triste bonheur qui consiste à évoquer encore le malheur au sein du bonheur, signe qu'au fond le malheur est là, toujours présent, tapi dans la mémoire, sans qu'on ait pu l'oublier. Spinoza a décidément raison. Un bonheur qui se définit par rapport au malheur comme le contraire du malheur est un bonheur esclave du malheur. Un bonheur obsédé par le malheur. Un bonheur qui traîne avec lui son passé de malheurs sans pouvoir s'en débarrasser. Être heureux parce que l'on n'est pas malheureux, c'est avoir encore la hantise du malheur. C'est être heureux dans la peur. C'est avoir du mal à être heureux. Ce qui est la définition du malheur même. Non, le véritable bonheur n'est pas là. Il est ailleurs. Où ? Dans le fait d'être si heureux que l'on ne pense plus au malheur. Si heureux que l'on n'a même plus besoin de se comparer au malheur des autres ni de mesurer son bonheur présent à l'aune de son passé de malheurs pour être heureux. Oui, si heureux que l'on oublie pour un instant peut-être, mais pour quel instant !, que le malheur a existé un jour. Divin oubli. Miraculeux oubli. Il n'y a donc pas à lutter contre le malheur pour être heureux. Mais à cesser de lutter. La politisation du bonheur l'a oublié et l'oublie toujours. C'est la raison pour laquelle elle est souvent triste, voire lugubre en vivant le bonheur dans le malheur et, au bout du compte, en produisant un bonheur qui est le malheur même. Car, outre le côté triste et haineux qui consiste à avoir besoin de ce qui ne va pas pour se bien porter, cette approche du bonheur s'accompagne d'une logique proprement autodestructrice. Comment ne pas voir en effet que penser le bonheur comme absence de malheur conduit nécessairement à penser le bonheur comme extermination du malheur ? D'où une contradiction insoluble, puisque exterminer le malheur implique de penser sans arrêt au malheur afin de traquer tout ce qui de près ou de loin pourrait en être le signe. Quand on a l'idée du bonheur comme absence de malheur, on finit par devenir fou de malheur en ayant attrapé la maladie la plus folle qui soit : celle consistant à être malheureux à l'idée que l'on pourrait être malheureux. D'où, à cet égard, la sagesse du matérialisme dans sa méfiance à l'égard des idées. D'où la sagesse également de ceux qui pensent à ne pas trop penser en étant parfois « simples ».

Quand la souffrance fait peur

Au XVIIe siècle, Molière a fait rire avec son malade imaginaire en montrant comment le désir de santé absolue se transformait immédiatement en son contraire sous la forme de l'hypocondrie, cette maladie de l'âme consistant à être malade à l'idée d'être malade. Présentement, la comédie de Molière est en passe devenir le cauchemar des sociétés contemporaines. Depuis que la santé est devenue le substitut du salut et que le bonheur a remplacé la béatitude des saints, il existe une hantise de la maladie comme du malheur qui fait souffrir un monde pourtant prospère et en paix qui devrait plutôt avoir des occasions de se réjouir et de se sécuriser quant à son avenir, vu les progrès scientifiques et sociaux qui ont été réalisés. Ainsi, jamais on n'a connu de société comme la nôtre capable d'éliminer la douleur ainsi que la souffrance dans le cadre de la maladie, grâce à des anesthésiques, des antalgiques, de la morphine, des tranquillisants, mais aussi une écoute ainsi qu'un accompagnement psychologique et social. Pourtant, il existe une peur croissante de souffrir comme le montre une véritable obsession de la souffrance sans cesse évoquée et montrée. Comme le montre également une demande croissante de dépénalisation de la drogue et d'assistance au suicide en cas de maladie grave. Plus on cherche à se précipiter dans le bonheur, plus on fait exister le spectre de la souffrance. Et plus on fait exister le spectre de la souffrance, plus on se précipite dans le bonheur. D'où une logique maximaliste du tout ou rien incarnée par la drogue et le suicide, la drogue correspondant au désir de vivre en oubliant la vie et le suicide au désir de mourir en oubliant la mort. On voudrait pouvoir vivre sans avoir à vivre et mourir sans avoir à mourir. Résultat : à force de vouloir ainsi vivre sans vivre et mourir sans mourir, on finit par faire exister de la maladie et de la mort. Malade à l'idée d'être malade, on finit par être malade. Malade à l'idée de mourir, il arrive que l'on se mette à désirer mourir afin de ne pas avoir à mourir. Étrange contradiction qu'il serait injuste d'imputer au bonheur. Non. Ce n'est pas le bonheur qui est la cause de ce dérèglement. On n'est jamais assez heureux ! C'est bien davantage notre gourmandise vis-à-vis du bonheur. Notre volonté d'en avoir toujours plus et pour toujours. Le bonheur est devenu un objet de consommation. Il a cessé d'être une vertu. On a cessé de l'honorer comme un devoir pour le réclamer comme un droit. La santé a emprunté la même voie. Elle aussi est devenue un droit, transformant le patient en client, et le médecin en prestataire de services. Molière en son temps a bien cerné ce glissement de l'être à l'avoir. Il a bien montré à travers son malade imaginaire comment le salut s'est embourgeoisé sous la forme du désir de la santé. La société de consommation qui se déploie devant nous a porté ce triomphe de l'avoir à son comble. Et c'est ce qui rend son rapport au bonheur si anxieux. On ne sait plus être heureux car on veut avoir et non être. Notre besoin d'accéder à une certitude sécurisante par l'avoir a eu raison de l'être du bonheur.

Le fantasme de l'homme transparent

Si la façon dont on pense le bonheur n'est pas sans produire de la souffrance, la façon que l'on peut avoir de se donner les moyens de réaliser celui-ci en produit également. Car, avec l'apparition du bonheur et de la santé comme salut, un nouveau prototype d'homme a vu le jour : l'homme immédiat, désireux d'être heureux ici, tout de suite, sur terre, sans passer par la médiation d'autrui, du Ciel et de l'esprit. Cet homme immédiat se caractérise par un trait majeur : il est impatient. Il n'aime pas la patience. Homme pressé, il n'a pas le temps. Il veut la vitesse signe de dynamisme. Il veut surtout, à travers la vitesse, l'absence d'obstacle et de délai entre lui et la satisfaction de lui-même. D'où sa fascination pour la transparence, celle-ci étant l'image d'un monde sans obstacle, offrant la possibilité de tout traverser, sans être arrêté par quoi que ce soit.

L'homme transparent fascine l'imaginaire moderne, qui rêve de pouvoir circuler à travers tout en ne rencontrant plus aucun obstacle, que ce soit l'obstacle de l'espace, celui du temps ou celui d'autrui. D'où sa fascination pour l'action à distance, l'instant, la solitude. Et son désir d'être comme les fantômes ou, plus encore, comme les anges, qui ne rencontrent aucune barrière. Ce qui se traduit par la production de beaucoup de souffrance, dès qu'il est question de passer à l'acte et de réaliser un tel prototype. Ainsi, pour vaincre le temps et se forger un corps éternel, il faut se conformer à un modèle fort contraignant en remplaçant son corps par un corps artificiel. Ce qui a pour effet de dissoudre le corps réel. Imaginons ce que pourrait donner le nouveau corps rêvé produit par la technologie au service de la santé, à peu de chose près, nous obtiendrons ceci. Avant tout, pour créer les conditions favorables à la naissance d'un individu parfait, la fécondation n'aurait plus lieu naturellement, mais artificiellement. Il serait possible ainsi, dans l'éprouvette, de façonner un futur bébé « à la carte » en le dotant d'un certain nombre de qualités introduites par des manipulations génétiques. L'embryon pourrait bien sûr se développer en couveuse artificielle afin d'éviter à la mère les inconvénients de la grossesse ainsi que de l'accouchement. Mais il pourrait être porté, au choix, par une mère porteuse ou bien par un père porteur, cette dernière possibilité étant offerte aux hommes. Durant l'existence, il serait possible de stopper le vieillissement grâce à un traitement hormonal spécifique, comme il serait possible de disposer à volonté d'organes de remplacement en cas de besoin, grâce à des corps de remplacement obtenus par clonage et conservés dans de vastes réfrigérateurs. Quand bien même la mort existerait encore, il serait possible d'attendre que la médecine ait trouvé les moyens de la supprimer, en se faisant cryogéniser. En patientant, on pourrait jouir de possibilités nouvelles dans l'existence en passant d'un sexe à l'autre, selon ses désirs, la différence sexuée ayant été supprimée grâce à une panoplie d'opérations et de prothèses. Il serait en outre possible de vivre perpétuellement heureux en recourant à un système de drogues électroniques créé par des microprocesseurs placés dans le cerveau.

Exagération dira-t-on ? Nullement. Des savants comme Jacques Testart s'inquiètent. « Nous sommes convenus d'une médicalisation universelle, écrit-il, que nous exigeons comme un droit et ce droit est en passe de devenir celui de ne pas mourir. Cette nouvelle condition est sans précédent dans l'histoire de l'humanité ; alors même que le discours scientiste prétend supprimer toute limite dans la conquête de la nature et où l'idéologie sécuriste exige que soit vaincue jusqu'à l'inquiétude de perdre [...]. On ne devrait pas accepter que soient assimilés le changement social et le changement technologique, de telle façon que le premier soit supposé dépendre du second.

Ce n'est pas la charrue qui a libéré l'esclave et l'émancipation de la femme n'est pas une conquête de la machine à laver [...]. Nous sommes les drogués d'un destin jamais pensé dont nous faisons mine d'être les maîtres. Comme le dit Marguerite Duras : "Notre désir de faire le monde l'emporte sur celui de s'approprier le sens." Les techniciens ne doivent pas devenir les maîtres incontestés d'un monde béat ou impuissant[1]. »

La peur de souffrir et l'ivresse technologique ont, à l'évidence, conclu un pacte ensemble. Le délire technologique utilise la caution de la santé qui, en retour, active le délire technologique. D'où une déshumanisation croissante au nom du bonheur et une montée du nihilisme.

La tentation nihiliste

Nietzsche a souligné que l'un des plus vieux fantasmes de l'humanité réside dans le fait de vouloir se déréaliser et de ne plus avoir de corps. N'en a-t-on pas la préfiguration à travers cette image de l'homme du troisième millénaire, ni homme ni femme, ni blanc ni noir, ni vieux ni jeune, surfant à la surface de la vie comme le surfeur sur sa vague que, selon Jean Baudrillard, l'Amérique s'efforce de fabriquer en Californie[2] ?

1. Jacques Testart, « Les morts du genre humain », dans *Revue de métaphysique et de morale*, Paris, Armand Colin, 1987, n° 3, p. 356, 359 et 360.
2. *Cf.* Jean Baudrillard, *Amérique*, Paris, Grasset, 1986.

Le nihilisme a eu par le passé un visage ascétique. Il a nié la vie, le corps et la joie au nom d'une transcendance religieuse et métaphysique. Aujourd'hui, le nihilisme nie la vie, le corps et la joie au nom de la vie, du corps et de la joie, à travers une religion de l'absence de religion et une métaphysique de la mort de la métaphysique. D'où de nouvelles souffrances. La souffrance d'être désorienté, désincarné, sans identité. Souffrance d'un univers schizo où chacun se retrouve seul. Étrangement seul. Dans un désert. Malgré la ville. Dans la barbarie. Malgré la civilisation. Dans la froideur, malgré la possibilité de jouir de tout. Parce que, tout glissant sur tout, on ne sait plus ce que l'on sent, ni qui on est. Dérive des sentiments. Dérive des identités. Désirs qui implosent à force de vouloir sans cesse exploser. Désirs émiettés et épars à force de vouloir « s'éclater ». Dans les années soixante, pour parler de cet étrange mélange de malaise dans le bien-être, Henry Miller a écrit un roman intitulé *Le cauchemar climatisé*. Trente ans plus tard, Jean Baudrillard constate ce même mélange en prophétisant : « L'Apocalypse sera bronzée. »

Le prêtre ascétique, selon Nietzsche, a toujours fait honte à l'homme vivant d'être vivant et incarné. Dans le monde décrit par Henry Miller et Jean Baudrillard, la culpabilité est demeurée, en changeant de sens. L'homme coupé de lui-même n'est plus un homme culpabilisé, cet homme culpabilisé sur lequel Freud s'est penché, mais un homme déculpabilisé. Il est devenu honteux de parler de honte et d'identité. L'heure est à la déculpabilisation et à la disidentification. D'où de nouvelles angoisses. De nouvelles hantises. Celles de ne pas être assez transparent. D'avoir encore trop d'identité. Trop de mémoire. Trop d'attaches.

Déjà, Platon dénonçait le polymorphisme défendu par les sophistes, en y voyant le mirage de la liberté et surtout la figure de la violence. Souvenons-nous, Gygès. Ce berger capable de se rendre invisible grâce au sortilège d'une bague magique ! Le pouvoir de voir sans être vu[1]. De pouvoir passer partout, donc. Pouvoir de l'homme transparent. Aujourd'hui, les sophistes triomphent. Sur le plan du fantasme. L'heure est à la déréalisation au nom du polymorphisme des identités. L'ange et le fantôme privés de corps servent de nouveaux modèles d'identification de soi.

La volonté de souffrance

La logique du désir polymorphe fait souffrir par ses effets de désincarnation. Elle fait aussi souffrir par sa manipulation perverse du malheur. On sait que, dans la vie, il vaut mieux tout avoir à gagner que tout avoir à perdre. Car, ainsi, on demeure dans une logique ouverte. L'avenir est face à soi,

1. Platon, *La République*, trad. R. Baccou, II, 360a-361c, Paris, Garnier Flammarion, 1966, p. 109-110.

tout ne pouvant que s'améliorer. Schopenhauer l'a bien compris en rappelant que la vie a tendance à passer de la souffrance à l'ennui. « Le besoin et la souffrance sont-ils satisfaits, écrit-il, que l'ennui arrive. Il faut à tout prix quelque distraction. Ce qui fait l'occupation de tout être vivant, ce qui le tient en mouvement, c'est le désir de vivre. Cette existence une fois assurée, nous ne savons qu'en faire, ni à quoi l'employer. Alors intervient le second ressort qui nous met en mouvement : le désir de nous délivrer du fardeau de l'existence, de la rendre insensible, de "tuer le temps", ce qui veut dire "fuir l'ennui"[1]. »

Quand la souffrance du manque jaillit, survient la souffrance de l'ennui. Il n'est pas rare que l'on en vienne alors à regretter le temps de la souffrance et du manque et que l'on s'offre une belle catastrophe, histoire de refaire des projets. D'où une véritable volonté de souffrance lisible dans les conduites d'échec et les désirs de désastre. N'existe-t-il pas une explication de la guerre consistant à dire que l'humanité a besoin de recourir à des destructions rituelles et cycliques afin de mieux pouvoir reconstruire après ?

Il y a dans cet inquiétant paradoxe une logique profonde que Vladimir Jankélévitch explique bien lorsqu'il écrit : « Du moment que la victoire nous

1. Schopenhauer, *Le monde comme volonté et comme représentation* (Paris, P.U.F., I, p. 325-332), cité par André Dez, dans *Schopenhauer, le vouloir-vivre, op. cit.*, p. 174.

sourit, il est temps de trembler. Malheur au bonheur ! car la chance va à la chance... jusqu'à la culbute finale. Et le triomphateur de triompher avec modération, pour se réserver une petite marge d'espérance et ne pas dépenser tout son crédit de possibles. Le moment où l'on aura tout à perdre et plus rien à gagner, ce moment donne un peu le vertige et l'homme aimé des dieux le retarde avec un serrement au cœur [...]. La santé et le bonheur sont des états labiles qui ne présagent rien de bon et le beau temps est de mauvais augure et ce bel été est mon souci ; mon souci immotivé, puisque sur lui plane déjà l'angoisse de l'automne ; le succès et la prospérité ont raison de se sentir fautifs, car lorsque l'homme arrive au sommet, les choses ne peuvent qu'empirer. Du moment que la victoire nous sourit, il est temps de trembler ! Heureux les malades, car ils seront bien portants. Heureux les hommes vides de bonheur, car ils attirent le bonheur. L'échec est un moment provisoire qui ne présage que des succès. L'échec est une sécurité et ce, dès ici-bas. Le bonheur porte malheur, mais le malheur porte bonheur[1] ! »

Il y a dans le bonheur quelque chose qui effraie, quand cela ne provoque pas tout simplement le vertige. Car, songeons-y, se dire que le plaisir que

1. Vladimir Jankélévitch, « La décadence », dans *Revue de métaphysique et de morale*, Paris, Armand Colin, 1985, n° 4, p. 460.

l'on a aujourd'hui risque d'être le même que celui que l'on aura demain ou, pis, qu'il sera moins bon. Quelle effrayante perspective ! Rien qu'à y penser, on a déjà moins de plaisir. Ne raconte-t-on pas que certains amants se sont suicidés pour tenter d'éterniser à jamais leur bonheur en se disant que l'avenir ne pourrait venir que gâter leur présent si chargé de bonheur ? Et sans aller jusqu'à ces extrêmes, n'arrive-t-il pas que par peur de l'ennui ou de l'échec on se mette à échouer, histoire de pouvoir ainsi mieux rebondir ? Que ne ferait-on pas pour rebondir ! Camus l'a bien compris dans son analyse de Don Juan. Celui-ci est un bourreau des cœurs. Mais aussi un libérateur d'existence. Pourquoi ? Parce qu'il séduit pour que d'instant en instant jamais le désir ne se relâche. Infatigable, toujours il détruit le lien qui le lie à l'autre pour maintenir le lien qui le lie au désir. Et, agissant de la sorte, il fait de sa vie une œuvre d'art[1]. Logique de la passion. Alchimie de la destruction se transformant en création. Il fallait y songer. Le désir y songe toujours. C'est pour cela qu'il veut la souffrance pour y apercevoir le plaisir. Comme point de vue en quelque sorte. D'où cet effrayant mot d'ordre lancé par Théophile Gautier qui en dit long sur le mariage de la souffrance et du désir au cœur de la passion : « Plutôt la barbarie que l'ennui ! »

1. Camus, *Le mythe de Sisyphe*, Paris, Gallimard, Folio, 1985, p. 99.

Au quotidien, le perspectivisme utilisant le malheur comme poste d'observation pour apercevoir le bonheur demeure d'une redoutable efficacité. Et ce, au travers d'une présence persistante. Car, comme le dit si justement Vladimir Jankélévitch, d'après la loi rappelant qu'il vaut mieux tout avoir à gagner que tout avoir à perdre, il est évident que l'échec est une situation bien plus enviable que le succès. On sait depuis Archimède que quand on a touché le fond on ne peut que remonter, alors que l'on sait également depuis Gauss que, quand on est au sommet, on ne peut que redescendre. En travaillant sur l'inconscient des sportifs, certains psychologues se sont rendu compte qu'il existait une peur de la victoire. Témoin ces défaites retentissantes de certains tennismen menant deux sets à rien, cinq jeux à zéro avec quatre balles de match dans la raquette avant de s'écrouler, vaincus par leur adversaire au cinquième set.

Art et souffrance

Si réussir à rater permet de ménager tout un avenir de bonheur, cela permet aussi de nouer quelques rapports privilégiés avec l'art comme avec le discours. Analysant les structures de l'enfer, Jean Genet a eu ce mot dans son roman *Notre-Dame des fleurs* : « La seule façon d'échapper à l'horreur, c'est de s'y plonger complètement. » Superbe façon de formuler cet énoncé aussi simple qu'efficace : « Quand on a échoué, il ne reste plus qu'une seule façon de réussir, c'est celle qui consiste à réussir à échouer en noyant l'échec dans l'échec, de façon à conférer à celui-ci la grandeur d'un désastre. » On l'oublie trop souvent. L'abîme est aussi vertigineux que le sommet. D'où l'apparition d'un art du malheur, consistant à faire de celui-ci une œuvre. Georges Bataille, qui s'est penché sur les liens unissant la littérature au mal, a bien fait apparaître que, si le mal stimule la littérature, celle-ci en retour a tendance à stimuler le mal. Non pas que mal écrire fasse bien écrire. Mais le mal et la catastrophe étant souvent des créations bien que des catastrophes, on est sûr, en quelque sorte, de saisir la création à l'état vif, si l'on se penche sur la destruction, tant il est vrai que certaines personnes ont, comme on dit, l'art de se détruire. Ne parle-t-on pas d'un génie du mal ?

Il y a une écriture dans le mal. Il y a aussi un mal dans l'écriture. Écrire, n'est-ce pas quelque part déchirer l'uniformité du monde, et déchirer l'uniformité du monde, n'est-ce pas écrire ? L'expression « graver dans les mémoires » indique bien l'étrange alliance qu'il peut y avoir dans le langage et au-delà de lui entre l'écriture et le traumatisme. Un exemple nous en est donné par ces façons toujours déconcertantes qu'il peut y avoir dans certaines vies qui se précipitent dans l'échec afin d'y graver quelque chose d'elles-mêmes à travers le traumatisme ainsi enduré. Dans ce jeu dangereux, quand il réussit, l'art fait oublier la violence. Quand il échoue, la violence fait oublier l'art. Le jeu avec la mort n'est pas toujours glorieux. Il comporte le risque de la mort du jeu. Un risque qui fait se demander si, au fond, le jeu comme l'art ne sont pas déjà morts pour avoir ainsi besoin de la mort afin de se ressourcer.

Ce qui vaut pour l'art vaut pour les mots. La souffrance fait parler et libère, sinon le langage, du moins un langage. Comme elle libère, sinon le « je », du moins un « je », sous la forme du sujet du discours de la plainte, se découvrant sujet, à l'occasion d'une mise en cause de lui-même par l'altérité. Il arrive que le discours fasse oublier la souffrance. Il arrive cependant aussi que la souffrance fasse oublier le discours. Ce qui pose la question de savoir si, au fond, ce ne sont pas les oubliés d'eux-mêmes qui ont besoin de la souffrance pour pouvoir exister comme « je ».

Tout comme il y a un jeu du moi avec le malheur pour pouvoir se fabriquer dans l'imaginaire tout un avenir de bonheur, il y a un jeu du moi avec la mort et la souffrance afin de se fabriquer tout un imaginaire de création et de langage. Jeu dérisoire. Jeu pathétique. Jeu illusoire. Jeu d'un moi déjà mort tentant de se survivre à lui-même en faisant de sa mort une œuvre et un langage. Ultimes jeux de miroirs afin de se rêver qui ne sauraient que confirmer ce que l'on savait déjà. La complaisance à soi-même a d'infinies ruses afin de pouvoir se déployer, dont celle consistant à mettre en scène sa propre mort ainsi que sa propre souffrance en jouant avec la mort et la souffrance, afin de mesurer son pouvoir dans l'imaginaire.

Autour de la souffrance. Justice, humanitaire, médias

Si la manipulation de la souffrance est le fait de certaines attitudes psychologiques, elle est aussi le fait de certaines attitudes politiques. De multiples liens unissent la médecine, le droit et la religion à la souffrance, dont des liens très matériels, puisque, quelque part, ceux-ci en vivent. Comment nier que dans l'inconscient médical, judiciaire ou religieux, il puisse y avoir parfois une crainte de voir disparaître le mal et ses victimes ? Bien évidemment, il ne saurait être question de faire le procès de la médecine, du droit et de la religion qui œuvrent à la lutte contre la souffrance et le mal dans le monde. Il n'en demeure pas moins cependant qu'il serait naïf de penser que la relation médecin-malade est une relation neutre du point de vue du médecin. Si les malades ont besoin de leurs médecins, l'inverse est parfois vrai. Il arrive que des médecins aient besoin de leurs malades, qu'ils redoutent de les guérir et qu'ils fassent tout pour se les attacher en favorisant la surmédicalisation de la société ainsi que l'obsession de la prévention et de la santé. À cet égard, comment ne pas voir que des petites phrases du style « nous sommes tous malades », « tout le monde devrait se soigner », « l'important n'est pas de guérir », font le jeu non seulement d'un monde de victimes et d'assistés, mais de ceux qui les soignent ? Est-ce tout à fait un hasard si, dans un monde qui a les moyens d'aller bien, cela ne va jamais, s'il existe des déprimés chroniques ainsi qu'une lamentation continuelle ?

Il y a quelques années déjà, Michel Foucault a fait remarquer dans les colonnes du *Nouvel Observateur* que la société avait besoin de la pègre qui, à travers la prostitution, la drogue et le jeu, évacuait les pulsions que le monde dit « normal » n'était pas capable de « gérer ». Chose que Georges Bataille, il est vrai, avait déjà fait remarquer dans son ouvrage sur l'érotisme. Il en concluait de ce fait qu'il ne fallait pas imaginer que les prisons ont pour but de réprimer la délinquance, mais bien davantage de l'organiser et de la trier. N'est-ce pas là le signe des rapports ambivalents que la société en général et que la justice en particulier peuvent avoir avec la mauvaise marche des choses ? Au XVIIe siècle, Racine, qui ne passe pas pour être un dangereux ennemi de l'ordre établi, faisait remarquer dans *Les plaideurs* qu'il existe une fâcheuse tendance dans la société bourgeoise à faire des procès à propos de tout et de rien. À se demander si, quand les choses vont bien, certains avocats ainsi que certains juges ne font pas tout pour qu'elles aillent mal, histoire d'avoir à intervenir. À l'évidence, l'évolution que l'on peut observer outre-Atlantique lui donnerait plutôt raison, puisqu'on y voit certains avocats inventer des délits pour créer des procès et fabriquer des délinquants potentiels là où on n'aurait pas imaginé qu'il puisse y en avoir, de façon à pouvoir soit les attaquer, soit les défendre. Comment ne pas conclure qu'il y a une certaine pratique de la justice qui ait intérêt à ce que les choses aillent mal afin de pouvoir aller bien elle-même ? Et, surtout, comment ne pas vérifier à cette occasion l'adage qui veut que le malheur des uns fasse le bonheur des autres ?

Cela ne nous ramène-t-il pas à la figure du prêtre nietzschéen ? À l'image d'une certaine médecine comme d'une certaine justice, il y a une certaine pratique de la religion qui irait mal, elle aussi, si les choses allaient bien. Aussi s'ingénie-t-elle à persuader que tout va mal, pour rendre le salut des âmes plus indispensable. N'est-ce pas cette métaphysique du mal qui cautionne toute une logique économique et politique de production et de reproduction du mal et de la souffrance ? Et, inversement, toute la logique sociale qui utilise la souffrance afin d'en vivre ne conduit-elle pas à fabriquer une métaphysique du mal autour d'une religion chargée de veiller sur celle-ci ?

On a vu, il y a quelques années de cela, émerger un mouvement dit humanitaire. Ce mouvement a, à son actif, des actions aussi généreuses que courageuses auprès de populations victimes de la famine, des épidémies ou de la guerre. S'il n'avait pas existé, sans doute y aurait-il eu des dizaines, voire des centaines de milliers de morts. En outre, en faisant de la charité une affaire publique et politique et non plus une affaire privée, ce mouvement s'est adjoint des moyens sans précédent pour agir vite et pour sensibiliser l'opinion. Si la charité n'avait pas été ainsi politisée et médiatisée, ces actions auraient perdu un temps précieux. Reste que cette politisation et cette médiatisation de la charité nuisent par certains aspects à la charité. Il ne saurait être question bien sûr de revenir en arrière, mais on peut se poser un certain nombre de questions. En particulier celle de savoir si la rencontre entre la logique du marché et la logique humanitaire est une bonne chose. Faut-il fermer les yeux sur le fait que l'humanitaire devienne comme on dit un créneau médiatique et politique porteur, parce que des vies ont été sauvées ? Ne voit-on pas que si la lutte contre la souffrance se met à servir la logique du marché sous prétexte qu'un jour la logique du marché a servi la lutte contre la souffrance, tôt ou tard cette logique du marché va reproduire le système de la souffrance qui sert sa logique, pour son plus grand profit ? Déjà, il est vrai, le mal est fait et l'on vient trop tard. Ainsi, qu'un homme politique poursuivi par la justice décide de s'abriter derrière une action humanitaire afin de faire diversion est révélateur quant à l'utilisation cynique de la souffrance afin de se bâtir une image. Qu'un autre homme politique prétende inventer la charité parce qu'il se fait filmer en train de pratiquer celle-ci en dit long sur la façon, non pas dont la générosité manipule pouvoir et médias, mais dont médias et pouvoir manipulent la générosité. Que les médias eux-mêmes se mettent de la partie en se filmant en train de filmer la générosité à l'œuvre afin de rappeler qu'ils sont la conscience du monde est significatif quant à l'enjeu que peut désormais représenter l'image de soi comme généreux. Enfin, qu'un publicitaire comme Toscani, au service d'une marque de vêtements (Benetton pour ne pas la nommer), prétende vêtir nos têtes et pas simplement nos corps en dévoilant la violence de la réalité dans toute sa crudité confine à la perversité, puisque qui s'avisera de le critiquer se verra traiter d'ennemi de la vérité. Tous ces exemples nous ramènent à une vérité que la logique du marché a fort intelligemment comprise et mise en œuvre et qui se résume ainsi : servons-nous toujours de la dénonciation du mal ainsi que de la charité en l'entremêlant à nos stratégies de vente, nous serons inattaquables. Car, qui osera critiquer la lutte contre le mal ainsi que la charité ? Échange de bons procédés. Je ferai de la publicité à ta souffrance si ta souffrance fait de la publicité à ma publicité.

Le procédé, il est vrai, n'est pas neuf. N'est-il pas dit dans les Évangiles que, quand on fait la charité, il importe de le faire dans le secret et non de le claironner sur la place publique ? Les moyens seuls ont changé.

Ce qui vaut pour ce quatrième pouvoir que sont les médias vaut pour le pouvoir tout court. Dans l'analyse qu'il a consacrée à la vie politique, Georges Burdeau[1] a fait remarquer que celle-ci vit au rythme d'une logique manichéenne, chaque parti politique ayant tendance à présenter son adversaire sous les traits du diable tout en se composant, pour lui-même, la figure du sauveur. Il y a quelques années de cela, la découverte en Italie de documents émanant des Brigades rouges a révélé que celles-ci avaient poussé ce manichéisme jusqu'à un degré extrême, puisque, reprenant la vieille formule provocation-répression-manipulation, il y était question de faire des attentats, pour entraîner l'État italien à une répression féroce, suscitant par contrecoup un sursaut des masses populaires contre le fascisme. Comment ne pas voir là une manipulation du malheur consistant à faire souffrir toute une société afin de faire jaillir par contrecoup le salut de la souffrance, selon la dialectique tragique qui veut que, quand on a touché le fond, on ne puisse que remonter ?

Faut-il dès lors encore politiser la souffrance ? Le problème est mal posé. Par bien des aspects, la souffrance est une affaire politique. Aussi sera-t-elle toujours politisée et devra-t-elle toujours l'être. Toutefois, parce que la souffrance est une affaire politique, il importe de demeurer politique

1. Georges Burdeau, *La politique au pays des merveilles*, Paris, P.U.F., 1979.

jusqu'au bout, c'est-à-dire ne pas manipuler celle-ci. Ce qui veut dire, ne pas faire le jeu de cette logique à la fois névrotique et manipulatrice du malheur qui, pour s'approprier du pouvoir, se débrouille toujours pour que, quand cela va bien, cela aille mal, afin que, quand cela va mal, cela aille bien.

3. LES IMPASSES DE LA PERSONNALISATION

La politisation de la souffrance qui s'efforce d'agir contre celle-ci plutôt que de parler sur elle ne saurait aller de soi. La personnalisation de cette même souffrance, qui s'efforce de ne pas généraliser à son sujet en parlant de la souffrance afin de respecter ceux qui souffrent et leur individualité, non plus.

Relative, la souffrance ? Oui, en un sens. On ne souffre pas des mêmes choses aux différentes époques de l'histoire. On n'a pas non plus les mêmes façons de les supporter. Il a été dit que l'homme du Moyen Âge serait fort étonné de nous voir « souffrir » toutes les contraintes sociales que nous supportons. Nous-mêmes, nous serions quelque peu désarçonnés de devoir nous retrouver dans des conditions moyenâgeuses en ayant à affronter des fléaux comme la peste ou la lèpre.

On ne souffre pas non plus de la même façon d'une contrée à l'autre, d'une classe sociale à l'autre, d'un âge de la vie à l'autre. Les Méditerranéens extériorisent, paraît-il, davantage la douleur que les Japonais ou les Esquimaux. Le paysan et l'ouvrier sont plus endurants à la souffrance, paraît-il également, que le bourgeois, rendu fragile et douillet par la vie citadine. L'enfant, la personne âgée sont plus réceptifs à la douleur que l'adulte dans la force de l'âge, paraît-il encore. Tout cela est vrai et mérite d'être pris en considération. Est-ce cependant une raison pour faire de la souffrance un phénomène culturel relatif ? En répondant oui sans aucune nuance, de fait on débouche sur un double effet pervers.

La souffrance, un fait culturel ?

Au XIXe siècle, lorsqu'il s'est agi de laisser souffrir les paysans ou les ouvriers dans leur condition, certains propriétaires comme certains patrons d'entreprise n'ont pas hésité à avancer que, ayant toujours vécu ainsi, ceux-ci n'avaient pas besoin de vivre autrement. La souffrance étant une souffrance à nos yeux, mais pas aux leurs, celle-ci étant donc en quelque sorte leur culture, c'était respecter leur vie et leur culture que de les laisser souffrir, en ne projetant pas sur eux des modes de vie inadaptés pour eux. Pour donner bonne conscience à l'indifférence, on n'a pas trouvé mieux. Et on n'a toujours pas trouvé mieux.

Présentement, lorsqu'il s'agit de justifier leur propre violence, certains groupes ou certains pays n'hésitent pas à clamer haut et fort : « C'est notre culture. » Pour étouffer la souffrance de certaines victimes et pour rendre toute violence regardable, la culture est devenue l'argument à tout faire permettant de tout rendre respectable. Hier, on avait recours au fatalisme et à la nature des choses afin de justifier l'inévitabilité de la violence. Aujourd'hui, on a recours à la culture. À la violence comme fait naturel a succédé la violence comme fait culturel. Ainsi, au nom du respect des cultures, de la tolérance et du droit à la différence, l'anthropophagie ou les châtiments corporels passent du statut de délits à celui de coutumes locales. Condamnés dans les démocraties au nom de la démocratie, ils sont respectés hors démocratie, au nom du respect d'autrui. Aussi convient-il de se méfier du relativisme. Sous prétexte de respecter l'autre, il finit par faire le jeu de ce qui fait souffrir, le respect de l'autre étant privé de tout contenu. Hannah Arendt faisait remarquer que dans les droits de l'homme on assistait à une dangereuse dérive, les droits des hommes comme individus ayant tendance à l'emporter sur les droits de l'Homme comme universel. Ce travers se retrouve en ce qui concerne la souffrance. Le vécu individuel de celle-ci a tendance à étouffer l'universalité de certains maux. Un homme est un homme. En Europe. En Afrique. Au Proche-Orient ou en Asie. Nous réagissons et nous avons raison quand certains groupuscules nazis se prévalent d'une sensibilité différente pour faire valoir leur idéologie comme étant un courant de pensée comme un autre. Pourquoi ne réagit-on pas lorsque certains États se retranchent derrière leur « culture » afin de masquer la violence et le mépris de la personne humaine qu'ils pratiquent ?

Dans un registre moins politique, la revendication d'un principe de cruauté dans la culture au nom de la métaphysique ne laisse pas d'interroger. N'est-il pas irresponsable de parler d'une bonne cruauté ? D'une cruauté culturelle qui n'aurait rien à voir avec une cruauté vulgaire ? Pour retrouver une violence de la culture que la civilisation a affadie, ne risque-t-on pas tout simplement de régresser à la culture de la violence ? Le langage d'Antonin Artaud, si beau et si profond à ce sujet, ne cesse d'être ambigu à cet égard. « Cruauté n'est pas synonyme de sang versé, de chair martyre, d'ennemi crucifié », prend-il le soin de préciser, avant cependant d'ajouter : « C'est la conscience qui donne à l'exercice de toute vie sa couleur de sang, sa nuance cruelle, puisqu'il est entendu que la vie c'est toujours la mort de quelqu'un[1]. »

Est-il si sûr que cela que l'esthétique de la cruauté nous libère de la cruauté ? Pourquoi Michel Leiris, autre superbe écrivain de la cruauté, a-t-il besoin d'aller voir des corridas si

1. Antonin Artaud, *Le théâtre et son double*, Lettre à Jean Paulhan du 13 septembre 1932. Paris, Gallimard, Folio, 1987, p. 158-159.

seule la méta-physique l'intéresse ? La métaphysique n'est-elle pas, comme son nom l'indique, méta-physique, au-delà du matériel ? Platon, quand il faisait de la métaphysique, avait-il recours à des spectacles sanglants ? Comment interpréter ce que nous dit Michel Leiris, lorsqu'il écrit dans son *Miroir de la tauromachie*: « Pour d'autres siècles et d'autres cultures, l'on observe des rites, des jeux, des fêtes servant de naturel exutoire aux mouvements de l'affectivité et grâce auxquels les hommes peuvent s'imaginer, au moins durant un temps, avoir signé un pacte avec le monde et s'être retrouvés avec eux-mêmes. Une purgation est ainsi à même de s'opérer, satisfaisant à ces poussées de fièvre, sans qu'elles aient besoin, pour s'extérioriser, soit de prendre une voie explosive, soit d'emprunter un déguisement utilitaire ou rationnel funeste [...]. De nos jours et dans nos civilisations, il n'est plus possible de trouver d'issue avouable pour ces remuements souterrains que de façon sporadique et fragmentaire, au hasard des occasions ou sous la forme édulcorée des créations artistiques qui ont cessé de plonger dans l'enthousiasme collectif des racines profondes. D'où un ennui, une impression de vie châtrée, tels qu'aux yeux de certains, les conjonctures les plus catastrophiques peuvent apparaître désirables, parce qu'elles auraient eu du moins le pouvoir de mettre en jeu notre existence dans sa totalité.

« En cet état présent des choses [...] une *institu-*

tion telle que la corrida acquiert un prix particulier [...].

« Analysé sous l'angle des relations qu'il présente, notamment, avec l'activité érotique, l'art tauromachique revêtira, on peut le présumer, l'aspect d'un de ces faits révélateurs, qui nous éclairent sur certaines parties obscures de nous-mêmes dans la mesure où ils agissent par une sorte de sympathie ou ressemblance, et dont la puissance émotive tient à ce qu'ils sont des miroirs qui recèlent, objectivée déjà et comme préfigurée, l'image même de notre émotion[1]. »

Comment interpréter cette fascination pour le sacrifice ? Ne faut-il y voir qu'un pur effet de l'art ? L'idée d'une bonne et belle cruauté n'est-elle pas le mythe que la violence s'invente ? Qu'il y ait une triangulation de la mort, du sacré et de l'érotisme, leur point commun étant d'outrepasser les limites de la réalité quotidienne, Georges Bataille nous l'a bien expliqué dans son ouvrage sur l'érotisme. Cela justifie-t-il la cruauté pour autant ? Est-ce parce qu'elle est érotique que la cruauté doit cesser d'être vue comme cruelle ? Parler de cruauté, même au nom de la culture, est-ce un progrès ou une régression à l'archaïque ? Comment interpréter ces mises en scène sadomasochistes qui font appel à des chambres de torture ou à des déguisements de SS utilisant des gabardines noires, des

1. Michel Leiris, *Miroir de la tauromachie*, Fontfroide-le-Haut, Fata Morgana, 1981, p. 27-29.

bottes de cuir et des croix gammées ? Comme une preuve de la vitalité de nos émotions ?

À chacun sa souffrance ?

Le fait culturel ne saurait avoir raison de tout et sans aucun doute gagnerions-nous à surveiller nos rêves, nos mythes et nos fantasmes. Si le respect des hommes a pu faire quelque progrès ces dernières années, c'est — il importe de ne pas le perdre de vue — parce que la violence et la souffrance n'ont pas été considérées comme des faits culturels ou des techniques de régénération. Comme c'est le fait de rappeler qu'il n'y a pas un fossé tel entre nous, dans ce monde, que nous ne puissions plus nous comprendre ni ressentir les mêmes choses. Certes, l'autre n'est pas moi et je ne suis pas lui. Est-ce une raison pour conclure que ce que je puis ressentir, un autre ne saurait le sentir, et que ce qu'un autre vit, je ne saurais le vivre ? Sommes-nous tellement incommensurables les uns aux autres que nous ne puissions nous rassembler que sur le mode de la séparation ? Nous comprendre, est-ce comprendre que l'on ne peut pas se comprendre ? Notons simplement ceci. Si on ne pouvait vraiment pas se comprendre, on ne pourrait même pas comprendre que l'on ne puisse pas se comprendre. Signe que l'on a quelque tendance à jouer avec les mots. Témoin les expressions. « À chacun sa souffrance ! » « Tu ne peux pas me comprendre ! » On ne peut pas à la fois récuser l'universel au nom de la subjectivité et réclamer que l'universel soit là pour reconnaître cette même subjectivité. On ne peut donc pas dire : « Personne ne peut me comprendre » et « Tout le monde doit le comprendre. » N'est-ce pas là une tyrannie de l'universel par le particulier, ce dernier demandant aux autres d'être là mais de se taire ? L'incommunicabilité que revendique le respect de l'autre n'est-elle pas en train de devenir le prétexte d'un narcissisme hypocrite et surtout infantile ?

Autre contradiction. Hier — il importe de le rappeler là aussi —, des résistants se sont engagés contre le nazisme, parce qu'ils ont jugé que la souffrance des victimes écrasées par celui-ci n'était pas le problème des victimes mais celui de l'humanité. Jugeant qu'il serait abject de dire à l'autre qui souffre : « À chacun sa souffrance » ou « C'est ton problème », ils ont contribué à faire échec à une logique de mort qui n'attendait qu'une chose, c'est que, précisément, on dise : « À chacun sa souffrance », pour que le monde ne puisse pas entendre les cris de ceux que l'on mène au supplice. Aujourd'hui, sous prétexte de lutter contre les dictatures, on procède à l'inverse. Il n'y a pas assez de mots pour expliquer combien nos sensibilités sont incommunicables d'une culture à l'autre ainsi que d'un individu à l'autre. Se rend-on compte que si les résistants avaient raisonné de la sorte, il n'y aurait jamais eu de résistance ? Sommes-nous si différents les uns des autres pour ne pas comprendre qu'un cri est un cri ? On a déjà assez de mal comme cela pour faire en sorte de ne pas les étouffer, convient-il encore d'en rajouter en enfermant chacun dans une différence intraduisible ? N'est-ce pas au contraire la capacité que l'on peut avoir de s'identifier à celui qui souffre en voyant en lui son semblable qui permet de faire exister de l'humanité sur la terre ? N'est-ce pas le fait de dire : « L'autre, c'est comme si c'était moi » et non : « L'autre, c'est l'autre » qui permet justement de respecter l'autre ? Une différence qui cesse d'être une différence communicable cesse d'être une différence tout court pour devenir une identité morte. On fait donc une erreur quand, sous prétexte de respect des différences, on enferme celles-ci dans un univers sans langage. L'autre est l'autre sur fond d'un langage commun avec lui. Ou bien il n'y a plus d'autre. Il n'y a plus que le silence de l'autre qui ne saurait tenir lieu de langage de l'autre.

Souffrance et intersubjectivité

Méditant sur l'homme, Rousseau a vu dans la sensibilité de celui-ci sa qualité première, dont il a dérivé les deux lois qui le gouvernent. La première consiste à être sensible à sa propre vie et à se conserver lui-même. La seconde consiste à être sensible à la vie d'autrui et à se porter à son secours en faisant preuve de pitié. Dans le beau livre qu'il a consacré à la morale et, en particulier, à ce qui distingue une approche occidentale d'une approche orientale, François Julien a vu encore beaucoup d'amour-propre chez Rousseau, alors que les Chinois ont, selon lui, une approche non subjective de la pitié, en vertu d'une vision de la Nature comme totalité spontanément interdépendante[1]. Rousseau n'est pas Adam Smith. Si ce dernier est altruiste par égoïsme, Rousseau prend le soin de nous expliquer que toute la singularité de la sensibilité à soi comme de la sensibilité à autrui provient du fait que celles-ci ne s'expliquent pas. Le sens de la vie en soi comme en autrui est spontané, et seule une dégénérescence liée à la culture de l'homme égoïste a substitué en l'homme une seconde nature, dans laquelle c'est par calcul que l'on vit et que l'on aide autrui. Il y a pour Rousseau un sens de la vie comme une intersubjectivité spontanés qui font toute l'humanité de l'homme. Le cœur ne s'explique pas. C'est pour cela qu'il est le cœur. Et quand il en vient à s'expliquer, c'est qu'il est déjà trop tard. Cette analyse de Rousseau est profonde et bien plus proche de la vision orientale de Mencius, semble-t-il, qu'on ne le pense. Car, Rousseau ne part pas du moi, mais de l'universelle sensibilité de la vie à elle-même. Ce que Michel Henry désigne sous le nom de l'auto-affection de la vie, dans laquelle il repère l'essence même de l'existence. Dans l'identification de soi à l'autre, c'est

1. François Julien, *Fonder la morale*, Paris, Grasset, 1995.

une telle sensibilité qui est à l'œuvre et non de la projection de soi. Nos esprits modernes, habitués au soupçon, ne pensent plus qu'une telle sensibilité spontanée soit possible. À leurs yeux, rien n'est innocent. Tout masque de la stratégie émanant de l'amour-propre. Comment ne pas voir qu'à force de se méfier ainsi de tout afin de ne pas être dupes, on fait, qu'on le veuille ou non, le jeu d'une spirale destructrice de la méfiance ? À force de se méfier de l'émotion ainsi que de la pitié sous prétexte de ne pas être victime de l'amour-propre et de sa bonne conscience, ne risque-t-on pas de favoriser l'avènement d'un monde sans émotion et sans pitié faisant triompher l'égoïsme ? N'est-ce pas dès lors Rousseau qui a raison ? En osant « naïvement » parler d'émotion, de pitié et de bonté, ne nous indique-t-il pas la seule issue possible face au système de la méfiance généralisée ? Si l'on veut demeurer humain, ne faut-il pas, à un moment ou à un autre, cesser de se méfier de soi comme de l'homme ? N'y a-t-il pas une raison du cœur qui a infiniment plus de raison que la raison ? La subjectivation de la souffrance qui enferme celle-ci dans l'incommunicabilité a visiblement oublié qu'il peut exister une intersubjectivité spontanée. En voulant parler le langage du respect, elle fait le jeu de l'amour-propre et, au-delà de lui, de l'universelle méfiance dont elle est la première victime. C'est donc Spinoza qui a raison. Le tragique commence avec le fait de croire que le tragique existe. Le malheur débute avec le fait de croire au malheur. En disant : « À chacun sa souffrance », on parle de la souffrance comme le toxicomane parle de sa drogue en disant : « À chacun son trip. » On s'intoxique soi-même et, s'intoxiquant soi-même, on intoxique la vie autour de soi.

Comment dès lors ne pas reconsidérer la logique visant, à l'occasion de la souffrance, à instituer l'individu en norme souveraine ? Comprenons bien. Que chacun soit le mieux placé afin de juger de ce qui est tolérable pour lui ou pas est une évidence. Comme il est évident qu'il y a quelque chose d'intolérable à voir un autre décider pour soi de ce qui est bon ou non pour soi. Est-ce une raison suffisante pour conclure que la souffrance est une affaire individuelle et que le fait de vivre ou pas ne concerne que soi ? Ne répondons pas trop vite et interrogeons-nous sur le suicide. Car, c'est bien là, en définitive, le problème de fond que pose la personnalisation de la souffrance. Disons-le tout de suite : qui de nous, en voyant l'un de ses proches au dernier stade d'une maladie incurable, souffrant, invalide, dépendant, n'a pas eu la réaction de se dire : « Il faudrait que cela finisse. Car, c'est proprement insupportable ! » ? Est-ce mettre fin à une vie que de mettre fin à une vie qui n'est plus une vie mais une vie de mort-vivant ? Dans l'ouvrage d'Horace McCoy, *On achève bien les chevaux*, le cri d'une des héroïnes disant à son partenaire à la suite d'un insensé marathon de danse en pleine crise de 29 : « Si tu ne me tues pas, tu seras un assassin ! », n'est-il pas le paradoxe déchirant de la condition humaine ? Quand la vie devient la mort, n'est-ce pas la mort qui devient la vie ?

La question du suicide

Loin de nous d'accabler ceux qui, comme on dit, « craquent ». Ne sont-ils pas déjà suffisamment accablés comme cela ? En revanche, est-il besoin d'ajouter, comme on l'entend dire parfois : « Il a bien eu raison ! » ? Ne pourrait-on pas se taire ? Car, qu'en savons-nous, s'« il » a eu raison ? Tout suicide n'est-il pas un cri de détresse et un appel au secours ? Comment, dans ces conditions, pouvoir dire : « Il a eu raison » sans donner raison à cette détresse dans la détresse qu'est le suicide ? Et pourquoi ce besoin de transformer ainsi en solution ce qui est un échec ? Par égard pour l'autre ? Ou, plus directement, par souci de se préserver soi-même ? Il est frappant de constater que le suicide est davantage rationalisé par des gens valides qui se disent qu'ils ne supporteront pas telle ou telle situation invalidante et donc qu'ils se suicideront, si cela arrive, que par ceux qui se suicident. Quand on raisonne encore, c'est qu'on ne se suicide pas. Quand on se suicide, c'est qu'on n'a même plus la force de raisonner. Séparons donc le suicide tel qu'il est vécu du suicide tel qu'on se le représente et ne perdons pas de vue que le suicide tel qu'on se le représente renvoie non pas tant au suicide qu'à une problématique de la subjectivité absolue, mise en œuvre dans la culture depuis peu. Il y a des cultures dans lesquelles on ne se suicide pas. Il y a des cultures dans lesquelles on se suicide. Les stoïciens ont pratiqué le suicide. Peu. Dans une perspective de détachement. Pour se prouver à eux-mêmes qu'ils pouvaient se délivrer de la vie matérielle et du corps. Ce qui invite à se demander si on est vraiment délivré, quand on a besoin de se prouver ainsi que l'on est délivré. Les samouraïs au Japon ont pratiqué le suicide. Par honneur. Pour ne pas se rendre à l'adversaire. Ce qui pose la question de savoir s'il n'y a pas beaucoup d'orgueil et, au-delà, beaucoup de désespoir dans l'honneur. Présentement, dans le monde contemporain, le suicide obéit à une problématique plus complexe. Il serait au pire une solution et au mieux une liberté. Comment le croire ?

Au Moyen Âge, la croyance en l'au-delà structurant la représentation de la vie, on ne s'estimait pas quitte avec la mort, puisque les choses étaient censées continuer malgré celle-ci. La peur de l'enfer empêchait que l'on s'approprie son corps et sa vie. Dans la perspective contemporaine, les rapports se sont inversés. L'au-delà étant tenu pour une illusion, on s'estime quitte avec la vie en quittant celle-ci. Qu'on le fasse donc volontairement ou pas, qu'importe au fond. Qui cela devrait-il gêner ? Est-ce là un progrès ? Si cela contribue à délivrer les esprits de la paranoïa de l'enfer, sûrement. Mais, au-delà, comment ne pas voir que nous n'avons fait que substituer une mythologie à une autre ? La mort, dit-on, serait un sommeil, voire un trou. Dormons-nous quand nous sommes morts ? Et sommes-nous morts quand nous dormons ? Tombe-t-on dans la mort comme on fait une chute dans une crevasse ? À l'évidence, il y a là des images régressives qui témoignent davantage d'une séduction envers une figure inconsciente de la matrice que d'une réelle méditation sur la mort. On comprend donc, dans ces conditions, que Schopenhauer ait pu dire, non sans humour d'ailleurs, que son désespoir l'empêchait de se suicider, le fait d'envisager le suicide comme une solution relevant selon lui d'une imagerie naïve. « Certes, écrit-il, notre état est parfois si malheureux qu'un absolu non-être serait préférable. Si cependant le suicide nous assurait le néant, si, vraiment, l'alternative nous était proposée d'être ou de ne pas être, alors, oui, il faudrait choisir le non-être et ce serait un dénouement digne de tous nos vœux. Seulement, en nous, quelque chose nous dit qu'il n'en est rien ; le suicide ne dénoue rien, la mort n'étant absolument pas un anéantissement[1]. »

1. Schopenhauer, *Le monde comme volonté et comme représentation* (*op. cit.*, I, p. 338-339), cité par André Dez, dans *Schopenhauer, le vouloir-vivre, op. cit.*, p. 209-210.

Le droit de mourir ?

Schopenhauer est d'une rigueur imparable. On ne peut pas être pessimiste et suicidaire. Car, le pessimisme consistant à ne croire en rien, celui-ci ne peut par définition croire au suicide.

Il y a donc une certaine naïveté dans le fait de croire que le suicide est une solution, comme il y a une certaine naïveté dans le fait de penser qu'il est une forme de liberté. Le plus souvent, ceux qui se suicident sont rien moins que libres, acculés qu'ils sont par la dépression ou le désespoir. Et, quand bien même tentent-ils de nous convaincre qu'ils sont libres, leurs proclamations ont quelque chose de pathétique qui relève davantage de l'autopersuasion que de la liberté réelle. A-t-on besoin de paraître libre quand on l'est ? Et l'est-on quand on a besoin de le paraître ? Lorsque Kirilov, le héros des *Possédés* de Dostoïevski, se suicide afin d'inaugurer l'avènement d'une nouvelle humanité ayant triomphé de la peur de la mort, est-il libre ? Envisageant son autodestruction comme une autocréation afin de démontrer l'inexistence de Dieu, n'aboutit-il pas au contraire du résultat projeté ? N'est-ce pas faire exister Dieu que de se poser contre lui ? N'est-ce pas vivre dans la peur que de vouloir vivre contre la peur ? N'est-ce pas vivre sans liberté que de vivre face à l'aliénation ? Au bout du compte, le suicide de Kirilov ne fait-il pas vivre ce qu'il veut nier et ne nie-t-il pas ce qu'il tente de faire vivre ? L'erreur de Kirilov est de vouloir libérer les autres au lieu de se délivrer lui-même. Comme elle est de prendre trop au sérieux l'aliénation des autres au lieu de s'occuper de la sienne. De fait, celui-ci a toujours été extérieurement intérieur à lui-même. Il s'est toujours représenté son intériorité à travers la non-intériorité des autres. De sorte que son suicide n'est que l'acte ultime de cette extériorité à lui-même. Toujours, il a vécu en suicidé de lui-même, faute d'avoir jamais entrepris une fois dans sa vie de poser sérieusement la question du sujet. Aussi Maurice Blanchot a-t-il raison de voir dans le suicide de Kirilov le langage de l'indicible[1]. Quand on s'est toute sa vie suicidé intérieurement en s'aliénant à l'extériorité, c'est paradoxalement par le suicide, en cherchant à tuer ce qui intérieurement vous tue, que l'on renoue avec la vie. Trop tard, cependant. Cette première fois étant la dernière fois. Ce que comprend Kirilov. En tremblant, lui qui espérait tant être le premier homme qui ne tremblerait plus !

Certes, tous les suicides n'obéissent pas à ce genre de spéculations métaphysiques. Entre le suicide par dépression et le suicide par spéculation, certains penseurs comme Hans Jonas ont fait remarquer qu'il existait un juste milieu : la mort volontaire envisagée comme droit de l'individu de faire cesser une situation proprement intolérable

1. Maurice Blanchot, *L'espace littéraire*, Paris, Gallimard, 1988, p. 119-124.

pour lui-même. Un tel droit devrait être reconnu, selon Hans Jonas, afin de mettre fin à une logique d'acharnement thérapeutique absurde condamnant des malades à vivre en faisant d'eux les cobayes de la métaphysique et de la morale[1]. Si certains ont une vocation au martyre, cela n'est-il pas leur problème ? A-t-on le droit de l'imposer à d'autres ?

Telle quelle, la position de Hans Jonas ne paraît guère contestable. Est-ce une raison pour faire de la mort un « droit » ? Cela ne constituerait-il pas une protection de l'individu contre son entourage ? Hans Jonas comme André Comte-Sponville soulignent eux-mêmes qu'il y a là une difficulté[2]. Car, faut-il vraiment que le droit s'immisce ainsi partout ? Est-ce en vertu d'un droit que l'on vit ? Et faudra-t-il demain que ce soit en vertu d'un droit que l'on meure ? Sous prétexte de préserver la liberté des individus, n'est-on pas en train d'hypothéquer cette même liberté en favorisant la montée d'un contrôle juridique sans contrôle se chargeant de nous donner des autorisations pour tout ? En voulant que tout soit autorisé et garanti par la loi, ne voit-on pas que l'autorisation va opérer comme un interdit ? L'interdit d'interdire, le plus puissant de tous les interdits ? Ne voit-on pas qu'en voulant faire de la vie comme de la mort des

1. Hans Jonas, *Le droit de mourir*, trad. Philippe Ivernel, Paris, Rivages poche, 1986.
2. André Comte-Sponville, *Impromptus*, *op. cit.*, p. 97-110.

droits, on fait le jeu d'une logique de l'appropriation absolue ? Sera-t-on plus libre quand la vie et la mort seront ravalées au rang de choses dont on peut user comme on use de marchandises et de propriétés en étant nous-mêmes devenus des propriétaires exerçant leurs droits ? Ne sent-on pas la différence qu'il y a entre quelqu'un qui fait quelque chose parce qu'il aime le faire et quelqu'un qui le fait en fonction d'un droit ?

Bien évidemment, notre corps et notre vie nous appartiennent et nous sommes libres d'en faire ce que nous voulons, par différence avec l'esclave qui n'a pas ce droit. Il n'en demeure pas moins cependant que notre corps comme la vie ne sont pas des choses. Et ce, parce que ce corps comme cette vie qui est mienne, ne sont pas *un* corps ni *une* vie mais *mon* corps et *ma* vie. Quand je me vis, je me vis toujours parce que je me vis comme un sujet et non comme une chose. Ou bien je ne me vis plus. D'où la contradiction de croire que c'est en m'appartenant comme une chose que je m'appartiens comme sujet. Il n'y a de ce fait pas grand sens à se dire le propriétaire de soi-même. Sauf à courir le risque de parler le langage d'une société mercantile où tout est aliénable. On peut être esclave en étant la marchandise d'un autre. On peut aussi être esclave en étant le marchand de soi-même.

Il importe pour cela de réévaluer nos rapports au sens et de nous demander ce que peut bien signifier l'idée selon laquelle chacun est le propriétaire du sens de sa vie. Car, comment ne pas voir que, là encore, nous sommes en pleine logique marchande ?

Retour au sens. Ce que personnaliser veut dire

Certes, qui niera qu'il faut être adulte et se diriger soi-même au lieu de vivre par procuration en laissant les autres décider pour soi, ainsi que l'a rappelé Kant dans son beau texte sur les Lumières, *Qu'est-ce que les Lumières* ? Mais, une fois cela souligné, « et après ? » a-t-on envie de demander. Décider d'un sens pour soi, soit, mais lequel ? N'importe lequel ? C'est vague. Et on peut même se demander si cela est encore de l'ordre d'une conduite d'adulte. Car, suffit-il de vouloir un sens pour que ce sens ait un sens ? N'est-ce pas beaucoup donner à la volonté et beaucoup retirer à la pensée ? Depuis que la culture individualiste a fait du sens de la vie un sens pour soi, force est de constater que nous n'arrêtons pas de tourner en rond. La vie n'a toujours aucun sens. Ou, tout du moins, on sait fort peu de choses à son sujet. Il est beaucoup question de choisir et d'être responsable, mais de choisir quoi et d'être responsable de quoi ? On attend toujours. D'où ces formules qui ne font que reculer la question. Comme par exemple celles que l'on trouve chez Sartre, rappelant que choisir c'est se choisir et choisir de choisir. La belle affaire ! Si on ne sait plus ce que l'on choisit, comment peut-on encore choisir ? Suffit-il dès lors de vouloir pour vouloir ? Science sans conscience a beau être ruine de l'âme, conscience sans science est ruine de l'âme également. Aussi importerait-il peut-être de rappeler que le sens n'est pas quelque chose d'individuel, mais quelque chose que l'on individualise. Être personnel, ce n'est pas se choisir, mais personnaliser quelque chose de l'ordre de la vie, de l'histoire, de l'art, de la politique ou de la religion. Molière est une personne parce qu'il personnalise le théâtre et qu'il fait vivre le théâtre à travers lui. S'il s'était contenté de se choisir, il aurait tourné en rond sur lui-même et jamais il n'aurait été ce qu'il est devenu. On se lamente beaucoup sur la crise du sens ainsi que sur l'irresponsabilité en lançant de grands appels au sens ainsi qu'à la responsabilité ? Quand verra-t-on qu'il n'y a de crise de la responsabilité que parce que l'on ne cesse de faire appel à la responsabilité individuelle au lieu de responsabiliser quelque chose et qu'il n'y a pas de crise du sens mais une crise de l'autre ainsi que du rapport à la médiation ? Le sens, il est là, mais il n'y a personne pour le prendre, la subjectivité contemporaine étant davantage préoccupée de se choisir plutôt que de choisir quelque chose. Dans un monde qui ne cesse de prôner l'individu, l'individu qui s'empare du sens est devenu la denrée la plus rare. Les occasions de s'engager ne manquent pas. Seuls manquent les engagements. Cessons donc de penser qu'il y a une crise du sens comme de la pensée. Les sens foisonnent. La pensée est bien là. Il y a en revanche une crise face au sens. À l'évidence nous ne savons pas nous appuyer sur nous-mêmes et ne le sachant pas, nous avons tendance à prendre le vide de nos pensées pour le vide de la pensée.

Comment dans ces conditions dire encore que le sens de la vie ne concerne que nous ? Et, par extension, comment appliquer cela à la mort ? Certains de ceux qui défendent de telles thèses commencent à s'en rendre compte. Aussi battent-ils prudemment en retraite, en préférant dire qu'en se faisant du mal, ils ne font du mal qu'à eux. Qu'en savent-ils ? Il suffit de revenir à la réalité des choses pour apercevoir que c'est rarement le cas. Quand quelqu'un se donne la mort ou agresse son corps d'une façon ou d'une autre, peut-on nier qu'il cherche quelque part à être vu et entendu ? Qu'y a-t-il de plus visible que le corps ? Et sur le corps, qu'y a-t-il de plus visible qu'une auto-agression ?

Quoi qu'il en dise, celui qui se fait du mal ne fait pas du mal qu'à lui en utilisant son corps à la fois comme écran et comme signe. En outre, rien n'est moins vrai que de penser que le suicide ne regarde que celui qui le pratique. Quand on se tue, cela mobilise un nombre considérable de personnes. Les proches d'abord, à qui le suicide est souvent un message adressé, voire une porte claquée à leur figure. Cela mobilise ceux qui retrouvent le corps ou qui vont devoir porter secours. Enfin, cela a des effets que l'on ne mesure pas dans l'espace de l'humanité. Savoir par des statistiques que, tous les ans, tant de personnes se donnent la mort, ne contribue-t-il pas à renforcer le climat de désespoir qui plane dans le monde ? Qu'on le veuille ou non, tout suicide conduit à alimenter la tristesse collective, ainsi que la piètre opinion que certains sont tentés de donner de l'humanité. Ne conviendrait-il donc pas de tracer une séparation entre le suicide et la philosophie du suicide, en apercevant qu'il ne saurait y avoir une philosophie de celui-ci ? À la fin de son traité sur le suicide, Jean Amery écrit : « Les revendications du sujet ordonnent de fuir une existence privée de dignité, d'humanité et de liberté. Ainsi la mort devient-elle la vie, tout comme la vie est déjà la mort à la naissance. Et voilà que du même coup la négation devient positive, même si cela ne sert à rien[1]. »

Est-ce si simple ? Peut-on dire comme le fait Jean Amery que la vie est une mort à la naissance ? Et que, dans cette mort, le suicide est une mort à cette mort permettant de raccrocher la vie à elle-même ? N'est-ce pas là une façon bien rapide de résoudre la question de la mort ?

Jusqu'à preuve du contraire, la vie n'est pas la mort, même si elle y conduit, et la mort n'a jamais renoué le lien de quiconque avec la vie, même s'il arrive parfois qu'elle soit entrevue comme une

1. Jean Amery, *Porter la main sur soi*, Arles, Actes Sud, 1996, p. 156.

délivrance. Pourquoi nier ainsi la différence qu'il peut y avoir entre le pas-encore et le déjà-plus ? Et pourquoi surtout croire pouvoir annuler le réel par des mots ? Cette volonté de rationaliser l'irrationnel n'est-elle pas l'indice qu'il y a bien quelque chose d'irrationnel ? On voudrait nous faire croire que la démocratie se fondera sur la liberté absolue du sujet et entre autres sur la liberté du suicide, signe manifeste de cette liberté. Quand apercevra-t-on que l'on fragilise la démocratie en la fondant ainsi sur l'irrationalité et la mort ? Et si la liberté allait chercher ses raisons d'être ailleurs que dans le droit de mourir ? Alain n'avait-il pas dès lors raison d'écrire : « Les plaintes sur soi ne peuvent qu'attrister les autres, c'est-à-dire en fin de compte leur déplaire [...]. Car la tristesse est comme un poison ; on peut l'aimer, mais non s'en trouver bien. Et c'est toujours le plus profond sentiment qui a raison à la fin. Chacun cherche à vivre et non à mourir ; et cherche ceux qui vivent, j'entends ceux qui se disent contents, qui se ontrent contents. Quelle chose merveilleuse serait la société des hommes, si chacun mettait de son bois au feu, au lieu de pleurnicher sur des cendres[1]. »

1. Alain, *Propos sur le bonheur, op. cit.*, p. 208.

IV

À LA RECHERCHE DU SENS PERDU

La souffrance n'a pas un mais deux sens. Le premier consiste à avoir mal. Mal dans son corps. Mal dans son âme. Mal dans sa vie tout entière. Avoir ainsi mal est le propre du sujet vivant et sensible qui a mal parce qu'il est un être de chair et de sang. Parce qu'il est un être de cœur réagissant contre la violence, l'injustice et la cruauté. Parce qu'il est un être aspirant à exister et pas simplement à vivre, c'est-à-dire à manifester les possibilités contenues en lui sous la forme de sa liberté.

Le second sens de la souffrance consiste à supporter. À faire preuve de patience quand la maladie, les handicaps physiques ou l'imminence de la mort sont là. Avec ce que cela peut comporter de douleurs. De difficultés à vivre pour les choses les plus simples. D'angoisse... À résister aussi à l'adversité. Aux conflits. Aux ruptures avec autrui. À la violence. Avec ce que cela peut comporter comme tentation de vouloir répondre à la violence par la violence, voire par la vengeance ou la cruauté... Enfin à assumer l'épreuve du temps et de la vie. D'une vie traversée par la souffrance du corps. Par la violence des hommes. Par la tentation de désespérer devant la douleur, la violence et le désespoir lui-même.

La sensibilité renvoie à la vie qui réagit contre ce qui l'agresse par un cri nous alertant sur le fait qu'il y a de l'intolérable dans la vie. La patience renvoie à la vertu qui s'efforce d'être plus forte que ce qui agresse en se gardant de la tentation d'agresser à son tour et de faire ainsi le jeu de l'agression.

Sans patience, la sensibilité qui réagit au mal finit par se faire du mal en désespérant ou par faire du mal pour se venger. Sans sensibilité, la patience qui s'efforce de surmonter l'adversité finit par se résigner à celle-ci en se laissant aller (ce qui est une façon de se faire du mal) ou en laissant faire le mal (ce qui est une façon de pactiser avec lui).

La sensibilité a donc besoin de la patience et la patience de la sensibilité. Quand cette rencontre s'opère, la vie acquérant de la vertu, la sensibilité se transforme en puissance. De son côté, la vertu se mariant avec la vie, la patience se transforme en liberté. Ensemble, vie et vertu, sensibilité et patience transforment l'homme en faisant de celui-ci un être véritable. Être devenu ainsi un être véritable, c'est être ce médiateur essentiel de la vie capable de suffisamment retenir celle-ci afin de la délivrer et, en la délivrant, de faire naître autour de lui d'autres hommes véritables.

Parler ainsi de l'homme véritable pourra faire sourire certains. N'est-ce pas là une manière bien idéale et bien emphatique d'envisager la souffrance ? Est-ce là que se situe le problème ? Philosophiquement, parfaitement. Car, nous évoluons dans un cercle vicieux. Comme la tentation constante, quand on aborde la question de la souffrance, consiste à penser la souffrance indépendamment de l'homme et l'homme indépendamment de la souffrance, on se trouve confronté à une situation dans laquelle il y a de la souffrance parce qu'il n'y a pas d'homme véritable et il n'y a pas d'homme véritable parce qu'il y a de la souffrance. Ce qui mérite explication.

La souffrance est un phénomène humain. C'est en outre un phénomène vivant. C'est, pour le résumer d'un mot, un phénomène d'humain vivant. À cet égard, parce qu'elle est un phénomène humain, la souffrance ne saurait être objectivée. Non qu'elle soit subjective, c'est-à-dire relative à chacun. Mais, parce que celui qui souffre n'est jamais une chose. C'est un être de chair et de sang. Un être vivant. Qui plus est, parce qu'elle est un phénomène vivant, elle n'est pas réductible à un unique aspect. Non qu'elle soit relative d'un point de vue historique. Mais, parce que, du fait de son aspect vivant, elle est au carrefour de la vie et de la mort ainsi que de la vertu et du mal, comme en témoigne le terme qui la désigne. Il y a, autrement dit, deux choses qui traversent la souffrance : la réalité de l'homme souffrant et l'altérité d'une vie qui n'est pas toujours ce que l'on croit, face à l'homme souffrant. On a souvent tendance à l'oublier. D'où les deux erreurs que nous commettons quand nous tentons de penser la souffrance.

La première consiste à la rationaliser et à oublier qu'elle est toujours la souffrance d'un homme réel et non un objet. Ce qui conduit à dissoudre le mal et l'homme qui subit le mal. L'analyse des démêlés de notre culture avec la souffrance nous a montré combien la raison était rusée quand il s'agit d'objectiver le mal, en recourant par exemple de façon privilégiée à la fatalité ou à la providence.

La deuxième erreur que l'on commet consiste à basculer dans l'irrationnel à l'occasion du mal comme de la souffrance, en confondant purement et simplement la vie avec le mal. Ce qui conduit à dissoudre la vie ainsi que les forces de vie qui sont en l'homme. L'analyse des démêlés contemporains avec le rejet de toute souffrance a fait apparaître combien on pouvait en arriver à faire exister cette souffrance à force de la nier, le rejet du mal ne pouvant tenir lieu de rapport à la vie.

Résultat : les erreurs que l'on commet en pensant la souffrance nous conduisent à passer d'un extrême à l'autre. Quand on ne déréalise pas le mal à force de survaloriser la raison, on a tendance à hyperréaliser le mal tout en dévalorisant la raison. Et, agissant de la sorte, on finit par engendrer des rapports au monde qui deviennent de véritables machines à souffrir ainsi qu'à faire souffrir. D'où l'importance de penser autrement. En repensant notre rapport au monde. En revenant donc sur le double oubli que l'on a tendance à pratiquer : l'oubli du sujet dans la vie, conséquence de nos rationalisations mensongères, l'oubli de la vie dans le sujet, conséquence de nos désespoirs complaisants. Avec beaucoup de sagesse, la tradition du christianisme d'Orient, illustrée par saint Maxime le Confesseur, a toujours recommandé de ne jamais parler du mal comme d'une chose ni sans indiquer un salut possible face à lui. Nous avons tendance à faire exactement l'inverse en rationalisant la souffrance ou en désespérant à son sujet. Signe qu'il importe de renverser les choses. Comment ? En remettant du sens là où il faut et du non-sens là où il faut également. En les repensant donc non pas comme des réalités réifiées, ainsi qu'on a pu le faire, mais comme des relations dynamiques. Ce que pratique l'homme véritable en reliant le sujet à la vie ainsi que la vie au sujet à travers le couplage de la sensibilité et de la patience.

1. LE SUJET ET L'OUBLI DE LA VIE

La vie et le sujet humain entretiennent des rapports complexes. Car, d'un côté, ils sont opposés l'un à l'autre. La vie comme manifestation de la Nature détermine l'homme inconsciemment à travers les processus biologiques à l'œuvre dans le corps de celui-ci. Le sujet comme conscience est autodétermination face à ce qui tente de le déterminer ainsi inconsciemment. Pourtant, vie et sujet sont inséparables. Car, la vie a besoin du sujet. Mieux, le sujet est l'accomplissement même de la vie en étant, sous la forme de cet être capable de s'autodéterminer, le vivant par excellence. De son côté, le sujet a besoin de la vie. Car, être un sujet vivant, qu'est-ce sinon faire vivre consciemment tout ce que la vie a déposé inconsciemment en lui ? N'est-ce pas en « prenant corps » que le sujet devient un sujet ? N'est-il pas un sujet en faisant de ce monde qui le détermine un monde réel et vivant par le fait de vouloir un tel monde ? On fait donc une erreur dans nos façons de penser le sujet. Parce que le sujet inverse le cours de la Nature en ayant le pouvoir de s'autodéterminer (ce qui nie un déterminisme unilatéral, ainsi que l'a compris Aristote), nous pensons toujours le sujet comme une identité close, donnée immédiatement, en oubliant la négation assumée du déterminisme de la vie, qui le constitue. D'où des erreurs qui ne sont pas sans conséquences dans la façon de le penser et, surtout, de le penser face à la souffrance.

La vie, médiation du sujet

Quand on est un sujet, comme nous le sommes tous, il est naturel de penser qu'il y a quelque chose d'irréductible dans notre moi. Quelqu'un d'autre peut-il vivre pour nous en prenant à notre place la décision de vivre ? Non. Personne ne peut vivre pour personne. Personne ne peut aimer pour personne. Personne ne peut penser pour personne. Ainsi que l'a dit fortement Alain : la pensée ne se délègue pas. La vie non plus !

Il faut, cependant, quand on affirme une telle proposition, ajouter immédiatement la proposition inverse, sous peine de verser dans une grave illusion. Le sujet a beau être la vie de soi par soi, il est un sujet vivant parce qu'il fait vivre quelque chose en dehors de lui. Et quand bien même ce qu'il fait vivre en dehors de lui n'est rien d'autre que lui, c'est parce qu'il est capable de se vivre d'un point de vue extérieur à lui-même qu'il est vivant.

« Toute conscience est conscience de quelque chose », disait Husserl. Le sujet est un sujet vivant parce qu'il vit quelque chose et non pas rien. Donc, parce qu'il se pose par rapport à quelque chose qui n'est pas lui, en dehors de lui. En l'occurrence, le monde de la vie. Le *Lebenswelt*, pour reprendre l'expression de Dilthey.

En matière littéraire, nous disons qu'un romancier a réussi à créer, lorsqu'il est parvenu à créer un monde. Un monde, en l'occurrence, c'est un ensemble de personnages, d'intrigues, de détails qui débouchent sur une atmosphère. C'est une diversité d'éléments structurée pour former une totalité grâce au génie d'une sensibilité. De sorte que, au bout du compte, parler de monde et parler de sujet revient au même. Balzac est Balzac parce qu'il y a un monde balzacien. Et le monde balzacien n'est le monde balzacien que parce qu'il y a Balzac.

S'agissant du sujet dans la vie, il en va de même. Le sujet est un sujet vivant parce qu'il a un monde. Il vit comme sujet, parce qu'il est en mesure d'imprimer sa marque à une diversité d'éléments auxquels il va donner vie par le truchement de son génie propre. De sorte qu'un sujet n'est pas tant une individualité close face au monde qu'une individualité laissant parler le monde à travers lui en donnant la parole au monde. D'où la richesse du monde. D'où la richesse du sujet. Le sujet est le sujet, parce qu'il laisse parler le monde en lui à travers un monde. Et le monde est le monde parce qu'il est plein de sujets ayant chacun un monde, ce monde propre étant, en tant que monde, l'élément commun à tous les hommes.

Un tel rappel n'est pas inutile. Car il éclaire bien des choses. En particulier, notre rapport à la souffrance ainsi qu'à la mort. Nous avons coutume d'assimiler la vie à la manifestation et, pour le dire mieux encore, à l'« apparaître » qui est l'autre nom de la manifestation. Ce qui se comprend.

Notre réflexe naturel est de trouver réel ce que nous pouvons ramener à nous et à ce que nous pouvons sentir. Le réel cependant ne se limite pas à la manifestation et à l'apparaître. Première leçon de philosophie ! Car, pour que quelque chose apparaisse, encore faut-il qu'il y ait disparition de ce qui est déjà là, afin de laisser apparaître ce qui apparaît. Nous savons que pour qu'il y ait dialogue entre deux êtres, il faut que l'un écoute quand l'autre parle. Le langage du réel obéit à cette même dialectique de l'écoute et de la parole. C'est sur fond de silence et de retrait que s'avance le langage du monde. Le judaïsme a profondément exprimé cette structure à travers l'image du *Tsim Tsoun* utilisée pour désigner l'action créatrice divine. Dieu aurait créé le monde, nous est-il dit, en se retirant de celui-ci afin de le laisser exister en dehors de lui. Dans la tradition du christianisme d'Orient, on retrouve une structure analogue à travers l'image de la *kénose*. Dieu, nous est-il dit, a créé le monde et l'homme, en s'effaçant devant eux, afin de les laisser être comme monde vivant et comme homme vivant. Ces approches théologiques ont une grande profondeur spéculative. Car, elles révèlent quelque chose d'essentiel : il existe un « disparaître » créateur. Et bien davantage, c'est dans un tel « disparaître » que réside tout le secret de l'acte créateur. Dans les belles pages qu'il a consacrées au *je-ne-sais-quoi* et au *presque-rien*, Vladimir Jankélévitch nous l'a fait comprendre[1]. L'éternité n'est pas ce que l'on croit. On l'imagine comme étant ce qui ne passe pas face à ce qui passe. En fait, c'est l'inverse qui est vrai. L'éternité demeure dans ce qui passe. L'instant que nous vivons en est la preuve. Ce moment avec l'être aimé que l'on tient dans ses bras ne reviendra jamais plus. Et c'est ce qui le rend d'autant plus bouleversant. C'est pour cela qu'il en vient à être éternel. On pense souvent l'éternité sur le mode d'une quantité illimitée de temps. Or, c'est la qualité qui produit l'éternel. Un instant est éternel, non pas parce qu'il est long, mais parce qu'il est rare. Unique. Donc à jamais marquant. Et pour cela, à jamais digne de mémoire.

Il y a dans le fait de passer un geste de vie qui ouvre sur l'éternité. Il y a dans le fait de refuser de passer un geste qui ouvre sur la mort. On peut donc mourir de ne pas vouloir passer. On peut vivre, en revanche, de s'ouvrir au passage. La vie du langage montre que c'est en acceptant de s'effacer face à l'autre que le dialogue se noue et que la transmission s'opère. La délivrance de l'unique qui fait toute la rareté de l'existence fait apparaître que c'est en disparaissant que ce qui vit devient unique. Dans le déploiement de la vie, c'est parce qu'il y a de la disparition qu'il y a de l'apparition. L'unique, le langage, tout ce qui fait

1. Vladimir Jankélévitch, *Le je-ne-sais-quoi et le presque-rien*, Paris, Le Seuil, 1980.

que la vie parle de façon incomparable ne surgit que parce qu'il y a du disparaître dans la vie. D'où le sens de ces périodes de la vie qui sont des périodes de déclin et de disparition. Un œil extérieur a tendance à penser que ces moments de moindre vie ne sont pas des moments de vie. Ce qui n'est pas le cas. Ce n'est pas rien que de décliner, de disparaître et de mourir. C'est opérer, à travers ce déclin, cette disparition et cette mort, le travail de la transmission. C'est achever l'œuvre de la vie qui est de faire de l'unique. « La mort transforme la vie en destin », disait Sartre. Elle fait surgir ce qu'il y a de rare et de mémorable en chacun. D'où l'importance du mourir dans la vie et dans le mourir l'importance du fait de souffrir le mourir. Comme parts limites de nos vies, révélant la vie à elle-même en achevant la vie en elle-même.

L'impasse de ne rien supporter

Le sujet vit comme sujet en donnant la parole au monde et en laissant ainsi parler le monde à travers lui. Il vit de s'effacer, de disparaître comme sujet isolé, replié sur lui-même dans la solitude. Une solitude de tyran ramenant tout à lui et ne cédant rien à l'autre. Quand il accepte de se dessaisir de lui-même ainsi, certes, il perd une partie de lui-même. Mais il devient, par cette perte et à travers elle, un sujet ouvert et donc vivant. Quand ce n'est pas le cas, en refusant de s'effacer devant la vie, il devient un sujet sans vie et, devenant tel il devient un sujet plein de souffrances. Œdipe, on le sait, est l'histoire de cet homme qui ne veut pas devenir un homme et qui, fuyant son destin d'homme, se met à faire exister ce destin et à le subir. L'histoire de nos rapports avec la souffrance est, à bien des égards, l'histoire d'Œdipe. Nous souffrons du fait de faire exister ce que nous voulons nier, en étant, sans le savoir, ce tyran esclave de lui-même qui subit tout à force de ne rien vouloir supporter.

Ainsi, s'agissant du corps, nous savons que l'on fait exister la douleur à force de la refuser. S'il est vrai qu'une douleur qui s'installe dans le temps fait souffrir en devenant désespérante, il est vrai également que le temps de la douleur n'est pas une pure et simple fatalité contre laquelle nous ne pouvons rien. Il arrive que l'on crée ce temps de la douleur en étant impatient et en nous braquant contre ce qui nous agresse. Aussi est-il vrai qu'il y a une part d'imaginaire dans la souffrance physique. En Orient, la philosophie du yoga soutient que les trois quarts de nos souffrances sont des souffrances imaginaires. C'est la raison pour laquelle celle-ci pratique des exercices de respiration, de relaxation et de vide mental, afin d'évacuer l'image obsédante de la douleur hors des esprits. En Occident, la médecine a commencé à prendre très au sérieux la part psychologique de la douleur, non pas pour accuser celui qui souffre d'être responsable de sa souffrance, comme cela s'est tant fait, mais afin de se pencher sur celui-ci et de l'aider. Avec ce même constat fait par médecin : les trois quarts de nos douleurs sont imaginaires. Faisons marcher quelqu'un sur une planche posée sur le sol, il ne tombera pas. Mettons cette planche à vingt mètres du sol, il tombera, disait Pascal. Cela vaut pour la douleur. Disons à quelqu'un qu'il souffrira, il y a de fortes chances pour qu'il souffre. Cela relève de ce que l'on appelle joliment les prophéties autoréalisatrices. Leur force provient de l'intime liaison qui nous unit à la représentation de nous-mêmes. Le moi vivant de représenter quelque chose, touchons à la représentation du moi et c'est le moi que l'on atteint. Dans la souffrance, il ne faut pas sous-estimer le rôle de l'image. L'image du moi souffrant étant l'image d'un moi dégradé et amoindri et par là même une perte d'image, on souffre souvent dans la souffrance de l'image même de la souffrance et dans cette image d'une perte d'image elle-même. D'où l'impression d'abîme et dans cet abîme de vertige effrayant.

Le désir de se conserver contre la souffrance crée une image de soi qui conduit à produire de la souffrance. La volonté de se prémunir contre la violence et les conflits avec autrui n'est pas sans produire un mécanisme semblable. Quand on recherche une sécurité absolue, on se met à voir du danger et de l'adversité partout. De sorte que, en guerre contre tout, on finit par provoquer des conflits qui n'existaient pas et que l'on pouvait éviter. On a donc raison de se méfier des désirs furieux d'ordre. Ceux-ci conduisent toujours à voir du mal là où il n'y en a pas et à le faire jaillir, à force d'imaginer le mal qui pourrait être.

Dans l'une de ses interprétations du *Talmud*, Emmanuel Levinas a opposé Abraham à Ulysse. Abraham, nous dit-il, part vers la terre promise sans regarder en arrière. Ulysse, au contraire, ne rêve que de revenir à Ithaque. L'un s'ouvre au temps, à l'avenir, à l'inconnu. L'autre nie le temps, l'avenir et l'inconnu en aspirant à revenir à son point de départ. Selon Emmanuel Levinas, cette différence entre Abraham et Ulysse symbolise deux rapports à la vie. Le premier, celui d'Abraham, est un rapport vivant. Le second, celui d'Ulysse, est un rapport violent. Pourquoi ? Parce que Ulysse ne veut pas vivre. Au lieu de vivre ce qui est à vivre, il veut revivre ce qu'il a vécu. Cette tentation, selon Emmanuel Levinas, est la tentation théorique par excellence[1]. Celle, en l'occurrence, de tout vouloir prévoir. De vivre avant d'avoir vécu, afin que la vie soit sans aléas. En vivant ainsi d'une vie qui n'est jamais que la répétition d'une vie déjà donnée, on bascule dans la mort. Et, basculant ainsi dans la mort, on bascule dans la souffrance. Il y a, en ce sens, un nihilisme dans le fait de ne pas vouloir souffrir. Non pas parce qu'il y a une quelconque dignité ontologique du mal ainsi que du fait d'avoir mal, mais

1. Emmanuel Levinas, *Quatre lectures talmudiques*, Paris, Minuit, 1976, p. 71 et suiv.

parce que le « ne-pas-vouloir-souffrir » est le mal même, à travers le rapport mortifère qu'il entretient à la peur, au désir de sécurité ainsi qu'au fait d'étouffer la vie. N'est-ce pas là une vision trop métaphysique et trop éloignée des réalités, sera-t-on tenté de demander ? Nullement. Si l'on veut pouvoir en finir avec ce qui fait souffrir, il importe de comprendre que l'on ne souffre pas par hasard. La souffrance a une histoire. Et, aussi paradoxal que cela puisse paraître, l'une des sources de cette histoire réside dans le refus de souffrir qui renvoie à la tentation de vivre avant d'avoir vécu. Quand on l'a compris, non seulement on est en mesure de comprendre que la souffrance commence bien avant que l'on souffre dans les rapports que l'on peut avoir avec la vie ou, pour être plus précis, dans le manque de rapports que l'on peut avoir avec celle-ci. Mais, en outre, on est en mesure de découvrir ce qui permet de sortir de la souffrance, à savoir la patience, qui est à travers l'ouverture au temps délivrance à l'égard du tyran que l'on peut avoir en soi comme à l'égard du refus nihiliste de vivre.

La force de la patience

On associe toujours la patience au fait de savoir attendre. Ce qui est superficiel et ce qui prête le flanc à toutes les critiques qui voient dans celle-ci une forme de passivité. En fait, la patience est autrement profonde. Car, plus que le fait d'attendre, elle est celui de résister à la violence. Quand on attend vraiment en étant dans une véritable attente, c'est toujours parce que l'on aime et que l'on est ouvert à l'autre. D'où ce visage du temps souvent ignoré. Celui-ci n'est pas tant cette quantité innombrable d'instants que le visage même de l'autre. Hegel, contrairement à ce que l'on pense, l'a bien compris, lorsqu'il écrit dans *La Raison dans l'histoire* : « Lorsque nous considérons ce spectacle des passions humaines et les conséquences de leur déchaînement, lorsque nous voyons la déraison s'associer non seulement aux passions, mais aussi et surtout aux bonnes intentions et aux fins légitimes, lorsque l'histoire nous met devant les yeux le mal, l'iniquité, la ruine des empires les plus florissants qu'ait produits le génie humain, lorsque nous entendons avec pitié les lamentations sans nom des individus, nous ne pouvons qu'être remplis de tristesse à la pensée de la caducité en général [...]. On en arrive alors à une douleur profonde inconsolable, que rien ne peut apaiser. Et, pour la rendre supportable ou pour nous arracher à son emprise, nous nous disons : Il en a été ainsi. C'est le destin. On n'y peut rien changer[1]. »

Cette analyse de Hegel met l'accent sur quelque chose d'essentiel. Quand, face au mal, la seule chose que l'on fasse se résume à hurler, il n'est pas

1. Hegel, *La Raison dans l'histoire*, trad. K. Papaïoannou, Paris, 10-18, 1965, p. 102-104.

rare que l'on aboutisse à faire le jeu du mal. Car, comment ne pas faire du mal une fatalité contre laquelle on ne peut rien, à force de voir en lui quelque chose d'abyssal contre quoi il n'est possible que de hurler ? Ceux que le mal gêne vraiment s'efforcent d'agir contre lui. Ceux qui hurlent contre le mal sans rien faire sont ceux que le mal, au fond, ne dérange pas vraiment. D'où le conformisme de l'indignation excessive, qui crie trop pour crier vraiment. Ce qu'Alain Didier-Weil explique bien lorsqu'il rappelle que l'une des ruses du mal consiste toujours à s'installer dans les âmes à travers la sidération[1]. Quand on est médusé face au mal, on est exactement dans l'état dans lequel le mal veut que nous soyons. Celui de ne pas pouvoir s'empêcher de regarder. D'être pris donc, à travers la répulsion que l'on éprouve, par ce qui répugne. Comment une telle chose est-elle possible ? Cela provient de notre position. Quand on se tient face au mal sans que celui-ci soit médié par rien, on est forcément dans une position d'immédiateté à l'égard de soi. N'ayant rien sinon soi-même afin de se donner une médiation pour saisir le mal, celui-ci est une sorte de miroir qui nous renvoie à nous-mêmes. D'où son côté séduisant. On a plaisir à le regarder. Et pour cause. En se laissant entrevoir comme insaisissable, il nous flatte infiniment. D'où notre sidéra-

1. Alain Didier-Weil, *Les trois temps de la loi*, Paris, Le Seuil, 1995, p. 279 et suiv.

tion. Celle d'apercevoir, en l'occurrence, que ce qui nous révulse tant nous séduit tant. Regarder le mal, c'est toujours se placer dans une position narcissique. Et être dans une position narcissique, c'est toujours se situer face au mal en désirant que celui-ci existe, le sujet narcissique ayant comme formule de se dire : « À part moi, tout est mal ! »

Quand un sujet est médié par la vie ainsi que par le monde, la question du mal ne se pose pas. Elle se pose, en revanche, quand il n'est plus médié par rien. D'où l'importance de la patience, qui est la vertu de cette médiation. De cette sortie hors de soi vers l'autre. Ce qui demande beaucoup de force afin de triompher du sujet tyrannique en soi, qui n'aspire qu'à être seul, dans la solitude splendide de son moi.

S'agissant du corps, cette vertu de la patience confère toute la dimension positive que l'on peut trouver dans le terme de « souffrir ». Ainsi que le souligne Michel Henry, il y a entre la vie et la souffrance un lien fondamental. Car, la vie est par définition patience en étant cette ouverture sur elle-même qui, la rendant toujours autre, la rend toujours vivante. C'est ainsi qu'il faut comprendre ces lignes où il écrit : « La vie n'est pas. Elle advient et ne cesse d'advenir. Cette venue incessante de la vie, c'est son éternel parvenir en soi, lequel est un procès sans fin, un mouvement. Dans l'accomplissement éternel de ce projet, la vie se jette en soi, s'écrase contre soi, s'éprouve soi-même, jouit de soi, produisant constamment sa propre essence pour autant que celle-ci consiste dans cette jouissance de soi et s'épuise en elle [...]. Ainsi la vie s'engendre-t-elle continûment elle-même. Dans cette autogénération qui n'a pas de fin s'accomplit l'effectuation phénoménologique active du venir en soi de la vie comme venir dans le s'éprouver soi-même en lequel réside toute la vie concevable. Parti pour le venir en soi de la vie et l'accomplissement, le "s'éprouver-soi-même" est lui-même un procès dans lequel ce qui est éprouvé est comme du toujours nouvellement éprouvé, tandis que le vivre chemine en lui comme ce qui l'éprouve toujours à nouveau. La vie est un auto-mouvement s'auto-éprouvant et ne cessant de s'auto-éprouver[1]. »

La vie est une capacité infinie de se supporter et de se souffrir elle-même. D'où son énergie et, à travers elle, l'énergie propre du corps. Le rapport entre le corps et cette aptitude à supporter est si intime que notre langage le traduit quotidiennement. Ne dit-on pas pour parler de la santé que l'on « se porte bien » et, pour évoquer un affaiblissement, que nos jambes ne nous « portent » plus ? N'a-t-on pas l'impression que, quand tout va bien, la vie nous porte, alors que, quand tout va mal, c'est à nous de devoir porter la vie ?

On n'en finirait pas d'évoquer tout le vocabulaire lié au port ainsi qu'au support, pour désigner

1. Michel Henry, *C'est moi la vérité*, Paris, Le Seuil, 1996, p. 74.

ce qui permet de lier le sujet incarné à lui-même grâce au geste patient consistant à se porter et à se supporter. La vie ouverte à la vie est patience de la vie pour la vie. D'où ce sentiment d'ouverture que donne, par exemple, l'effort, ainsi que l'a montré Maine de Biran. Dans l'effort sportif, cela est particulièrement net. Voir courir un marathon, jouer une finale de coupe Davis en cinq manches, un match de rugby lors du tournoi des Cinq Nations, une finale olympique à l'aviron ou un record de l'heure à vélo, qu'est-ce sinon assister à ce spectacle extraordinaire de la vie se soutenant elle-même dans une patience pour elle-même à l'état pur ? De même, quand des hommes ou des femmes entreprennent de traverser des déserts, d'affronter des océans, de descendre dans les profondeurs de la terre ou d'escalader des sommets, que signifient ces défis, sinon le fait d'aller chercher à travers ces conquêtes de l'inutile, pour reprendre la belle expression de l'alpiniste Gaston Rebuffat, la force même de la vie afin de la faire vivre ?

Tout au long de son histoire, la philosophie s'est interrogée sur ce qui fonde les phénomènes. Ce fondement, elle l'a trouvé dans l'Être considéré comme substance, c'est-à-dire comme réalité subsistante et résistante conférant toute sa réalité au réel. Elle l'a trouvé également dans le sujet, en latin le *sub-jectum* : ce qui est jeté dessous. Qu'il s'agisse de la substance ou du sujet, dans les deux cas la philosophie a retenu la capacité de se soutenir par soi comme étant le fondement même du réel. Cela explique qu'il y ait une énergie extraordinaire qui se dégage dans le fait de supporter. Contrairement à ce qui est dit parfois, cette passivité n'est nullement passive. Elle est au contraire l'action même en laissant parler les forces qui sont contenues dans l'individu. Aussi comprend-on que la médecine conseille de se faire « patient » quand on est malade. Car, bien souvent, si nous sommes malades, c'est faute d'avoir su être les « patients » de nous-mêmes en ignorant les forces de vie qui sont en nous. Et si nous cessons de l'être, c'est pour avoir su, à un moment ou à un autre, laisser parler ces forces. Aristote définissait la Nature comme un médecin capable d'être médecin de lui-même. Aujourd'hui, les biologistes nous parlent d'autoréparation, d'autoconservation, d'autoreproduction et d'autorégulation quand ils nous parlent de la Nature. L'idée est la même. Dans les deux cas, il est question de la vie comme capacité de se soutenir soi-même. La vie qui est vivante et pleine repose en elle-même. Celle qui ne l'est plus ne le fait plus. C'est alors que le médecin intervient, comme médiateur de la vie auprès d'elle-même, afin que celle-ci retrouve son repos. Est-ce un hasard et une simple façon de parler si tout traitement médical s'accompagne toujours d'une prescription de repos ? Les médecins savent mieux que tout autre que la médecine est la servante du repos et ne peut être que cela. Autre façon de dire qu'elle est la servante de la patience ainsi que des patients.

En réfléchissant sur son expérience dans les camps de concentration, Bruno Bettelheim est parvenu à la conclusion qu'il avait pu revenir vivant de ceux-ci grâce à l'énergie positive reposant dans son moi, entre la tentation de la révolte et celle du désespoir[1]. Dans les unités de soins palliatifs, il est frappant de constater que les malades, après être passés par un stade de désespoir puis de révolte en apprenant qu'ils vont mourir, trouvent une surprenante force qui leur permet souvent de remonter leur entourage, en acceptant leur mort prochaine. Comment ne pas voir que ces exemples convergent ? Quand il n'y a apparemment plus aucune issue au-dehors de soi, il y en a encore en soi, dans les forces de vie que l'on possède en soi. Pour cela, il importe d'être, en reposant en soi et en laissant monter de ce repos des forces insoupçonnées capables de faire être. Bruno Bettelheim a eu cette patience. C'est la raison pour laquelle il a trouvé le courage de vivre. Beaucoup de grands agonisants ont cette patience également. C'est la raison pour laquelle, ils acquièrent la force de mourir.

Bien sûr, ce qui est dit ici du corps et du sujet vaut pour nos rapports avec autrui comme avec la vie. Si le sujet vivant peut trouver ainsi en lui des

1. Bruno Bettelheim, *Le cœur conscient*, Paris, Le Livre de poche, 1972.

forces pour vivre et pour mourir, c'est parce qu'il fait preuve de cette vertu de patience qui consiste à se laisser altérer par la vie en acceptant que l'on soit deux à l'intérieur de soi-même : soi et la vie qui nous sert de support. C'est parce qu'il se laisse altérer ainsi qu'il sort de la maladie, de la mort ou du désespoir. Face à l'autre, on sort de l'altération du conflit de la même façon. En acceptant d'être deux. En renonçant donc à être seul. Ce qui veut dire abandonner la position du tyran et, avec elle, l'attitude qui consiste à exclure ou à absorber l'autre. Philosophiquement, enfin, il est bien des énigmes qui trouvent leur solution dès lors que l'on accepte ce principe d'altérité. Bergson, à juste titre, a dénoncé la violence de la raison philosophique qui consiste à tout vouloir déduire. Que ce soit l'être ou le sujet, en dérivant l'être du sujet ou le sujet de l'être. Cette façon de penser qu'il a appelée « technique » relève d'un principe totalitaire. Donc d'un principe de violence ne tolérant rien sinon lui. D'où l'importance de la patience comme ouverture à l'autre, pour sortir de cette clôture destructrice, avec, pour ce qui concerne la pensée, un autre principe. Celui non plus de la violence indifférente, mais de ce qu'Emmanuel Levinas appelle le visage, qui consiste à n'être indifférent à rien. Plaçons à la source de nos réflexions la volonté de n'être indifférent à rien. Aussitôt, on voit tomber la tentation de vouloir clore le champ de la réflexion en ramenant tout à un principe, afin au contraire d'ouvrir celui-ci. Au lieu de chercher à justifier l'être ou le sujet, on se met à penser avec eux. Et pensant avec eux, ceux-ci sont de fait justifiés. Ce qui conduit la pensée à sauver ses objets comme à se sauver elle-même.

Comment ne pas voir dès lors que la patience et le « souffrir » ayant tous ces sens, il importe que l'on reconsidère la question du sens ?

Retour au sens. Le sens du sens

Le sens signifie trois choses. En premier lieu, qui dit sens dit direction dans l'espace permettant de ne pas errer. Ainsi, on est dit être dans le bon sens quand on va dans la bonne direction d'un itinéraire tracé à l'avance ou quand on est soi-même en mesure de se fabriquer un itinéraire à partir de repères que l'on s'est donnés. Le sens relève par ailleurs de la signification d'un mot ou d'une phrase que l'on est à même de traduire en maîtrisant pour cela le langage, mais aussi les intentions cachées dans ce langage visant un référent situé hors de ce langage. Le sens enfin relève, d'une façon plus générale, de la relation. Qu'il s'agisse de l'espace ou du langage dans la communication avec autrui, un point demeure commun. Dans les deux cas, on est capable d'être relié. Les Anciens voyaient dans le *Logos*, qui veut dire raison, la faculté de la relation. Le sens nous conduit aux sources de la raison, un individu sensé étant un individu relié, renvoyant à du sens par ses actes.

Par opposition à l'individu errant. Incapable de faire en sorte que ses actes renvoient à une quelconque signification.

Quand, à propos de la souffrance, il est question de son sens, il importe de faire remarquer que ce langage est ambigu. Car, si l'on n'y prend pas garde, on a tôt fait de confondre les forces du mal qui accablent les hommes avec les forces de vie qui permettent de résister à un tel mal. Si bien que ces forces du mal étant prises pour des forces de vie, on aboutit du fait de cette confusion à cautionner ce qui fait souffrir l'humanité. La violence entretient toujours le mythe de la bonne souffrance comme le mythe de la bonne souffrance entretient la violence. Et comme la violence entretient le mythe de la bonne souffrance, celle-ci fait constamment oublier que la violence est un mal. D'où l'indispensable révolte contre ce mythe de la bonne souffrance et le rappel que celle-ci est un mal. Quand une telle révolte a lieu, c'est la vie qui s'exprime à travers cette réaction. Si, toutefois, une telle réaction est indispensable, encore faut-il qu'elle aille jusqu'au bout. Faute de quoi, celle-ci devient une révolte se figeant dans le cri et la sidération face au mal. Avec toutes les ambiguïtés que cela peut comporter. C'est en ce sens qu'il y a un sens du sens qui n'a rien d'ambigu. Ce sens réside dans la patience, dont on a trop vu en elle une forme de passivité, sans apercevoir qu'il y a en elle une façon de conduire la vie au-delà de la révolte qui lui confère une profondeur proprement singulière.

Ainsi, lorsque Épictète au paragraphe 8 de son *Manuel* enseigne : « Ne demande pas que ce qui arrive, arrive comme tu veux. Mais, veuille que les choses arrivent comme elles arrivent et tu seras heureux[1] », il y a là une démarche profonde. Quand quelqu'un subit une épreuve ou un malheur, sa réaction est de s'identifier à ce malheur ainsi que d'identifier toute vie à du malheur, en voyant dans ce qui lui arrive l'effet d'un complot, voire d'une malédiction. D'où ces réactions bien connues : « Pourquoi moi ? » Ou encore : « Qu'ai-je donc fait au ciel pour mériter cela ? » Pourquoi de telles réactions ? Il s'agit là d'une réaction narcissique que Spinoza a bien comprise dans l'appendice qu'il développe à la fin du Livre premier de l'*Éthique.* Les hommes préférant se sentir l'objet des attentions de la vie plutôt que de l'indifférence de celle-ci, se dire que la vie les maudit est encore une façon de se sentir l'objet d'une attention de la vie, dont ils retirent un certain bénéfice narcissique. Si « personne ne m'aime », n'est-ce pas le signe que je ne suis pas rien ? Le malheur a toujours tendance à provoquer des conduites d'autopersécution ainsi que des attitudes de désespoir et de nihilisme concluant à la vacuité profonde de l'existence.

1. Épictète, *Manuel*, trad. Mario Meunier, Paris, Garnier Flammarion, 1987, p. 210.

Quand c'est le cas, un processus infernal tend à s'engager, contre lequel, si on n'y prend pas garde, il finit par devenir très difficile de réagir. Car, quand l'autopersécution devient une façon de s'aimer, comment retirer l'autopersécution sans blesser le narcissisme ? Les psychanalystes et les psychiatres, on le sait, s'y cassent les dents, tenter de soigner quelqu'un qui ne peut pas vivre avec sa maladie et sa névrose, mais qui ne peut pas non plus vivre sans, relevant de la quadrature du cercle ! Comment en outre ne pas apercevoir que, quand on désespère de la vie en l'identifiant à un néant, ce sont les propres forces que l'on a en soi, qui pourraient faire que l'on s'en sorte, que l'on condamne ? Quand on conserve à l'esprit ces deux façons que l'on peut avoir de rajouter du malheur au malheur, on est en mesure de comprendre pourquoi Épictète a enseigné la patience. En « désidentifiant » l'individu comme individu malheureux, celle-ci est tout bonnement la seule façon d'enrayer la spirale de la souffrance. Car, être patient consistant à dire que l'on n'est pas seul au monde, mais qu'il y a de la vie qui continue à être en s'ouvrant sur cet être, cela conduit à rappeler que, malgré les épreuves et les malheurs, tout continue. Tout peut continuer. Et si tout peut continuer, n'est-ce pas le signe que je ne suis pas ce rebut haïssable de la Nature et de la vie du fait de mes malheurs ? Et donc qu'il est possible de faire le lien avec moi-même autrement qu'en passant par des conduites d'automalédiction ? Beaucoup de malades ayant passé de dures épreuves, beaucoup d'infirmes privés de leur vue ou de leurs jambes disent avoir pu s'en tirer et renoncer au suicide, en ayant aperçu dans la tourmente de leurs épreuves que tout pouvait ainsi continuer. On peut avoir perdu la vue et pourtant travailler, aimer, faire du sport, etc. Les stoïciens ont donné une très belle traduction ontologique de cette expérience vécue en parlant de la continuité de l'être et en exerçant le regard de leurs disciples à voir partout la continuité de l'être. Tu veux m'agresser et me détruire ? disait Épictète. Peine perdue. Car, comment pourrais-tu me détruire ? Il faudrait pour cela que tu puisses détruire la Nature qui est immortelle et qui m'a transmis une part d'immortalité à moi qui suis une de ses parties. Ce qui est impossible. Détruis-moi donc si tu le veux, tu ne m'annihileras jamais ! Les stoïciens avaient une solide confiance en l'être éternel et divin qui a fait l'univers. Nous ne l'avons plus. C'est pour cela que nous souffrons et que nous faisons le lien avec nous-mêmes, non pas métaphysiquement en nous ouvrant par la patience à l'être, mais narcissiquement à travers des pratiques d'automalédiction et de malédiction tout court.

Comment dès lors ignorer encore la patience ? Il y a en elle une force que l'on ne soupçonne pas. La force de la vie envers la vie. Dans l'ordre du religieux, on parle davantage de prière que de patience, en voyant dans la prière non pas le fait de demander pour obtenir mais celui d'être au plus intime de la relation avec Dieu par le fait d'avoir besoin de Dieu et donc de le prier. D'où la force de la prière qui conduit à délivrer en soi des forces divines quand on a appris à se tenir ainsi dans l'intime besoin de Dieu. Dans le vital rapport de la vie à la vie. S'il y a quelque chose de patient dans la prière, il y a quelque chose de l'ordre de la prière dans la patience. Par sa façon de se tenir ainsi, comme elle le fait, au plus près de la vie. Caractère divin de la patience. Voie de dépassement. De dépassement de soi. Car, être patient, c'est être capable d'aller contre son désir tyrannique qui donne envie de tyranniser ce qui nous tyrannise, en provoquant une épidémie de tyrannie et de violence. C'est prendre tout son temps, au lieu de vouloir agir immédiatement en éliminant tous les obstacles qui nous gênent avant peu à peu d'éliminer la vie et le temps.

Parce que la patience est une affaire de désir bien compris, elle est une affaire d'altérité. Donc, de temps et de médiations. Aussi ne vit-elle pas dans l'immédiateté. En se laissant altérer. Détourner. Dérouter. Dériver. Par de bienfaisantes digressions et d'heureuses turbulences. À l'image du temps météorologique. Toujours instable. Toujours insaisissable. Toujours atmosphérique.

Il y a quelque chose de l'ordre d'un climat dans la patience, qui fait toute la profondeur de la vie patiente, en imprégnant et en nimbant celle-ci de parfaite non-violence. La patience en outre avance. Elle ne s'arrête pas de vivre. Tenace. Têtue. Opiniâtre. En ne cédant pas. Avec une fidélité sans partage à la force de vie qu'elle a en elle ainsi qu'à l'amour de cette force de vie. Car, on l'aura compris, la patience n'est pas cette molle attente attendant que la violence des violents se calme. Bien qu'attendre ainsi soit parfois efficace, en regardant dans l'autre non pas celui qui s'agite violemment mais l'homme apaisé qui a été refoulé. En fait, qualité bien plus profonde, elle a pour essentielle définition d'être la grande amie du mystère et de la beauté des choses. Quand, donc, elle attend, ce n'est pas pour attendre, mais pour voir se dessiner en profondeur l'insaisissable masqué par la lourdeur ou la violence du monde. La patience, en ce sens, est le mystère en marche. L'esprit qui veut l'esprit et qui ne cédera pas avant que l'esprit soit là. Aussi n'est-ce pas étonnant si Hegel a vu l'histoire comme une grande patience à l'œuvre. Une patience de l'esprit œuvrant afin de se réconcilier avec lui-même. Tout ce qui a de l'esprit est patient. Tout ce qui est élevé est patient. Une preuve *a contrario* nous en est donnée par la vulgarité d'âme et la pauvreté spirituelle. Celles-ci se précipitent toujours. On comprend dès lors pourquoi Épictète recommandait la patience en voyant en elle une vertu suprême : « Souviens-toi, rappelle-t-il, que tu dois te comporter comme dans un festin. Le plat qui circule arrive-t-il à toi ? Tends la main et prends modérément. Passe-t-il loin de toi ? Ne le recherche pas.

Tarde-t-il à venir ? Ne jette pas de loin sur lui ton désir. Mais patiente jusqu'à ce qu'il arrive à toi. Sois ainsi pour tes enfants, ainsi pour ta femme, ainsi pour les charges publiques, ainsi pour la richesse et tu seras un jour digne d'être le convive des dieux[1]. »

2. LA VIE ET L'OUBLI DU SUJET

S'il n'y a pas de sujet sans vie, il n'y a pas de vie sans sujet. Ce que l'on oublie plus qu'on ne le croit. Car, il ne va nullement de soi de penser le sujet. La vie est notre milieu. Nous sommes immergés en elle. Et, parce que nous sommes ainsi immergés en elle, nous avons tendance à nous laisser submerger par sa réalité, en oubliant que celle-ci est toujours médiée par notre conscience. D'où une erreur majeure. Celle consistant à prendre le réel dans lequel nous vivons pour une chose en oubliant qu'il n'est jamais qu'un réel pour nous. Un réel pour notre conscience. Ce qui n'est pas sans conséquences.

Le sujet, médiation de la vie

La vie est une donnée. Elle est notre donnée. Présente avant nous, présente au-delà de nous, elle est ce qui nous arrive toujours du dehors. Y

1. Épictète, *Manuel, op. cit.*, p. 21.

compris dans notre corps, malgré l'intimité que nous pouvons avoir avec lui. D'où le sentiment naturel d'être dépassé par elle et, à travers un tel sentiment, la tendance à en faire de l'altérité, en oubliant que la vie c'est nous. C'est aussi nous. La conscience a tendance à oublier qu'elle est une conscience et que ce qu'elle voit dans la vie comme altérité de la vie est en partie constitué par elle. Aussi importe-t-il de renverser les choses et de rappeler qu'il n'y a de réel qu'un réel pour une conscience capable de poser ce réel comme réel. Ce que Bergson a fort bien résumé lorsqu'il écrit : « On ne se lasse pas de répéter que l'homme est bien peu de chose sur la terre, et la terre dans l'univers. Pourtant, même par son corps, l'homme est loin de n'occuper que la place minime qu'on lui octroie d'ordinaire, et dont se contentait Pascal lui-même quand il réduisait le “roseau pensant” à n'être matériellement qu'un roseau ordinaire. Car, si notre corps est la matière à laquelle notre conscience s'applique, il est coextensif à notre conscience, il comprend tout ce que nous percevons, il va jusqu'aux étoiles[1]. » Cette vérité de la conscience soulignée par Bergson est encore plus patente quand on l'envisage d'un point de vue moral et existentiel. Le monde n'a pas simplement besoin des hommes pour se constituer en monde perçu. Il a besoin d'eux pour se constituer en monde vivant. Imaginons que plus personne ne

1. Bergson, *Matière et mémoire*, Paris, P.U.F., 1985, p. 21.

veuille vivre et s'engager dans la vie, il n'est pas exagéré de dire que le monde cesserait d'être. Il est rappelé dans le *Talmud* que tant qu'il y aura des hommes pour lire la *Tora*, le soleil pourra continuer de briller. Ce qui est une façon poétique de traduire une vérité qui n'a rien d'un idéalisme échevelé. Le sujet étant l'expression de la vie autonome et pleinement vivante, s'il s'avérait qu'il n'y ait plus de sujet au sein de la vie, cela voudrait dire que le projet même de la vie, qui est de faire vivre de la vie pleinement vivante sous la forme d'un sujet, est désormais caduque et, donc, que la vie n'a plus de sens. Le *Talmud* a donc raison et, avec lui, ce qui souligne la part irremplaçable de l'homme dans l'univers et dans l'histoire. S'il est vrai qu'un sujet devient un sujet parce qu'il laisse parler le monde, l'inverse est vrai. Le monde est le monde parce qu'il devient le monde d'un sujet. C'est dans le particulier existant charnellement que l'universel qui traverse l'histoire vient à se manifester. Et c'est en se manifestant ainsi que celui-ci vient à démontrer qu'il est un universel réel et vivant et non un universel abstrait. D'où, ici, une vérité d'importance. La vérité du corps et, avec lui, du monde de l'apparaître. Une tradition idéaliste nous a appris à voir dans le corps et le paraître des obstacles pour la pensée. Un peu de réflexion montre que c'est demeurer au stade de l'apparence que de ne voir dans les apparences que de l'apparence. Dans le fait d'apparaître, il y a le fait de se manifester. Ce qui n'est pas rien.

N'est-ce pas là le synonyme du réel ? Le réel de ce fait n'est pas là où on le suppose. Il n'est pas dans une vie qui se situerait au-delà du corps. Mais bien dans ce corps charnel si fragile à la surface des choses. Ce qui n'est pas sans conséquence dans les rapports que nous pouvons entretenir avec la souffrance comme avec la mort. Car, si nous sommes conséquents, nous devons déduire de ce qui suit qu'un homme véritable ne cherchera pas à échapper à son destin d'être charnel et donc d'être vulnérable et mortel. Il ne cherchera pas à se retirer dans une quelconque forme de vie échappant à toute forme d'altération. Il voudra au contraire être profondément vulnérable et mortel, en trouvant assez de sens pour ne pas souffrir d'être ainsi vulnérable et mortel. Car, que vaut-il mieux ? Souffrir, mourir, mais avoir vécu ? Ou ne pas souffrir, ne pas mourir, mais ne jamais avoir vécu ? L'homme véritable choisit toujours de souffrir, de mourir mais de vivre. Et parce qu'il fait ce choix, bien qu'il souffre et qu'il meure, sa vie pleinement vécue rachète sa souffrance ainsi que sa mort en le comblant d'une joie qui lui donne la force de souffrir comme de mourir. Tandis que l'inverse n'est pas vrai. On peut vivre sans souffrir. Mais à quoi sert-il de vivre ainsi, si, au bout du compte, on n'a pas vécu ? Au moment de mourir, on prend conscience qu'il est trop tard. N'ayant pas vécu à force d'avoir préféré ne pas souffrir plutôt que vivre, on a tout perdu en vivant ainsi. On n'a même jamais cessé de perdre. D'où cette question : Où est la souffrance ? Et où est la mort ? Dans la souffrance ? Et dans la mort ? Paradoxalement, la logique de la manifestation qui prévaut dans l'apparaître de la vie charnelle montre qu'il n'en est rien. Le corps pleinement vécu comme corps indique qu'il existe un sens spirituel et non charnel du souffrir comme du mourir. On souffre et on meurt de ne pas avoir su ni voulu être ce corps vulnérable et mortel qu'est le nôtre. On guérit et on ressuscite d'avoir su être cet homme charnel que nous sommes, dans la temporalité éphémère des choses. Mourir quand on a vécu, ce n'est pas tout à fait mourir. Car, qui a vécu vit encore et vivra toujours en trouvant dans la présence de ce riche passé de vie la présence même lui permettant de dépasser la mort. Mourir, en revanche, quand on n'a pas vécu, c'est là vraiment mourir. Car, qui n'a pas vécu n'a pas de passé vivant et avec lui de présence capable de venir le soutenir. « Il est né. Il est mort. Il a vécu. Il a aimé. Il a souffert », peut-on lire en guise d'épitaphes sur certaines tombes. Et, ayant fait tout cela, il a atteint ce point singulier, ô combien, où il est possible de dire que l'on n'a pas souffert parce que l'on a souffert et que l'on ne meurt pas parce que l'on meurt. Force spirituelle émanant de l'existence charnelle pleinement acceptée ! Ce qui, quelque part, est logique. Seul un être hors du temps peut entreprendre de rentrer dans le temps. Seul un être prisonnier du temps aspire à s'en évader. D'où la récompense légitime des vivants et des courageux. Parce qu'ils n'ont pas peur de mourir et de se jeter tout entiers dans le temps, ils sont déjà hors de lui. Ils goûtent déjà les fruits de l'éternité. Ce qui n'est pas le cas de ceux qui ne se risquent pas à vivre. En voulant fuir le temps au lieu de s'y plonger, ils se fracassent dans la temporalité la plus grossière. Tant il est vrai que rien n'est plus vieux que d'aspirer à l'éternelle jeunesse. La jeunesse véritable ne cherche pas à paraître jeune. Elle est jeune. C'est pour cela qu'elle est jeune et qu'elle le reste. Il faut donc vivre et ne se préoccuper que de vivre. Car, c'est là une attitude d'homme libre. L'homme libre en effet ne cherche pas à s'évader. Et comme il ne cherche pas à s'évader ainsi, il est libre. Il n'y a que les prisonniers, en revanche, qui cherchent à s'évader.

Les impasses de tout souffrir

La vie passe par la médiation du sujet qui est cet être particulier vivant, assumant pleinement le fait de vivre dans sa chair d'être vivant. D'où le fait que l'être soit non pas dans l'être de la vie comme donnée mais dans l'être de la vie comme passage de la vie au sujet. Quand tel n'est pas le cas, la vie se trompant d'être, celle-ci rentre dans un processus de régression et de souffrance.

Cette souffrance, c'est d'abord celle d'une vie se pensant comme conservation infinie de soi. Quand c'est le cas, on aboutit à une contradiction extrême. Car, vouloir se conserver peut conduire à tout accepter. À tout subir. À être donc la faiblesse même et l'inconscience même. Cela peut conduire aussi à l'inverse. Au fait de poursuivre indéfiniment sa route sans se laisser détourner par rien. Avec une dureté implacable. Impitoyablement. Dureté extrême de la brute, insensible à tout. Aussi Catherine Chalier a-t-elle raison de souligner : « Le tragique, écrit-elle, c'est l'impasse d'une existence qui ne peut pas se détacher de soi, qui se voit contrainte, sans cesse et sans repos, de s'occuper de soi, d'une existence embourbée en elle-même, jetée en pâture à elle-même. Alourdie par elle-même, par le poids de cette matérialité qu'est l'irrémissibilité de soi, elle ne pourrait se libérer de la pesanteur qui attache à soi, comme à un double visqueux, pesant, stupide, comme à une charge que rien n'allège. Cette impuissance à s'oublier, cet échec à sortir de la prison du soi, du définitif de sa matérialité, condamnerait à la souffrance d'une vie sans refuge, sans issue, puisque toujours elle reviendrait à elle-même[1]. »

Faible et dure à la fois, la vie livrée à elle-même est cette infinie faiblesse à l'égard de soi qui est infinie dureté à l'égard de tout et cette infinie dureté à l'égard de tout qui est infinie faiblesse à l'égard de soi. Hegel disait que la Nature est la contradiction de l'intelligible prisonnier du sen-

1. Catherine Chalier, *La persévérance du mal*, *op. cit.*, p. 19-20.

sible, sous la forme d'un sensible non réfléchi éclatant comme sensible hors de lui-même. Cela s'applique à la vie laissée à elle-même.

On retrouve une telle contradiction sur le plan moral et politique. Ainsi, sur le plan moral, la passion met toujours en scène une très grande complaisance à soi-même qui devient extrême dureté au-dehors de soi-même. Car, le passionné est celui qui proclame par excellence : « Je sais que telle chose est mal, mais je vais quand même la faire. » Parce que l'interdit crée le désir, comme on l'entend dire souvent ? Nullement. Parce que le désir veut l'interdit et le crée, convient-il de dire davantage. Et ce, pour se prouver qu'il peut tout se permettre. La passion, qui est extrême faiblesse pour soi-même, cache toujours un délire de présomption. On aime follement pour s'aimer follement et, pour s'aimer follement, on est prêt à aimer follement en bravant toutes les limites. En les créant au besoin. Tel Swann décrit par Proust dans *Un amour de Swann*, qui poursuit l'amour narcissique qu'il se voue en aimant en Odette le reflet d'un de ses fantasmes, une madone de Botticelli, avant de basculer dans la jalousie, obstacle qu'il s'invente pour aimer follement encore et, ainsi, s'aimer.

Sur le plan politique, la violence du tyran se nourrit toujours de faiblesse et de dureté. On sait que celui qui est indifférent à tout tolère tout en se moquant de tout. Et celui qui, à l'inverse, tolère tout est indifférent à tout. Le pervers l'a bien compris en jouant sur les ambiguïtés de la tolérance pour dire : « Si tu es tolérant, tu dois me tolérer tel que je suis, et même me vouloir tel que je suis ! » Vaste programme ! Durant la Renaissance, Étienne de La Boétie avait déjà fait apercevoir ce paradoxe en montrant combien les tyrannies se nourrissent de la faiblesse des hommes et combien la faiblesse des hommes nourrit les tyrannies. Autre facette de la vie laissée à elle-même. « Ô, mon Dieu, interroge-t-il, que peut être cela ? Comment disons-nous que cela s'appelle ? Quel malheur est celui-là ? [...] Souffrir les pilleries, les paillardises, les cruautés, non pas d'une armée, non pas d'un camp barbare, contre lequel il faudrait défendre son sang et sa vie devant, mais d'un seul homme [...]. Celui qui vous maîtrise tant n'a que deux yeux, n'a que deux mains, n'a qu'un corps et n'a autre chose que ce qu'a le moindre homme du grand nombre infini de vos villes, sinon qu'il a plus que vous tous, c'est l'avantage que vous lui faites pour vous détruire. Comment vous oserait-il courir dessus s'il n'avait intelligence avec vous ? Que pourrait-il faire si vous n'étiez esclave du larron qui vous pille ? Complices du meurtrier qui vous tue et traîtres de vous-mêmes ? [...] Soyez résolus de ne plus le servir et vous voilà libres. Je ne veux pas que vous le poussiez ou que vous le branliez, mais seulement ne le soutenez plus et vous le verrez comme un grand Colosse à qui on a dérobé la base de son poids même, fondre en bas et se rompre[1]. »

Tout comme il existe un nihilisme dans le fait de ne rien vouloir souffrir, il existe un nihilisme également dans le fait de tout tolérer. De ne pas réagir. Cette absence de réaction qui souffre tout est à la base de la faiblesse et de la dureté qui font souffrir. De sorte que face à celles-ci, il n'y a qu'un remède. Réagir comme le sujet sensible peut réagir quand il le fait. En faisant valoir le sujet sensible qu'il est parlant au nom de tous les sujets sensibles que nous sommes afin que l'homme sensible ne soit pas étouffé. Réaction de vie dans la vie contre le laisser-aller de la vie. Et, par là, dépassement créateur de la vie de l'intérieur de la vie. Car, quand la vie se met à menacer la vie en se laissant aller à elle-même en toute dureté et en toute faiblesse, c'est du sujet qui est l'autre de la vie que surgit la préservation de la vie même.

Le génie de la sensibilité

On pense souvent la subjectivité d'une façon péjorative. En voyant en elle la prétention d'une particularité pleine d'elle-même, déformant le réel à force de vouloir le ramener à elle. La vérité est autre. S'il s'avère que le sujet échoue à être un sujet quand il n'est pas relié à la vie et, à travers la

1. Étienne de La Boétie, *Discours sur la servitude volontaire, Œuvres politiques*, Paris, Éditions sociales, 1971, p. 44, 47 et 49.

vie, à un monde auquel il donne vie, la réciproque est vraie. La vie sans sujet cesse d'être la vie et devient un devenir fou de l'être dans toute sa faiblesse et toute sa dureté. Aussi convient-il de ne pas être superficiel. Les visages de la passion sont multiples et ne résident pas que dans la subjectivité. Il existe aussi une passion de l'être, du réel et de la vie, à travers la passion d'échapper à soi-même. Hannah Arendt nous l'a fort bien expliqué dans son analyse du système totalitaire en nous montrant comment celui-ci s'est constitué autour de la figure de l'homme de masse, homme désireux de se soustraire à lui-même en se noyant dans le devenir infini de l'histoire et de son mouvement[1]. Quand c'est le cas, seul le fait de revenir à l'homme comme homme intéressé à lui-même et non plus comme homme de masse permet de sortir de la passion et de ses aveuglements. Avant elle, Arthur Koestler l'avait déjà compris, lorsqu'il fait dire à l'un de ses personnages du *Zéro et l'infini* : « Le principe selon lequel la fin justifie les moyens est et demeure la seule règle de l'éthique politique [...]. Il existe une logique chrétienne et humanitaire qui déclare l'individu sacré et qui affirme que les règles de l'arithmétique ne doivent pas s'appliquer aux sociétés humaines — qui dans notre équation représentent soit zéro, soit l'infini. L'autre conception part du principe fondamental

1. Hannah Arendt, *Le système totalitaire*, Paris, Le Seuil, 1972.

qu'une fin collective justifie tous les moyens, et non seulement permet mais exige que l'individu soit, en toutes façons, subordonné et sacrifié à la communauté. La première morale pourrait s'appeler antivivisectionniste. Les fumistes et les dilettantes ont toujours essayé de mélanger les deux conceptions[1]. »

Cette analyse est éloquente. Derrière son antihumanisme et son souci de réalisme apparemment rationnels, elle est l'expression de la passion même. Aussi y a-t-il une profondeur essentielle du sujet vivant capable de sensibilité et donc d'avoir mal. Car, c'est par cette sensibilité et par elle seule qu'il demeure possible de déconstruire la logique de la violence insensible à tout. D'où un autre sens de la souffrance. Non pas comme patience, mais comme sensibilité.

En tant que tel, le fait d'avoir mal peut être une vertu. C'est la vertu de l'homme vivant, capable de ressentir dans son corps le choc avec les autres corps, l'usure du temps et le poids de la vie. Un mort ne souffre pas. Un vivant souffre. C'est là le signe de son identité de vivant sensible et charnel.

En outre, le fait d'avoir mal est la vertu de l'homme moral. Vertu que Rousseau a bien perçue lorsqu'il écrit : « Quand il serait vrai que la commisération ne serait qu'un sentiment qui nous met à la place de celui qui souffre, qu'importe

1. Arthur Koestler, *Le zéro et l'infini*, trad. Jérôme Jenatton, Paris, Calmann-Lévy, 1986, p. 169-170.

cette idée pourvu qu'on lui donne plus de force ? C'est la raison qui engendre l'amour-propre et c'est la réflexion qui le fortifie. C'est elle qui sépare l'homme de tout ce qui le gêne et l'afflige. C'est la Philosophie qui isole l'homme et qui lui fait dire en secret, à l'aspect d'un homme souffrant : Péris si tu veux, je suis en sûreté... Il n'y a plus que les dangers de la société entière qui troublent le sommeil tranquille du philosophe et qui l'arrachent de son lit. On peut impunément égorger son semblable sous sa fenêtre, il n'a qu'à mettre ses mains sur ses oreilles et s'argumenter un peu, pour empêcher la Nature qui se révolte en lui, de l'identifier avec celui qu'on assassine [...]. L'homme sauvage n'a pas cet admirable talent et, faute de sagesse ou de raison, on le voit toujours se livrer étourdiment au premier sentiment de l'Humanité. Dans les émeutes, dans les querelles des rues, la populace s'assemble, l'homme prudent s'éloigne. C'est la canaille, ce sont les femmes des Halles qui séparent les combattants et qui empêchent les honnêtes gens de s'entr'égorger[1]. »

Quand on est un homme moral, on a le sens et le respect de sa vie, le sens et le respect de la vie d'autrui, le sens et le respect de la vie en général. Ce sens est un sens sensible et charnel, parce qu'il est vital et nécessaire. Ou bien alors, il n'est pas. On vit en faisant corps avec sa vie, avec autrui et

1. Rousseau, *Discours sur l'origine des inégalités*, Paris, Gallimard, Bibl. de la Pléiade, 1964, p. 155-156.

avec la vie, ou bien on ne vit pas. C'est la raison pour laquelle on souffre quand on est bafoué ou que l'on voit bafouer ce qui est digne de valeur.

Le fait de pouvoir être ainsi atteint dans sa chair est la marque de notre appartenance à la morale. Seuls les êtres moraux souffrent. Les bourreaux ne souffrent pas. Les assassins et les tortionnaires non plus. Ils peuvent torturer ou tuer sans l'ombre d'un malaise. Et c'est pour cela d'ailleurs qu'ils sont des bourreaux et des assassins.

Enfin, le fait d'avoir mal est une vertu existentielle. Quand on a un certain sens de l'existence, on réagit au mal qui frappe les corps et qui pèse sur les esprits en se disant que la vie humaine n'est pas faite pour souffrir. On se dit que la vraie vie est ailleurs. Non pas dans un au-delà irréel, mais au-delà de la violence. Aussi se met-on en quête de cette vie autre qui devrait être et qui n'est pas, en entreprenant un questionnement sur la vie. Et, entreprenant ainsi de questionner, de réagir et de réfléchir, on se met à vivre déjà cette autre vie.

Quand on a un certain sens de l'existence, on ne peut pas se réconcilier avec un monde dans lequel existent la douleur et la cruauté. Et, surtout, on ne peut pas se dire que la douleur comme la violence sont naturelles. Car, se dire une telle chose revient à banaliser, à justifier celles-ci et donc à les nier. Or, rien ne saura jamais justifier que des hommes soient opprimés par la douleur comme par la cruauté au point d'être souvent déshumanisés à cause de celles-ci.

Pour celui qui a un sens de l'existence, le mal n'est pas une chose relative et encore moins une invention de certaines sensibilités ou de certaines idéologies au sein de la culture. Le mal est une réalité renvoyant à la douleur, à la cruauté et, surtout, à cette perversion de l'esprit consistant à nier le mal. D'où l'aspect métaphysique de la souffrance. D'un point de vue existentiel, celle-ci est le résultat d'une chute de l'humanité dans un principe d'indifférence consistant à trouver normale la cruauté et anormal le fait d'y réagir. Ceci explique qu'il puisse apparaître comme normal, d'un tel point de vue, de dépasser un monde qui marche à l'envers, afin de retrouver ce que l'on conviendra d'appeler la « vraie vie ». Quand on n'a pas un sens marqué de l'existence, on n'a pas ce genre de problèmes. La douleur et la violence apparaissent comme faisant partie de la vie et c'est sans inconfort et sans tourment que l'on s'insère dans une réalité traversée par l'injustice. Est-il question du mal ? Immédiatement, celui-ci est dissous en étant ramené, par exemple, à une question de point de vue relatif sur les choses.

Les stoïciens ont mieux que quiconque démonté les mécanismes délirants qui, dans la souffrance, conduisent à produire et à augmenter cette même souffrance en adoptant des conduites d'autopersécution ou de persécution. Aussi faut-il comprendre leur célèbre formule : *abstine et sustine,* dans cette perspective, comme un procédé thérapeutique visant à agir contre le mal plutôt qu'à se résigner à celui-ci. L'inverse est cependant également vrai. Quand l'égoïsme le plus dur et le plus cynique fait régner un climat d'indifférence à tout, c'est au fait de ne pas supporter et de ne pas s'abstenir que l'on doit d'avoir encore la dignité d'êtres humains. Car, c'est ce cri de sensibilité qui est la mémoire d'une vie que nous ne savons plus vivre. On a mal de ce fait, non pas quand on est faible, mais quand on est fort. Fort de la vie, de la générosité et de la liberté qui donnent tout son poids à la vie. Le rationalisme nous a habitués à voir dans le fait d'avoir ainsi mal une marque de sensiblerie. Il nous a appris à ne pas nous émouvoir. En agissant de la sorte, il nous a porté le plus grand tort. Car, il a contribué à faire oublier qu'avoir mal n'est pas une complaisance adressée à soi-même mais un regard jeté sur le monde consistant à voir ce monde du point de vue de la vie, de la générosité et de la liberté. Le propre du rationalisme est d'envisager la vie, la générosité et la liberté du point de vue du monde, en les réduisant à celui-ci. Le propre de la sensibilité est de procéder à l'inverse. D'où l'importance philosophique d'une telle sensibilité, ainsi que l'a si bien montré Benjamin Fondane, dans la préface qu'il a consacrée à son ouvrage *La conscience malheureuse* : « Nous sommes à la fois en tant que citoyens du malheur social, des êtres politiques, et en tant que citoyens du malheur humain, des êtres métaphysiques... À la catégorie éthique collective que l'on appelle : injustice, répond sur un autre registre humain la catégorie métaphysique, aussi peu claire que la première, que l'on appelle : le malheur. Notre devoir est de confesser l'intégrité et l'indivisibilité de la conscience malheureuse — une conscience malheureuse qui souffre de l'absence de pain, de travail, de liberté, de justice, mais aussi de la présence hostile de l'irréalité, de la contradiction, de l'impuissance, de la nécessité, de la mort, et par là de ce Fatum par lequel s'opère l'aliénation totale des pouvoirs de l'homme... L'homme ne pourra pas se dérober au besoin de remettre éternellement en question la signification de son existence, pour la simple raison qu'il ne peut s'imposer à son existence mais que c'est son existence qui s'impose à lui ; il ne peut renoncer à vouloir posséder la vérité, pour la simple raison que c'est la vérité qui ne renonce pas à lui[1]. »

Comment ne pas voir dès lors qu'une telle vertu de la sensibilité invite à reposer la question du non-sens ?

Retour au non-sens. Le sens du non-sens

Si le sens se caractérise par une direction, une signification ainsi qu'une relation, le non-sens se caractérise par le refus de ces trois aspects du sens. Pourquoi ? Parce que le non-sens est l'expression

1. Benjamin Fondane, *La conscience malheureuse*, Paris, Plasma, 1979, p. XVI.

d'une exigence d'intériorisation pour laquelle ce que l'on appelle communément sens est par trop extérieur et, de ce fait, faux. Ainsi, ce n'est pas parce que l'on suit un itinéraire tracé à l'avance que l'on n'erre pas. Si cela est vrai lorsque l'on veut se déplacer dans l'espace afin de se rendre quelque part, cela cesse de l'être dès lors que l'on se situe sur un plan existentiel. Car là, un homme libre et vivant ne se contente pas de suivre un itinéraire tracé à l'avance. Il trace, au contraire, son propre itinéraire. Tant il est vrai qu'être libre consiste à faire preuve de responsabilité en se déterminant soi-même, alors que demeurer un irresponsable consiste à se laisser prendre en charge. Il faut être quelque part perdu et errant pour obéir passivement à un ordre donné en mettant ses pas dans des pas déjà là. D'où le désordre caché de certaines formes d'ordre apparent. Il faut être, en revanche, très en ordre pour ne suivre aucun ordre extérieur mais seulement son ordre propre. D'où l'ordre caché de certaines formes de désordre apparent.

En outre, ce n'est pas parce que l'on dispose de tous les codes pour traduire le langage d'un autre, des autres ou de l'altérité que l'on est pour autant dans le sens. Car, pour accéder au sens, encore faut-il avoir le sens du sens. Ce qui n'est pas de l'ordre d'un code que l'on applique de l'extérieur, techniquement, mais de l'ordre d'une présence que l'on applique de l'intérieur aux autres comme à l'altérité, en se donnant à ceux-ci. On a le sens du sens, quand on se laisse épouser par la vie en se laissant saisir par elle et non pas simplement quand on tente de saisir celle-ci en se plaçant au-dessus d'elle dans une position de maîtrise. Nous savons que l'intuition, qui est la saisie immédiate des choses, consiste à aller du tout aux parties et non des parties au tout en se laissant pour ainsi dire saisir par le tout. C'est une telle intuition qui fait tout le sens du sens. De sorte que si le sens n'est pas quelque chose d'extérieur mais quelque chose d'intérieur, dans cette intériorité il importe de creuser encore et d'apercevoir que celui-ci ne vient pas *de* nous mais *à* nous. Ce qui bouleverse les liens que l'on peut avoir avec la relation.

Car, ce n'est pas parce que l'on est « relié » que l'on est forcément relié. On peut vivre dans une vie avec des repères partout et pourtant être totalement déraciné et relié à rien, pour n'avoir jamais su se relier de l'intérieur à ce qui peut ainsi lier. Il importe donc d'apercevoir qu'il n'y a de lien que réfléchi. Il faut lier le lien en se liant à lui et pas simplement posséder des liens que l'on n'a pas liés. D'où, soit dit au passage, la naïveté de ces lamentations à propos de la crise du sens, qui s'imaginent que les choses iraient mieux si on décrétait à nouveau un sens officiel. Comme si le triste exemple des idéologies officielles ne devait pas servir de leçon !

Une analyse du non-sens nous le fait vite apercevoir : le non-sens n'est pas le contraire du sens, mais l'état limite du sens sous la forme d'un sens intériorisé à travers le refus d'un sens simplement extérieur. Aussi est-ce une façon de parler que de parler de non-sens, afin de désigner par là un état de la pensée et du sens. Et surtout de dynamiser la pensée ainsi que le sens. L'époque contemporaine ne le comprend pas toujours. Ce qui entraîne des confusions. Au conformisme du sens a succédé le conformisme du non-sens. Loin d'être vécu comme l'état même de l'intériorité, le non-sens dont il est question dans ce conformisme consiste dans un certain état de la vie et du monde. Tout serait, paraît-il, une vaste comédie et une gigantesque farce absurde. Témoin, la souffrance, signe patent de la contradiction de la vie, celle-ci s'ingéniant à accabler et à détruire ce qu'elle crée. Ceux que Pascal désignait sous le nom de demi-habiles font toujours montre d'une telle « fausse lucidité ». En prenant ce qui n'est qu'un tissu de contradictions sans intérêt pour une forme de conscience. Car, que veut dire la phrase « tout est absurde » ? Constatons-le, si tout est absurde, celui qui dit cela ne l'est pas. Ou bien il ne sait pas ce qu'il dit. Ce qui est en fait le cas. La phrase « tout est absurde » est le fait d'une conscience qui ne prend pas au sérieux la vérité de la conscience. Comme elle ne prend pas au sérieux la vie en face d'elle, en la condamnant une fois pour toutes. De fait, elle ne prend rien au sérieux, sinon le fait de ne rien prendre au sérieux. Autre façon de fuir et de s'installer dans l'irresponsabilité. Nous avons vu qu'il est possible d'échapper à soi-même en se laissant guider de façon conformiste et plate par un ordre fixé à l'avance. Nous avions oublié de préciser que les visages du conformisme et de l'irresponsabilité sont multiples. On peut parfaitement aboutir au même résultat, non pas en étant conformiste mais en étant comme on dit « non conformiste ». Le monde contemporain nous en donne une parfaite illustration. L'homme révolté est aujourd'hui à la mode. On le voit partout nous ressasser que rien n'a de sens. Cela empêche-t-il le monde de tourner ? Nullement. Celui-ci s'accommode fort bien de ce désespoir-là, qui est somme toute un désespoir tout ce qu'il y a de plus confortable, le fait de vomir le monde permettant de ne rien faire pour lui. Aussi la logique conformiste qui guide les sociétés ne se prive-t-elle guère de faire une large place aux consciences désenchantées, qui lui assurent, sans le savoir, une reproduction tout assurée.

Est-ce à dire que tout non-sens a cet effet pervers ? Nullement. Nous l'avons vu. Le véritable non-sens comme exigence d'intériorité est tout sauf ce mal-être factice et complaisant qui assure la pérennité de l'apathie conformiste dans la réalité. Car, en posant le refus du sens, comme il le fait, loin de détruire, il s'efforce de construire en donnant la parole au sujet à travers le non-sens et à la vie pleinement vivante à travers le sujet. Il serait superficiel de penser en effet que le refus du sens est un état de révolte de la subjectivité face au mal présent dans l'histoire. Au-delà de la protestation légitime de l'homme qui refuse d'être écrasé par des logiques anonymes ainsi que de s'aliéner à des conformismes collectifs, l'appel à l'intériorité vise un certain état de la pensée. Tout comme le vrai sujet est un sujet qui s'autodétermine, les grandes choses de la vie s'autodéterminent. Témoin l'amour. Quand on aime, l'amour n'a pas d'autre raison d'être que l'amour. Il vient de l'amour et il vit pour l'amour. Ou bien ce n'est pas de l'amour. On ne fait pas de l'amour avec du manque d'amour. Et l'on n'aime pas quand on aime pour une autre raison que l'amour. Cela vaut pour la liberté comme pour la pensée. On est libre et on pense en étant libre et en pensant. Pas autrement. Et l'on est libre pour être libre comme on pense pour penser. Pas pour d'autres raisons. Ou bien c'est que l'on n'est pas libre et que l'on ne pensera jamais. Cette grande identité est fondamentale. Loin d'être une tautologie vide, elle est un signe d'unité. Une grande preuve de cohérence et d'exigence. Un souci de la chose même. Un rapport à l'inaliénable et à l'indivisible. Tant il est vrai que les grandes choses ne se divisent pas. D'où à ce niveau la coïncidence de ces contraires que sont le sens et le non-sens. Car, parler de sens intériorisé et de non-sens n'est-ce pas au fond la même chose ? À la Renaissance, pour dire la vérité de l'infini de Dieu, Nicolas de Cues a utilisé cette expression de coïncidence des opposés, Dieu étant, par excellence, ce qui étant infini est infiniment intérieur à lui-même. À l'image de Dieu, qui s'intériorise s'infinitise et qui s'infinitise s'intériorise, en aboutissant peu à peu à trouver dans le non-sens d'être pour être le sens même de ce qu'être veut dire. C'est toute cette densité métaphysique que l'on retrouve dans le non-sens et qui confère à l'exigence qui s'efforce de le mettre en œuvre la portée d'un acte de déconstruction du conformisme nihiliste.

Nous avons vu qu'il y a dans la patience stoïcienne toute une savante logique de retournement des conduites autopersécutrices et persécutrices que le malheur peut générer. Il y a dans la protestation du sujet et son appel à l'intériorité également une savante logique à l'œuvre. Quand en effet la vie nous confronte à une épreuve, il arrive que l'on réagisse trop au mal en faisant preuve d'un excès de sensibilité. Il arrive aussi que l'on prenne la voie inverse et que l'on devienne dur. Comme la dureté de ce qui nous accable. Alors, s'engage une spirale sans fin. La dureté provoquant la dureté, le processus de la dureté est relancé. De sorte que l'on finit par s'accabler soi-même autrement en devenant à son insu l'agent de la dureté que l'on rejette par ailleurs. Autre façon de se persécuter et de se maudire. Façon froide et glacée, après la façon « chaude ». Hannah Arendt, dans son livre traitant du phénomène totalitaire, rapporte l'effroi ressenti par certains de ceux qui ont été les premiers à pénétrer dans les camps. Loin de rencontrer des hommes ou des femmes brisés, ils ont rencontré parfois des êtres devenus étrangement vides. Ils ne ressentaient plus rien. Ils étaient devenus gris. À l'image de l'univers morne et hideux du système concentrationnaire. Il arrive que l'on épuise en soi toute capacité de pouvoir souffrir afin de ne plus souffrir. Comble de la souffrance. Faire de soi un cadavre vivant dans l'existence en ayant atteint ce fond qu'est l'apathie. Comment ne pas voir, compte tenu de cela, que l'existence d'un sujet capable de s'émouvoir est le plus sûr rempart contre la production d'une telle insensibilité ? Spinoza au XVIIe siècle a écrit l'*Éthique* afin de délivrer les hommes de son temps de leur anthropomorphisme, en voyant dans celui-ci la source de toutes nos erreurs et de toutes les tyrannies qui encombrent autant le champ de nos relations interpersonnelles que celui de nos relations politiques. Comment ne pas lui donner raison quand, effectivement, nous constatons combien la tyrannie s'alimente en puisant dans les prétentions du moi ? Platon a consacré de bien belles pages à la fin de la *République* à l'homme tyrannique qu'il y a au fond de chacun. Est-ce une raison cependant pour récuser entièrement le sujet de la philosophie ? En s'y essayant, les philosophies de la nécessité absolue ont engendré des monstres. Car, quand ce n'est plus le philosophe qui parle en tant que personne dans sa philosophie, mais la nécessité qui parle à travers lui, ayant affaire à des penseurs qui sont parlés et non à des penseurs qui parlent, on peut redouter le pire. Que de crimes n'a-t-on pas commis en étant ainsi parlé. Ne sont-ce pas les fanatiques qui tuent au nom des voix qu'ils entendent et qui leur ordonnent d'aller tuer ? Et ne sont-ce pas les inquisiteurs et les commissaires politiques qui massacrent « au nom de » ? Les philosophies de la nécessité absolue comme le marxisme ne nous ont pas garanti contre la subjectivité et ses prétentions. Elles ont servi d'alibi à la subjectivité et à ses passions en offrant l'occasion à certains de se prendre pour les masses ou l'histoire. D'où la nécessité de reconsidérer le rapport au sujet et d'apercevoir qu'il y a une objectivité de la subjectivité. Ou plutôt une universalité du sujet. Cette universalité apparaît non pas quand on a affaire au sujet réifié, pris dans sa relation narcissique à lui-même, mais au sujet donnant la parole à une intériorité véritable à travers ces grandes déterminations de soi par soi que sont l'amour, la liberté ou la pensée. Une tradition de pensée allant de Kierkegaard à Chestov en passant par Benjamin Fondane ou Miguel de Unamuno a pris très au sérieux un tel sujet, principalement dans sa dimension tragique, qui réside dans la capacité de celui-ci de pouvoir s'émouvoir, sans se réconcilier avec la dureté des hommes et du monde. Avec une profondeur aiguë, ils ont ainsi montré que le sujet qui s'élève contre l'impersonnalité de la vie n'est pas une subjectivité faible aspirant à se retrouver dans les choses en usant de l'anthropomorphisme. Il nous renseigne davantage, de la façon la plus sérieuse qui soit, sur l'essence du réel. Car, si le souci de la personne permet de démasquer les logiques impersonnelles qui nourrissent des logiques de délire, de meurtre et de mort, n'est-ce pas l'indication qu'il y a dans la personne un principe de vie pas simplement valable pour l'homme mais pour la vie ? On pense souvent que c'est la vie qui est la cause de la personne. Et si c'était le contraire ? Et si c'était de la personne que procède la vie ? Si tel était le cas, il conviendrait que l'on prenne très au sérieux l'idée que le monde a été créé par un Dieu personnel et que l'on envisage de reconsidérer l'anthropomorphisme. Emmanuel Levinas à travers sa méditation sur le visage a déjà frayé des chemins en ce sens dans la modernité en nous faisant comprendre que s'il n'y avait pas un principe de non-indifférence (en l'occurrence le visage) au principe de toutes choses, mais simplement l'être dans sa dureté impersonnelle indifférente à tout, il n'y aurait jamais eu de vie. Avant lui, en procédant autrement, Miguel de Unamuno a vu dans la conscience tragique capable de réagir à l'indifférence par son sens tragique l'indice que le monde a bien été créé par une conscience, la conscience tragique étant incompréhensible sans la conscience tout court pour laquelle elle réagit toujours. D'où ces lignes sous sa plume dans *Le sentiment tragique de la vie* : « Telle est notre aspiration à sauver la conscience, écrit-il, à donner une finalité personnelle et humaine à l'Univers et à l'existence, que même, dans un sacrifice suprême, très douloureux et déchirant, nous nous laisserions dire que notre conscience, en s'évanouissant, va enrichir la conscience infinie et éternelle, que nos âmes servent d'aliment à l'Âme universelle. Oui, j'enrichis Dieu, parce que avant que j'existe il ne me pensait pas comme existant, parce que je suis un être de plus, un de plus parmi une infinité d'autres, qui, ayant vécu et souffert et aimé réellement, demeure en son sein. C'est le désir furieux de donner une finalité à l'Univers, de le faire conscient et personnel, qui nous a amenés à croire en Dieu, à vouloir qu'il y ait un Dieu ; en un mot, à créer Dieu. Oui, à le créer ! Parole qui ne doit pas scandaliser, même adressée au plus vieux théiste. Car croire en Dieu c'est en une certaine façon le créer. C'est Lui qui se crée lui-même en nous constamment[1]. »

Part exagérée conférée à la subjectivité, pourrait-on être tenté de dire ? Et si c'était l'inverse ? Et si Unamuno avait raison en disant que nous donnons trop peu à cette même subjectivité et, à travers elle, au sentiment tragique de la vie ? Après tout, le sujet n'est-il pas, dans la vie, la vie de la vie qui fait pleinement vivre celle-ci ? En accomplissant ainsi cette même vie, ne nous éclaire-t-il pas sur son origine ? Car, si la vie s'accomplit ainsi dans le sujet vivant, n'est-ce pas l'indication que

1. Miguel de Unamuno, *Le sentiment tragique de la vie*, trad. M. Faure-Beaulieu, Paris, Gallimard, Folio, 1997, p. 172.

celui-ci était déjà présent à l'origine ? Autrement, comment pourrait-il être possible ? Ce n'est pas rien d'être un sujet ni de souffrir en tant que tel. Si nous étions davantage un tel sujet, sans doute serions-nous moins complaisants à l'égard de nous-mêmes et éviterions-nous les critiques à l'égard du sujet qui ne voient en celui-ci que complaisance. D'où la profondeur du sujet vécu comme personne et, en lui, la raison du sentiment. La non-indifférence à la vie.

3. LE SUJET ET LA VIE

Le mot souffrance est un terme complexe qui résume bien, quand on se penche sur lui, la difficulté qu'il y a à penser une telle notion. Si, d'un côté, il renvoie au mal et aux forces de mort qui asservissent les hommes, d'un autre côté, il renvoie à une vertu et aux forces de vie qui libèrent ces mêmes hommes. D'où de constantes confusions dans nos discours à son égard. Ne nous mettant jamais d'accord sur les termes, oubliant que la souffrance est au carrefour de la vie et de la mort, de la liberté et de la servitude, de la vertu et du mal ainsi que de l'humain et de l'inhumain, il n'est pas rare que, croyant parler le langage de la vie, de l'humain, de la liberté et de la vertu, on tienne en réalité le langage de la mort, de la servitude, de l'inhumain et du mal. Et inversement, croyant refuser ce langage de mort, de servitude, d'inhumanité et de mal, il n'est pas rare que l'on refuse le langage de la vie, de la liberté, de l'humanité ainsi que de la vertu. Ce qui se comprend. Il faudrait, vis-à-vis de la souffrance, pouvoir être neutre. Or, comment l'être ? Comment trouver le juste milieu entre les deux extrêmes où sa réflexion nous précipite toujours ? Quand on en parle objectivement, on est amené nécessairement à oublier le sujet et le mal que celui-ci peut subir. Car, il est dans la nature de la raison de se tenir face à la vie en considérant les phénomènes qui s'y déroulent comme des faits, sans se révolter contre eux. Quand, en revanche, on en parle subjectivement, on est conduit nécessairement à oublier la vie et les forces qu'elle peut développer dans l'homme. Car, il est dans la nature du sentiment de nier les faits et de se révolter contre eux, quand ceux-ci agressent. D'où nos difficultés aujourd'hui à penser la souffrance, entre un discours de science, qui en tenant un discours sur la souffrance tient un discours qui n'est plus un discours sur la *souffrance,* et un discours de témoignage et de cri qui, en tenant un autre discours sur la souffrance, tient un discours sur la souffrance qui n'est plus un *discours.* Avec, au bout du compte, un double échec. Un échec de la science et de la raison à pouvoir aborder les situations humaines. Une incapacité préoccupante, pour une certaine pratique médicale, de considérer la souffrance que celle-ci a, pourtant, pour tâche de soulager. Un divorce entre la raison et la vie, d'une façon générale, avec comme conséquence, le fait de ne plus comprendre ce que l'on vit faute de vivre ce que l'on comprend. Un échec du témoignage et du cri, aussi, il faut le dire, qui, malgré leur sincérité, ne parviennent pas à combler le déficit d'existence inhérent à la raison ainsi qu'à la science. Car, à part le fait de se figer dans la posture de la douleur et d'exprimer sa détresse, ceux-ci finissent par dangereusement tourner sur eux-mêmes. Avec tous les effets pervers que cela peut comporter. Comme le ressassement obsessionnel. Comme le fait aussi de se laisser subjuguer par l'adversité en trouvant une sorte de jouissance morbide à basculer dans le vertige de l'anéantissement. D'où un divorce entre la vie et le sens avec, comme conséquence, le fait de ne plus être à même de vivre ce que l'on vit, à force de ne plus comprendre ce que l'on vit. Sommes-nous condamnés à évoluer toujours dans une semblable contradiction ? Non, a-t-on envie de répondre. Pour peu que l'on fasse l'effort de recentrer les questions que la souffrance pose.

Le recentrage de la question

Dès lors que nous abordons la question de la souffrance, nous avons tendance à pratiquer un triple oubli à son égard. Le premier concerne le sujet et le mal. Le deuxième concerne le sens et la vie. Le troisième concerne la souffrance et la pensée.

L'oubli du sujet et du mal est le fait de nos rationalisations de la vie, qui tendent toujours à oublier que ce qui a du sens du point de vue de la vie n'en a pas forcément du point de vue du sujet. Ainsi, la mort des individus, qui a du sens du point de vue de la reproduction de l'espèce, n'en a pas forcément du point de vue de celui qui meurt.

L'oubli du sens et de la vie est le fait de notre solidarité avec ceux qui souffrent, qui tend toujours à oublier que ce qui a du sens du point de vue des hommes n'en a pas forcément du point de vue de la vie. Ainsi, la protestation de l'individu contre la vie, qui a du sens du point de vue de l'individu, n'est pas forcément quelque chose qui a du sens du point de vue de la vie et qui est vivant.

Enfin, l'oubli de la souffrance et de la pensée est le fait de poser la question de la souffrance comme nous le faisons, en donnant à choisir entre la rationalisation qui objective tout et le sentiment qui subjective tout. Ainsi, l'opposition entre raison et sentiment, qui a du sens du point de vue de la raison comme du sentiment, n'en a pas forcément du point de vue de la pensée et, en particulier, du point de vue d'une pensée effective de la souffrance. Car, comment ne pas apercevoir qu'une telle façon d'aborder une telle question est pleine d'effets pervers ?

On s'imagine combattre les dérives de la subjectivité qui crie devant la souffrance, sans rien faire, tout en alimentant des rapports phobiques à son égard. Rien n'est moins vrai. Plus on a affaire à des rationalisations glacées du mal et de la souffrance ne tenant aucun compte de celui qui souffre et subit le mal, plus la subjectivité accablée est tentée de se retrancher dans le cri et le hurlement, n'ayant aucune autre issue pour se faire entendre.

On s'imagine, de même, combattre les dérives de la rationalité qui objective le mal et la souffrance en ignorant ceux qui en sont les victimes au point de les abandonner à leur sort. Rien n'est moins vrai également. Plus on a affaire à un climat de cris, de hurlements et d'hystérie à propos de la souffrance et du mal, plus les esprits un tant soit peu sensés sont tentés d'aller chercher dans une rationalité objective les premiers éléments de sens que le cri et le hurlement sont incapables de fournir.

Bref, on s'imagine être au cœur d'une pensée de la souffrance en débattant autour de la raison et du sentiment, de la science et du sujet. Rien n'est moins vrai. Tant il est vrai que cette alternative ne fait que nourrir une attitude qui ne fait rien pour ceux qui souffrent.

La vie n'a pas de sens en soi. Non pas parce qu'elle est insensée, mais parce que le sens, comme sens vivant, est toujours relation, passage et traduction entre deux plans, entre deux mondes, entre deux langues comme entre deux individus. Aussi y a-t-il, non pas de sens en soi, mais de sens pour un sujet. D'où l'urgence de rectifier notre façon de parler et de ne pas nous laisser prendre au piège des mots. Quand on dit que la vie a du sens, c'est toujours un sujet qui nous dit que la vie a du sens. Et en général, par rapport à ce qui proclame que celle-ci n'en a pas. De sorte que nous nous méprenons beaucoup au sujet de la science. Nous avons l'habitude de penser que celle-ci est objective et nous parle d'objets. La science part du sujet et s'adresse à des sujets, sous couvert d'objets. Ce qui est logique. Qui cherche à être objectif, sinon celui qui a terriblement conscience de la subjectivité des démarches humaines ? Et à qui s'adresse un discours objectif, sinon à des esprits par trop subjectifs ? En 1936, dans un superbe texte, *La crise des sciences européennes et la phénoménologie transcendantale*, Edmund Husserl s'est efforcé de rappeler que toute science naît d'une conscience, tant il lui est apparu que tous les problèmes que nous connaissons du fait de la science proviennent de l'oubli du sujet qui se trouve en elle. Ce constat demeure. La science nie les sujets en dehors d'elle, parce qu'elle nie le propre sujet qui est en elle. Aussi importe-t-il de retrouver ce sujet perdu.

Au XVIIe siècle, lorsque Spinoza s'est employé à montrer que la vie a du sens selon la nécessité interne qui se trouve en elle et qui la pousse à persévérer dans son être, son geste philosophique n'a eu du sens que parce qu'il a été le geste d'un sujet adressé à d'autres sujets afin de leur rappeler qu'il existe une vertu intrinsèque dans le « vivre » de la vie. L'auteur de *L'Étique* est passé par l'objet pour se relier à d'autres sujets. Et, agissant de la sorte, il a réveillé la vie refoulée contenue dans les sujets. Ce geste philosophique demeure encore exemplaire aujourd'hui. Le sens de la vie pensé comme sens en soi malgré les hommes ne peut qu'avoir des conséquences meurtrières, un sens malgré les hommes au niveau théorique se transformant toujours en sens malgré les hommes au niveau pratique. Le sens de la vie, en revanche, a du sens quand, étant compris dans l'espace d'une parole d'un sujet vivant adressé à d'autres sujets vivants, il devient ce qui vient à faire vivre le sujet perdu dans la vie des sujets. On se trompe donc quand on pense avoir énoncé le sens de la vie en démontrant la rationalité d'un sens objectif de celle-ci. On a vraiment parlé du sens de la vie quand la rationalité objective de ce sens est une rationalité pour un sujet, et pas simplement une rationalité anonyme. Quand on se situe non plus au niveau de la science, mais à celui de la sagesse. D'où la nécessité de tirer cette *première conclusion.* Il n'y a pas un problème de sens de la vie, mais un problème de sagesse de la vie, parce que, au lieu d'avoir une sagesse de la vie, nous voulons avoir une science de celle-ci. Cessons en conséquence de vouloir une science là où il importerait que nous ayons une sagesse et il n'y aura plus de problème de sens.

Le non-sens de son côté n'a pas de sens en soi non plus. Non pas parce qu'il n'a pas de sens.

Mais, précisément, parce qu'il en a. Outre en effet qu'il y a un non-sens de la vie qui a du sens (le sens pour soi de tout ce qui est intériorisé et vaut pour soi comme la pensée ou la liberté), il s'agit là d'une simple question de logique. Si le non-sens était effectivement un non-sens, c'est alors qu'il faudrait parler de sens en soi du non-sens. Ce qui serait contradictoire, avouons-le, le non-sens ne pouvant pas avoir de sens en soi, par définition. Il faut donc se rendre à cette conclusion : si le non-sens du non-sens aboutit contradictoirement à faire du non-sens un sens en soi, c'est bien la preuve que seul le fait de donner du sens au non-sens confère une identité au non-sens. Autre façon de dire que le non-sens est toujours un non-sens pour une conscience. Jamais une chose en dehors d'elle. Ce qui n'est pas sans conséquences. Ainsi, celui qui dit, à l'occasion d'un drame traversant l'existence, que la vie n'a pas de sens a beau dire cela, la conscience qui le dit, elle, a du sens. D'où l'importance de prendre du recul vis-à-vis d'une telle affirmation et d'apercevoir qu'au-delà de la contradiction qui la traverse en étant le signe d'un désarroi, celle-ci est une ouverture. Un rapport à la vie à travers un refus momentané de vivre une certaine forme de vie. En un mot, un rapport à l'existence. Quand, en effet, la vie est pleinement la vie, celle-ci est existence, c'est-à-dire pleine manifestation de toutes les possibilités contenues en elle. Et donc, pleine liberté de la vie à l'égard de la vie, sous la forme d'une vie délivrée. Lorsque l'on se situe à un tel niveau, il n'existe plus de contradictions entre le sujet et la vie. La vie est accord avec le sujet, comme le sujet est accord avec la vie. Témoin, les expressions mêmes employées par le sujet vivant pleinement. Celui-ci ne dit-il pas qu'il a l'impression de se sentir exister, par opposition à un moment de sa vie où il avait l'impression de vivre sans exister ? Aussi convient-il de tirer les conséquences qui s'imposent. Quand un sujet parle du non-sens de la vie et que ceci a du sens, ce sens provient de ce que ce sujet se sert du sujet comme de la protestation contre la vie pour parler de l'existence. Cela a du sens, parce que cela réveille l'existence perdue au cœur de la vie. En conséquence de quoi, on se trompe quand on croit avoir parlé du sujet et du non-sens en demeurant au niveau du sujet protestant contre tout sens. On a vraiment parlé du sujet et du non-sens quand on a parlé de l'existence et de la liberté se profilant derrière le sujet ainsi que le non-sens. Il convient donc de tirer cette *seconde conclusion.* Il n'y a pas un problème de non-sens de la vie. Il n'y a qu'un problème de manque d'existence et de liberté, parce que, au lieu d'avoir une existence et une liberté, nous avons des protestations et des révoltes qui nous tiennent lieu d'existence. Cessons de vouloir une révolte et une protestation là où il conviendrait que l'on ait un rapport à l'existence et à la liberté, et il n'y aura plus de problème de non-sens.

Reconnaissons-le dès lors : on ne pense pas la

souffrance, comme on ne souffre pas la pensée. Et ce, parce que nous demeurons les prisonniers d'une pensée réifiée dans une vie réifiée. La vie réifiée nous est donnée à chaque fois que nous avons affaire à une vie sans sujet ainsi qu'à une science sans sagesse. Une vie anonyme donc. Indifférente aux hommes. Aveugle dans son développement. Sourde aux appels à l'aide qu'on peut lui lancer. Une vie dont on est le spectateur. Que l'on regarde de l'extérieur. Sans qu'elle nous touche. Sans qu'elle nous implique. D'où l'attitude froide d'une telle vie. Incapable de répondre aussi aux questions que le monde se pose au sujet de la souffrance, en développant une attitude permettant de la vivre.

Le sujet réifié, de son côté, nous est donné à chaque fois que nous avons affaire à un sujet sans vie ainsi qu'à des protestations dépourvues d'un sens de l'existence et de la liberté. À chaque fois donc que le sujet est figé en lui-même. Qu'il ne répercute plus rien de la vie qui est en lui comme autour de lui. Qu'il se perd en lui-même. Dans son propre pathos. En ne transformant pas ses sentiments en projets ni ses réactions en actions. Autre façon, s'agissant de la souffrance, de ne pas répondre à l'appel qu'elle lance et de la laisser en place. Telle quelle.

La réification surgit, autrement dit, quand surgit l'insignifiance. Parce que la vie n'est que la vie. Sans rien faire vivre. Sans vivre par rapport à rien. Parce que le sujet, lui aussi, n'est que le sujet. Sans rien faire vivre non plus. Sans vivre par rapport à quoi que ce soit, lui aussi. Parce que partout le rien triomphe. L'absence de rapport. L'absence de tout lien. Le vide. Et ce, faute de pensée. Car, qu'est-ce que la vie vivante qui vit comme vie pour un sujet sinon la pensée vécue de la vie ? Et qu'est-ce que le sujet vivant qui cherche à exister et pas simplement à vivre, sinon la vie pensante ? Comment ne pas voir que le sujet et la vie prennent sens quand, se réfléchissant l'un dans l'autre, ils en arrivent à se réfléchir eux-mêmes en donnant naissance à cette pensée vécue qu'est la sagesse et à cette vie pensée qu'est l'existence ?

Vie et sujet, sagesse et existence sont les deux faces de la pensée et, avec la pensée, de la parole fondamentale de la vie qui rend la vie parlante et donc vivante. Aussi n'est-il pas exagéré de dire que tous les problèmes que nous rencontrons sont liés à des problèmes de pensée et de parole perdues. Notre science sans sagesse, nos vies sans existence ni liberté, notre façon d'opposer le sujet et la vie comme la vie avec le sujet, notre manière de penser en opposant la raison et le sentiment, tout cela est l'effet de nos pensées comme de nos paroles perdues. Il convient donc de tirer cette *troisième conclusion.* Il n'y a pas un problème d'alternative entre sens et non-sens à propos de la souffrance. Mais un problème de pensée et de parole perdues. Au lieu de connaître des relations avec la vie comme avec le sujet, au lieu de nourrir des liens avec ceux-ci, nous cultivons l'insignifiance à travers une vie et un sujet réifiés et vides, faute d'être habités par une parole ainsi qu'une pensée.

On l'aura compris. Le véritable problème que pose la question de la souffrance ne réside pas dans l'alternative consistant à se demander si celle-ci relève du sens ou du non-sens, mais dans l'existence de la pensée elle-même. Certains diront qu'il s'agit là d'une demande trop théorique et trop existentielle, les hommes et les femmes qui souffrent ayant, selon eux, des préoccupations beaucoup plus terre à terre ainsi que des exigences beaucoup plus rationnelles. Nous manquerions de « concret » en la matière, ainsi que de science, la pensée relevant de la parole vide !

C'est là bien peu comprendre ce que penser veut dire et quels liens cela peut avoir avec la vie. Platon distinguait l'opinion de l'idée afin de séparer ce qui bavarde sur la vie et ce qui la construit, l'idée comme forme étant ce qui construit la vie. Cette distinction illustre bien ce qu'il faut entendre par pensée. La vie résidant dans l'action vivante de la vie faisant vivre la vie, la vie ne devient vivante que par ce retour sur elle-même la faisant vivre. D'où son lien avec la réflexion et le fait que parler de vie et parler de pensée revient au même. Quand il y a de la vie, on peut être sûr qu'il y a de la « réflexion » à l'œuvre. Et, quand il y a de la pensée, il y a toujours de la vie à l'œuvre également, comme le montre le côté lumineux de la pensée et son pouvoir insoupçonnable. En conséquence de quoi, la souffrance appelant une demande de vie, celle-ci appelle une demande de pensée. Témoin, les réactions mêmes qui tendent à s'exprimer contre la pensée.

On ne critiquerait pas les bavardages « théoriques » sur la souffrance si l'on n'avait pas l'intuition que ceux-ci trahissent dans leur bavardage même une parole essentielle qui tarde à venir. C'est bien parce que la souffrance pose un très réel problème de sens, du fait de la rupture à laquelle elle donne lieu du lien du sujet avec la vie comme du lien de la vie avec le sujet, que les sens proposés qui ne sont pas à la hauteur d'une telle demande sont récusés. Quand le lien est rompu seul un lien peut remplacer le lien manquant. Seule, donc, une parole faisant lien est recevable.

Quant à la demande de science et non, soi-disant, d'existence, elle aussi cache une demande de pensée. Car, sous la forme d'un savoir de la souffrance, c'est en fait un savoir souffrir permettant de souffrir ou de dépasser la souffrance qu'une telle demande attend. Comment en effet pourrait-on critiquer le vécu privé d'un savoir réel de ce que vivre veut dire, si l'on n'avait pas l'intuition qu'il existe un lien entre la vie et la parole ?

Tout être humain, du fait qu'il est un être vivant, sait de l'intérieur de lui-même qu'il existe un lien entre vie et parole. Aussi est-ce au nom de ce lien, dont il constate l'absence, qu'il en vient à s'insurger contre les paroles sans vie ou les vies sans paroles, à travers une demande de science et de concret. Quand on l'a compris, il devient alors possible de reformuler la question de la souffrance en retrouvant cette parole et cette pensée perdues au lieu de rester figé dans l'hésitation à propos du sens ou du non-sens de la souffrance. Ce qui implique de reconstruire son propre lien avec la pensée.

Le silence, la parole, la présence et la pensée

La pensée est la vie parlante comme la vie parlante est la pensée. Car, la pensée qui fait retour à elle-même fait toujours jaillir le geste même de la vie qui est de se faire vivre en faisant retour à elle-même. Et la vie qui se fait vivre en retournant à elle-même fait toujours jaillir de la pensée qui est, par définition, retour à soi. Ne perdons pas ce trait de vue. Il permet de comprendre bien des choses pour la pensée de la souffrance comme pour le vécu de la souffrance.

S'agissant de la pensée de la souffrance, le double lien de la pensée et de la vie permet de comprendre pourquoi nous pensons si mal cette dernière. Nous l'avons vu, lorsqu'on aborde cette question, il existe deux tentations. La première est de parler de celle-ci comme d'une chose. D'un objet face à soi que l'on pourrait décrire posément, sereinement, objectivement, en en soupesant les avantages et les inconvénients. La seconde est de n'en parler que subjectivement. En se confondant avec elle. En se laissant absorber par elle au travers d'une longue plainte épuisant tout langage jusqu'au cri. Quand on se trouve enfermé dans une telle alternative, c'est la pensée qui vient à se perdre à travers ces façons de penser la souffrance. Car, faire de la souffrance un objet, c'est, en oubliant les victimes qui en subissent le poids, promouvoir de fait le modèle d'une vie sans sujet. D'une vie donc sans pensée. Sans retour à elle-même. Triomphe de nos sciences sans sagesse ! Faire à l'inverse de la souffrance une pure affaire subjective, c'est, en oubliant que la vie possède une énergie créatrice malgré les maux qu'elle peut faire endurer, assimiler le sujet à un sujet sans vie en promouvant un tel sujet comme modèle. D'où le surgissement d'un sujet sans pensée. Sans retour à lui-même. Triomphe de nos vies sans existence ! Quand, autrement dit, on pense la souffrance sans vraiment penser, comme c'est souvent le cas, en ayant perdu la pensée on en vient à produire le monde même qui fait souffrir sous la forme d'un monde oscillant entre la violence et le désespoir. La dureté et le hurlement. Il n'y a alors plus qu'une seule solution. Celle de faire retour à la pensée perdue en opérant un travail.

Ce travail, c'est d'abord le travail du *silence*. Pour taire ce qui parle trop en nous et qui, de ce fait, ne parle plus mais crie et hurle sous la forme d'une protestation et d'une révolte se saoulant d'elles-mêmes. Moins un sujet a de lien avec la vie, plus il est tenté de refaire ce lien sur le mode de la révolte hurlante, cette parole de mort s'efforçant de faire mourir la mort première de la parole. D'où la profondeur des sagesses, lesquelles ont toujours enseigné la pratique du silence comme moyen de sortir de la souffrance. Silence du mental en Orient dans le yoga à travers la respiration, la concentration de l'esprit sur un point du corps, la pratique de la discrimination des illusions par la pensée. Silence du cœur en Occident dans la tradition monastique, à travers la récitation incessante de la prière de Jésus. Silence du sujet hurleur et hurlant afin de donner la parole à la vie refoulée du sujet au travers de la cure psychanalytique. Comment ne pas voir là une convergence remarquable des pratiques à l'égard de la souffrance, à travers les cultures comme à travers les siècles, obéissant manifestement à une même nécessité ? Une nécessité, en l'occurrence, que Martine Derzelle élucide bien dans son analyse de l'hypocondrie qu'elle assimile précisément à une « pensée empêchée ». Le corps étant parole vivante, nous est-il rappelé, le corps peut être assimilé à une pensée en acte. D'où le lien de la santé et de la pensée. Et celui également de la guérison avec la pensée. Ce qui n'est pas le cas de l'hypocondriaque qui, n'osant être son corps du fait d'une identification régressive au corps de l'autre (de la mère en général), s'empêche de penser et par là même d'être non seulement en pleine santé, mais de guérir tout court[1]. Penser à soi constamment sur le mode de la maladie chronique et imaginaire afin de ne pas penser et surtout de s'empêcher d'être pour demeurer fondu avec le corps de l'autre ! Comment mieux traduire le lien qui effectivement relie la maladie et la pensée ? La psychanalyse nous le fait mieux comprendre aujourd'hui, redisant en son langage ce que les spiritualités tant d'Orient que d'Occident ont toujours enseigné. Et, le faisant, elle contribue à faire penser et donc à taire à travers la pensée ce qui empêche de parler.

Si le silence importe, la *parole* importe tout autant. Pour faire parler ce qui ne parle plus en nous et qui, de ce fait, se tait sous la forme d'un refoulement du sujet par la vie, du fait de cette parole dite objective qui ne sait plus rien dire du sujet ni dire quoi que ce soit aux sujets, ayant toujours tué dans son discours le sujet lui-même. Ce qui a pour conséquence de nous mettre en face de l'importance du travail poétique consistant à refaire parler le langage quand il ne parle plus. En le faisant chanter et en rendant celui-ci à nouveau accessible au sujet par sa musicalité adressée à l'écoute d'un sujet vivant réel doté d'un corps et de sens pour sentir. Il y a une musicalité cachée dans la profondeur des combinatoires possibles de mots que le poète exhume comme il y a une vie

1. Martine Derzelle, *Pour une conception psychosomatique de l'hypocondrie. La pensée empêchée*, Paris, L'Harmattan, 1997.

parlante cachée au cœur de la vie que le poète qui sommeille en chacun de nous exhume à chaque fois qu'il se combine avec l'existence. La poésie permet de canaliser la vie à travers le sujet. Quand tel n'est pas le cas, la vie ne pouvant se déployer dans le sujet, celle-ci se met à proliférer hors de lui de façon anarchique comme un cancer. Ce qui a fait dire à Antonin Artaud : « Toutes nos idées sur la vie sont à reprendre à une époque où rien n'adhère plus à la vie. Et cette pénible scission est la cause que les choses se vengent. La poésie qui n'est plus en nous et que nous ne parvenons plus à retrouver dans les choses ressort, tout à coup, par le mauvais côté des choses ; jamais on n'aura vu tant de crimes, dont la bizarrerie gratuite ne s'explique que par notre impuissance à posséder la vie[1]. » Il y a une souffrance de l'absence de poésie dans le monde liée au malheur de vivre dans un monde sans poésie. Si nous avons tant de mal à penser la souffrance, c'est que nous avons avant tout du mal à en parler, ayant perdu les mots qu'il faudrait avoir pour cela. Il nous manque une poétique de la souffrance qui ferait qu'ayant les mots justes nos pensées deviendraient justes à leur tour. Et, nos pensées comme nos mots étant devenus justes, nous n'aurions pas besoin de passer par le langage de la maladie pour dire à travers notre corps souffrant la souffrance qu'il y a à devoir vivre dans un monde sans poésie.

1. Antonin Artaud, *Le théâtre et son double*, *op. cit.*, p. 15-17.

Le lien qui unit le sujet et la vie passe par le lien qui unit le silence et la parole et l'on aurait raison de le résumer par le langage, celui-ci étant l'unité d'un taire et d'un dire au sein d'une dialectique associant l'écoute à la parole. Toutefois, il y a quelque chose que la notion de *présence* rend mieux pour parler de cette unité du silence et de la parole. Car, qu'est-ce que la présence sinon cette parole silencieuse de celui ou de celle qui sait être là ? Et qu'est-ce encore que la présence, sinon le silence parlant de ces mêmes êtres ? Celui ou celle qui ne parle pas pour mieux parler, en épousant une parole silencieuse, ne porte-t-il pas le langage au comble du langage en faisant du silence le langage du langage ? Ne porte-t-il pas aussi dans ce silence parlant le silence au comble du silence en faisant du langage le silence du silence ? Il y a dans la présence qui fait coïncider le silence et la parole quelque chose qui porte non seulement le silence comme le langage à leur comble, mais l'existence tout court à son apogée. Car, la présence, n'est-ce pas la vie dans sa plénitude sous la forme de la vie présente à elle-même ? N'est-ce pas aussi le sujet dans toute sa plénitude lui aussi sous la forme du sujet présent à lui-même ? N'est-ce pas l'unité du sujet et de la vie sous la forme de la vie devenant le sujet même et du sujet devenant la vie même par le truchement d'une présence à soi ? Comment ne pas comprendre dès lors ce que l'on appelle pensée et qui pouvait demeurer abstrait ? La présence n'est-elle pas le vrai nom de la pensée ? Et la pensée la meilleure traduction de la présence ? La présence est la clé de bien des énigmes. Et, en particulier, d'une partie de celles qui entourent la souffrance. Car, quand il y a présence, c'est-à-dire unité du sujet et de la vie, comment ne pas voir que la vie supportant le sujet et le sujet supportant la vie, il n'y a plus de souffrance ?

Il y a quelque chose de résolutif à l'égard de la souffrance dans la présence. Car, en coïncidant avec la vie comme avec le sujet, celle-ci fait coïncider silence et parole en congédiant le sujet qui parle trop et le sujet qui ne parle pas, pour faire apparaître le sujet véritable. Celui qui, ne pensant ni ne parlant trop ou trop peu, a la parole de sa propre parole et la pensée de sa propre pensée. Sujet ordonné à lui-même. Sujet de ce fait libre d'apercevoir les causes qui font que l'on souffre.

Quand on veut savoir pourquoi on souffre, on se situe de fait au-dessus du monde en cherchant à comprendre le mal. Comment ne pas voir que c'est là une position éminemment dangereuse ? Car, peut-on comprendre le mal sans le dériver de quelque chose qui n'est pas le mal, ce qui revient à nier le mal comme mal ? Peut-on, en outre, se situer en face du monde sans immédiatement cesser d'être présent à celui-ci ? N'est-ce pas parce que le monde est rempli d'hommes et de femmes qui ne veulent pas être présents au monde et qui rationalisent le mal qu'il y a du mal et de la souffrance ?

Ces questions et ces analyses qui peuvent apparaître comme étant abstraites sont, en réalité, bien plus concrètes qu'on ne le croit. Car, elles aident à comprendre comment concrètement on sort de situations de souffrance.

Phénoménologie de l'acte infirmier

Que donnent les infirmières qui sont au chevet de ceux qui souffrent ou de ceux qui agonisent ? Des soins, bien sûr. Mais, surtout, de la présence à travers une attention, une écoute, un geste ou un sourire. Le médecin, comme on dit, n'a « pas le temps ». Et nul ne saurait lui en tenir rigueur. On ne peut pas avoir tous les rôles. Une infirmière est une donneuse de présence, une donneuse d'écoute, une donneuse de gestes et de paroles. C'est, en un mot, une donneuse de temps. Certes, son rôle est essentiel face à la solitude. Elle est par excellence le lien avec les autres. Le seul parfois qui reste. Mais ce rôle va beaucoup plus loin. Quand, dans la souffrance, le lien entre le sujet et la vie a été rompu, c'est à travers l'infirmière qu'il se renoue, celle-ci aidant à ce que celui qui souffre redevienne un être en coïncidence avec la vie, d'une façon ou d'une autre.

La présence, l'écoute, la parole et le geste, cela n'a l'air de rien. En fait, c'est immense. Il est rare de savoir avoir la présence, l'écoute, la parole et le geste. Pour l'avoir, il faut savoir exister. Et, dans l'acte d'exister, il faut savoir penser. La vie qui souffre est une vie qui a besoin de refaire le lien entre le sujet et la vie. Elle a donc besoin de présence. De parole vivante. Pour exister à nouveau. Pour penser à nouveau. L'infirmière est le médiateur privilégié de cette existence et de cette pensée perdue, quand elle fait exister quelque chose en « pensant à ». « Je suis. J'existe. » Ces simples mots sauvent celui ou celle qui les dit, quand il les dit. Car, dans la souffrance, on n'existe plus. On ne sait plus que l'on peut exister. Jusqu'au moment où l'autre vient à nous le rappeler. Simplement en étant là. En écoutant. En parlant. En ayant un geste.

Dans la souffrance, on manque d'existence, parce que l'on est dans l'existence privée d'elle-même. Aussi n'y a-t-il que par l'existence que l'on puisse répondre à un tel déficit de vie. D'où l'importance immense des donneurs de présence et de temps qui sont des passeurs de vie. Car, c'est avec ce rien apparent qu'est la présence ou le temps que l'on reconstruit un monde qui s'est défait. C'est avec du temps et de la présence donnés que l'on répond par la posture de l'intime aux positions de l'extrême

Écoutons les témoignages. Tous montrent comment par du temps et de la présence donnés la vie peu à peu en vient à refabriquer de la vie, le signe de vie appelant le signe de vie. Comment, aussi, le signe de vie adressé à celui qui souffre devient pour celui-ci un moyen de redevenir présent à lui-même et de commencer ainsi son travail de silence, de parole et de pensée.

« Accompagnement ! écrit Françoise Baranne

dans *Le couloir.* Un mot à la mode, depuis que le sida a fait son apparition à la surface de la terre. Nous ne sommes pas seulement des infirmières, nous sommes des accompagnatrices. Nous nous tenons sans cesse au côté de nos malades, nous portons leurs bagages, en quelque sorte, nous les suivons pas à pas, jusqu'au terminus, dans ce voyage au bout duquel nous espérons qu'ils n'auront plus de larmes à verser. Beau rôle d'improvisation ! Nous inventons des mots, des paroles et des gestes et tout doit venir de notre cœur pour que ceux qui nous accompagnent oublient qu'ils vont partir[1]. »

« Tout doit venir de notre cœur. » Ce mot pèse de tout son poids. Il faut être au cœur. Partir complètement de l'intérieur. Faire donc intimement lien avec la vie. Alors, des « miracles » s'opèrent, comme le montrent les témoignages recueillis par Marie de Hennezel dans *La mort intime* : « J'ai remarqué, quant à moi, écrit-elle, que ces plongées dans l'inconscience qui caractérisent l'approche de la mort débouchent souvent sur un mieux-être et une transformation. Comme si un travail intérieur se faisait dans les souterrains de l'être [...]. Danièle a beaucoup réfléchi sur le sens de sa maladie. Elle m'a dit que l'origine en est une peur de l'abandon... "Notre vie manque dramatiquement d'épaisseur", écrit-elle dans une

1. Françoise Baranne, *Le couloir,* Paris, Gallimard, Folio, 1994, p. 75.

lettre [...]. Aujourd'hui Louis me semble tout ragaillardi et je dirai même plein d'une énergie nouvelle. "Tu ne peux pas savoir le bien que m'a fait notre conversation de la dernière fois ! J'ai un poids en moins et je me sens plein d'énergie." [...] Rien ne remplace parfois le contact d'une main. On se sent alors vraiment rencontré[1]. »

Dans la maladie, face à la souffrance ou à l'imminence de la mort, l'absence à soi provoquée par la maladie, la souffrance ou la mort entraîne comme un surcroît de présence à soi.

La vie est présence à soi. On l'avait oublié. La maladie, la souffrance et la mort nous le rappellent. Et l'autre qui est présent face à nous nous aide à le comprendre aussi. Tout se passe comme si cette présence retrouvée effaçait tout. Comme si, en découvrant le sens de la présence, on avait trouvé l'essentiel. On aurait pu mourir sans avoir compris. On serait alors vraiment mort. On était d'ailleurs déjà un peu mort de ne pas l'avoir compris. En ayant compris que la vie est présence, on n'a pas manqué la vie. On n'est pas « passé à côté ». Qu'importe de mourir, puisque l'on a évité cette mort qui consiste à passer à côté de la vie !

La présence donnée, la présence reçue, la présence acceptée permettent de reconstituer la parole vive de la vie. D'où l'importance de cette proposition inverse : une parole vive émanant de

1. Marie de Hennezel, *La mort intime*, Paris, Robert Laffont, 1995, p. 166, 158, 81 et 204.

la vie peut reconstituer la trame de nos présences perdues. Robert Antelme comme Primo Levi l'ont profondément ressenti au sortir de leur expérience dans les camps de la mort. L'urgence de dire. Non pas simplement pour témoigner et dénoncer face aux fossoyeurs de mémoire qui voudraient nous faire croire que les camps n'ont jamais existé et qu'on n'a jamais fait qu'y brûler des poux. Mais aussi pour dire, à travers le témoignage et la protestation de la mémoire, la parole vive dont la perte fut à l'origine de la nuit et du brouillard qui ont revêtu l'humanité de néant. Ainsi, Primo Levi nous le fait profondément comprendre lorsqu'il écrit : « Le besoin de raconter aux “autres”, de faire participer les “autres”, avait acquis chez nous, avant même notre libération, la violence d'une impulsion immédiate aussi impérieuse que les autres besoins élémentaires ; c'est pour répondre à un tel besoin que j'ai écrit mon livre ; c'est avant tout en vue d'une libération intérieure[1]. » Et Robert Antelme, de son côté, de dire : « Je rapporte ici ce que j'ai vécu. [...] L'horreur y est obscurité, manque absolu de repère, solitude, oppression incessante, anéantissement lent. Le ressort de notre lutte n'aura été que la revendication forcenée, et presque toujours solitaire, de rester, jusqu'au bout, des hommes[2]. »

1. Primo Levi, *Si c'est un homme*, trad. M. Schruoffeneger, Paris, Julliard, 1994, p. 7.

2. Robert Antelme, *L'espèce humaine*, Paris, Gallimard, Tel, 1995, p. 11.

Comment mieux dire face à l'innommable la nécessité d'une parole vive afin de reconstruire l'homme que soudain on n'est plus ? Parler, dire, c'est se guérir soi-même en redevenant présent à soi et, à travers cette présence, porteur d'une existence possible. Parler à l'autre, devenir présent à lui, quand il vient à manquer d'être, peut le guérir. D'où la profondeur du geste infirmier. Savoir être là. Retour à l'existence opéré par les travailleurs de l'extrême.

De la violence à la sagesse

La présence est quelque chose d'essentiel. En brisant l'indifférence qui peut exister entre les hommes, elle permet de briser le mur qui sépare chacun de lui-même. En nouant des liens extérieurs, elle permet de renouer des liens intérieurs. Ce qui implique la nécessité de revoir notre façon de reconsidérer les choses, qui a tendance à négliger la force de la présence.

Nous sommes les héritiers d'une culture qui a fait le choix du *Logos* face au *Pathos.* Le logos est la faculté de la relation. L'art de faire jaillir des rapports entre les choses comme entre les hommes, en faisant apparaître les éléments communs qu'il peut y avoir entre eux par la recherche, la discussion et la réflexion. Le pathos est au contraire de l'ordre de la violence, sous la forme du sentiment débordant se donnant libre cours.

Nul ne saurait le contester : il y a une violence

du pathos, face à quoi il y a une sagesse du logos. Qui cède à ce qu'il sent a tendance à céder à lui-même en devenant l'esclave de ses impulsions. Et, devenant l'esclave de ses impulsions au-dedans de lui-même, il a tendance à devenir un tyran au-dehors de lui-même. D'où la sagesse du logos, recommandant de prendre du recul vis-à-vis de soi, en ne cédant pas à soi-même. En apercevant les éléments communs que l'on peut avoir avec les autres. En n'étant donc ni l'esclave de soi-même, ni le tyran d'autrui.

Il convient cependant d'apporter une nuance à cette opposition. Car, il peut y avoir une violence du logos. On a beau critiquer le pathos, on ne peut pas éliminer celui-ci. Il y a en effet un logos du pathos. Une vérité du sentiment. Celle d'être relié à soi en habitant ce que l'on est. Celle d'épouser ce que l'on est, et, en s'épousant ainsi, de faire l'apprentissage du lien avec la vie. C'est en épousant sa vie que l'on en vient à épouser la vie. C'est par la relation à soi que l'on en vient à découvrir la relation en soi.

Quand on est dans une telle relation à soi, les sentiments prennent une autre tournure. Et devenant tels, il importe de les juger autrement. Ainsi, la passivité vis-à-vis de soi, qui peut être un esclavage à l'égard de ses propres impulsions, peut devenir une passivité créatrice sous la forme d'une écoute de la vie que l'on a en soi et d'une parole donnée aux énergies vives qui nous traversent. De même, la réaction « subjective » vis-à-vis du monde extérieur, qui est parfois une forme de tyrannie, peut devenir une forme d'attention vive à l'autre sous la forme d'une réaction vive à celui-ci. De sorte qu'il importe de jeter un autre regard sur le pathos. Celui-ci, qui peut être la négation de toute relation, peut être aussi l'accomplissement de la relation vivante lorsqu'il est relation à la vie à travers une relation à soi.

Face à ce logos du pathos, il arrive qu'il y ait un pathos du logos. Cela se produit quand celui-ci prétend relier le monde et les hommes en oubliant de se relier à lui-même. On a alors affaire à un logos extérieur privé de relation réelle à la vie. Que ce soit à la vie à l'intérieur de soi comme à la vie à l'extérieur de soi. D'où une ignorance de l'endurance de la vie pour la vie, mêlée à une indifférence glacée vis-à-vis d'autrui.

Dans les rapports que l'on entretient avec la souffrance, on a toujours tendance à avoir des rapports extérieurs à celle-ci, au lieu d'entretenir des rapports intérieurs avec elle. Résultat : on débouche sur cette fausse alternative du sens et du non-sens dans laquelle nous sommes enfermés et qui nous renvoie soit à une raison extérieure aux hommes, soit à un sentiment extérieur à la vie.

Le temps est venu de sortir de cette alternative entre sens et non-sens qui nous conduit soit à trop accepter les choses en ignorant le mal qui peut les traverser, soit à trop les refuser en ignorant la vie qu'il peut y avoir en elles. Ce qui a pour effet de nous faire passer tant à côté d'une compréhension du pathos et de la violence que du logos et de la sagesse.

Ainsi, s'agissant de la sagesse, l'alternative entre sens et non-sens dans laquelle nous sommes enfermés a tendance à nous faire soit tout accepter au nom du sens et de la vie, soit tout refuser au nom du non-sens et du mal, sans apercevoir que la patience qui « souffre » la vie n'est pas séparable de l'indignation qui s'insurge contre le mal. Car, quand on « souffre » vraiment la vie, on ne souffre pas le mal sans sourciller ou en le glorifiant. Et, quand on s'insurge vraiment contre le mal, c'est parce que, en général, on fait preuve d'un grand sens de la vie. C'est donc ne pas avoir compris grand-chose à la sagesse comme à la morale que de croire que patience et indignation sont incompatibles. Une patience qui ne sait plus s'indigner est une patience morte, qui ne sait plus pourquoi elle est patiente, parce qu'elle ne sait plus *contre* quoi elle est patiente. De son côté, une indignation qui ne sait pas être patiente est une indignation morte qui ne sait plus contre quoi elle s'indigne, parce qu'elle ne sait plus *pourquoi* elle s'indigne.

Patience et indignation sont, autrement dit, liées, comme le oui et le non le sont. On dit oui à quelque chose parce que l'on sait dire non et l'on dit non à quelque chose parce que l'on sait dire oui. Dire oui, en l'occurrence, c'est dire oui au temps et non au désir impatient qui veut tout, tout de suite, malgré la vie et non avec la vie. Dire non, à l'inverse, c'est dire non à la mort qui ne veut rien et oui au désir qui aspire à quelque chose. La sagesse, en ce sens, est le mariage de la patience et de l'indignation, parce qu'elle est le mariage du temps et du désir, à travers un temps donné au désir dans le temps, mais aussi un désir se donnant du temps dans le désir. Ou, pour le dire plus simplement, elle est le mariage du sujet vivant avec la vie.

Quand on est ainsi marié avec la vie, on évite d'oublier que la souffrance a un double sens. Et, quand on évite d'oublier que la souffrance a un double sens, on se donne toutes les chances d'être marié avec la vie. Quand, en revanche, on n'est pas marié avec la vie, on perd de vue ce double sens de la souffrance. Et, quand on perd de vue ce double sens de la souffrance, on court tous les risques de rompre son lien avec la vie. C'est alors que l'on bascule dans de fausses sagesses mettant en scène des sujets qui n'en sont pas à travers des désirs coupés du temps, et des vies qui n'en sont pas non plus, à travers des temps coupés de tout désir.

Patience et sensibilité sont liées. Ce qui éclaire nos sagesses. Impatience tyrannique et apathie servile le sont aussi. Ce qui éclaire nos violences. Car, quand on est un tyran impatient, c'est souvent parce que l'on est profondément apathique face au pathos de ses pulsions. Et, quand on est apathique et servile face au pathos de la violence et du mal qui règnent dans le monde, c'est que l'on a une âme de tyran.

En tout état de cause, c'est ignorer profondément la nature de la violence comme du mal que d'imaginer que la tyrannie et la servitude sont contradictoires. Il faut être quelque part profondément servile et fasciné par la tyrannie pour ne pas apercevoir l'esclave qui se cache derrière tout tyran. Comme il faut être quelque part profondément tyrannique pour ne pas mépriser le tyran qui se cache derrière tout état de servilité.

L'âme tyrannique et l'âme servile sont les deux faces d'un même jeu de séduction. On ne veut pas apercevoir la véritable nature de la tyrannie parce que l'on aime être séduit. On ne veut pas, à l'inverse, apercevoir la véritable nature de l'état de servilité, parce que l'on cherche à séduire. Dans tous les cas, à la base de la violence et du mal, comme à la base de nos rapports avec la violence ainsi que le mal, il y a un jeu de séduction et, derrière ce jeu de séduction, un rapport à la confusion. On veut être séduit par l'autre et se confondre avec lui, par désir d'échapper à soi. On veut séduire l'autre et l'absorber en soi, par désir de lui échapper. Qu'il s'agisse d'être séduit ou de séduire, l'objectif demeure le même : faire disparaître le rapport de soi à l'autre comme le rapport de l'autre à soi dans la confusion. Quand on est ainsi dans la confusion, on est double. On est tyran et esclave à la fois. De sorte que l'on souffre et que l'on fait souffrir. Les deux étant liés, la souffrance entraînant le désir de faire souffrir et le désir de faire souffrir provoquant la souffrance, avec, pour conséquence ultime, une prolifération de souffrances. Une réaction en chaîne de celles-ci, à la façon d'un cancer. Dans ce contexte, tout devenant double, tout sens en vient à être impossible. D'où une fausse appréhension des choses, la vertu devenant, par exemple, un vice et le vice une vertu.

Ni bonne conscience ni désespoir

Lorsqu'il s'agit de penser, comme de toutes choses d'ailleurs, on peut progresser et aller de la confusion à la relation. Ou bien, on peut régresser et aller de la relation à la confusion. Si nous étions dans la voie de la relation, de l'unité du sujet et de la vie, de la sensibilité et de la patience, en un mot de la présence effective à l'existence, la souffrance ne poserait pas problème. Du moins, elle ne poserait pas les problèmes dans lesquels nous nous débattons. Or, nous n'y sommes pas et, parce que nous n'y sommes pas, nous vivons dans un climat de confusions qui nous conduit à produire des attitudes génératrices de souffrances, comme par exemple cette fausse patience qu'est la bonne conscience qui rationalise tout, à commencer par le mal. Comme aussi cette fausse sensibilité que sont le désespoir ou la révolte qui perdent la mémoire de la vie à cause de la présence du mal. Comme enfin ces faux progrès de la pensée qui consistent à passer alternativement de la bonne conscience au désespoir ou du désespoir à la bonne conscience, en croyant avoir fait là un progrès conséquent, parce que l'on a substitué un excès à un autre.

Un jour, lors de nos années de licence de philosophie à la Sorbonne, il nous a été donné d'assister à un cours durant lequel un étudiant s'est levé en proclamant que « tout cela n'était que vaine discussion et que rien ne pouvait égaler le fait d'aller porter à manger à ceux qui ont faim ». Sur quoi il a quitté le cours et on ne l'a jamais revu. Il y a de vaines discussions. Ne le nions pas. Il y a surtout de scandaleuses discussions. Quand quelqu'un a faim, discuter au lieu de lui donner à manger relève de l'inconscience. Mais il y a aussi des discussions nécessaires et des réflexions indispensables qu'il faut mener. En art, on voit un tableau quand on a appris à le voir. En morale et dans la vie, il en va de même. On agit parce que l'on apprend à agir. Et l'on apprend à agir lorsque l'on a compris que la vie comme l'autre sont de l'ordre de ce qui s'apprend toujours. Donner à manger aux hommes, c'est aussi leur dire cela. Cet étudiant avait donc tort. On n'en sait jamais assez. Il n'y a pas d'un côté la grise théorie et d'un autre côté l'arbre vert de la vie. Il y a la vie et la pensée. Ensemble. Un cours de philosophie à la Sorbonne peut nous apprendre à voir l'autre en nous apprenant qu'il faut apprendre. Ne l'oublions pas. Nous sommes ainsi faits qu'il nous faut avoir deux paires d'yeux pour voir. Les yeux du corps et les yeux de l'esprit. Quand on n'a pas les yeux du corps, cela est sûr, on ne voit pas grand-chose. Mais, quand on n'a pas les yeux de l'esprit, on ne voit pas grand-chose non plus. Car, on ne voit pas ce que l'on voit. Les tragédies de l'histoire nous montrent que beaucoup d'hommes sont morts de faim, faute de la présence des yeux de l'esprit faisant apercevoir que ce sont des hommes. Il faut donc de l'esprit, des discussions, des livres, des bibliothèques. En apprenant à voir, ils participent de la construction d'une humanité humaine sachant voir l'humanité. Ne sous-estimons donc pas nos confusions à l'égard de la souffrance. Car, si nos pensées à ce sujet étaient davantage ordonnées, sans doute ferait-on moins souffrir. La violence qui règne hors de nous n'existe hors de nous que parce qu'elle commence en nous en s'alimentant à la bêtise ordinaire, disant, par exemple, qu'il faut de tout pour faire un monde, que la souffrance grandit l'homme ou bien encore que celle-ci est inévitable, qu'elle a été, est et sera. Ces prophéties de comptoir de cafés du commerce sont l'un des plus sûrs agents de la reproduction de la douleur dans le monde. Surtout quand de fausses sagesses se mettent à les théoriser en oubliant de les critiquer. Et il y a beaucoup de fausses sagesses qui ne sont pas autre chose que de la bêtise savante.

Il importe donc de penser la souffrance et surtout de penser nos pensées de la souffrance qui sont des absences de pensée travesties en pensées, dont les effets sont redoutables. Penser ainsi en l'occurrence, c'est apercevoir que tous nos maux en cette matière peuvent se ramener à un seul mot (si l'on ose dire) : *savoir.* Dès qu'il s'agit de la souffrance, notre premier réflexe est d'épouser la posture du savoir. Et ce, de trois façons.

La première est de vouloir savoir. Nous voulons comprendre. Et, comme nous voulons comprendre, que faisons-nous ? Nous faisons les deux choses qu'il ne faut pas faire et qui nous précipitent dans un cycle ininterrompu de souffrances. La première consiste à expliquer. À faire de la souffrance un objet de la nature. À traiter celle-ci « objectivement ». Comme s'il pouvait s'agir d'un objet comme un autre. Ou bien encore d'un objet « intéressant ». Cette attitude savante est une attitude d'esthète qui permet d'anesthésier toute souffrance face à la souffrance. Elle est l'une des grandes causes de tous nos maux. Car, c'est elle qui nourrit l'indifférence. L'inhumanité. La bonne conscience. C'est grâce à elle qu'il devient possible de tuer en faisant oublier que l'on tue. On imagine souvent que l'attitude de révolte prend le contrepied de cette attitude d'esthète. C'est là une illusion. Car, la révolte qui s'en prend à des responsables n'est pas la négation de l'attitude esthétique et savante, mais sa continuation.

Et c'est le deuxième point qu'il nous faut souligner. Quand on ne cherche pas à expliquer la souffrance et le mal comme des objets de la nature, on a tendance à les expliquer en désignant des coupables et des responsables afin de les châtier. La soif d'explication prend alors non plus une forme esthétique, mais une forme violente. On n'explique plus la souffrance, on s'explique avec elle en se vengeant, le rituel de la mise à mort d'une victime érigée en bouc émissaire devenant la théorie apaisant le besoin de comprendre. Une telle attitude est, elle aussi, l'une des grandes causes de tous nos maux. Car, elle permet non plus de justifier le crime en anesthésiant toute réaction à son égard, mais carrément de l'organiser. Aussi n'est-il pas exagéré de le dire. La volonté de savoir est à l'origine même de tous nos maux. D'où ce paradoxe : à la question « pourquoi ? » qui suit en général le mal et la souffrance, il ne peut être apporté qu'une réponse. La question même est la réponse à la question posée. Il y a de la souffrance, parce que l'on se pose le pourquoi de la souffrance. Et, par-delà la souffrance, parce que l'on pose la question « pourquoi ? ». Si l'on ne cherchait pas à expliquer le monde ni à s'expliquer avec lui, il y aurait moins d'indifférence et moins de vengeance. Mais, comme tel n'est pas le cas, comme nous envisageons le monde du point de vue du « pourquoi ? » ainsi que du savoir, nous connaissons le mal et la souffrance. De ce point de vue, la question de la souffrance réside tout entière dans la question de la question et, plus exactement, dans l'absence de question d'une telle question. Car la souffrance fait question pour nous parce que de fait nous subissons la question sans que cela fasse question pour nous. Et surtout, parce que, quand la souffrance a éclaté et qu'elle nous a supprimé la possibilité d'être dans la position du savoir, nous nous sentons frustrés de ne plus savoir. De ne plus pouvoir « questionner » le monde.

La souffrance atteint l'homme théorique en nous, l'homme théorique étant celui qui veut expliquer le monde et s'expliquer avec lui. C'est lui qui souffre dans nos souffrances et qui demande « pourquoi ? », afin de pouvoir retrouver sa position perdue. Si donc nous voulons ne plus souffrir, il faut cesser de se poser la question du pourquoi de la souffrance. Cesser de vouloir surplomber celle-ci comme on voulait surplomber l'existence. En vivant sans savoir. Sans pourquoi. Comme la rose d'Angelus Silesius. Alors, ne nous étant pas placés à une hauteur où il ne nous sied pas d'être, nous éviterons de chuter. Il convient de le rappeler, nous sommes des hommes et non pas des dieux. À ce titre, nous pouvons vivre dans nos vies mais non au-dessus d'elles. Quand on joue à être un dieu, on se place forcément dans la position de celui qui juge. Et quand on se place dans la position de celui qui juge, on devient forcément celui qui se permet de tout regarder avec indifférence et de punir. On provoque de ce fait l'apparition du mal et avec lui l'apparition de ces réactions au mal que sont les attitudes d'esthète et de révolté qui reproduisent le mal. Quand, en revanche, on s'efforce d'être un homme et pas un dieu, s'efforçant de ne pas juger, on évite le cycle des maux. En ce sens, dans la question de la souffrance, ce n'est pas la souffrance qui devrait nous questionner, mais bien la question elle-même.

Si la volonté de savoir est une chose pernicieuse, il y a un autre rapport au savoir qui est tout aussi pernicieux. C'est celui que l'on trouve dans le fait de ne plus vouloir savoir. De ne plus se poser aucune question. Ce qui est une autre façon de savoir. Car, ne plus vouloir savoir, qu'est-ce, sinon dire que l'on sait tout ? Si celui qui veut savoir cherche à dominer le monde, pour celui qui ne veut plus savoir, c'est chose faite. Tout est jugé et, en général, condamné. Certes, il ne cherche pas à juger, ni à punir. D'une façon générale, il ne cherche rien. Et pour cause ! Il a tout trouvé. Le monde est une affaire réglée. Les désespérés sont de ce genre-là. Ils savent toujours tout. Ils ont toujours tout jugé. Ils ont toujours tout condamné en bloc. Orgueil du désespoir ! Violence également.

Violence théorique d'abord. À travers l'attitude consistant à avoir fait le tour de tout. À avoir donc définitivement objectivé le monde en renvoyant celui-ci à lui-même. En identifiant le monde à lui-même par l'entremise de la grande tautologie de la fatalité concluant que le monde ne peut être que ce qu'il est et que, ne pouvant qu'être ce qu'il est, il ne pourra jamais qu'être ce qu'il a été.

Violence pratique par ailleurs. À travers l'attitude condamnant tout le monde. En bloc. En renvoyant l'humanité à elle-même. En la laissant se perdre en elle-même. En l'identifiant à elle-même. Le désespéré qui n'attend rien, qui a tout jugé, tout compris, tout condamné, n'est pas le contraire de l'homme théorique qui veut tout comprendre et s'expliquer avec tout. Il en est l'accomplissement. L'homme sans dieu qu'il illustre n'est pas la négation de l'homme-dieu, mais son point de paroxysme. Car, qu'est-ce que le désespoir, sinon cette façon humaine de se dégager divinement du monde comme seul Dieu peut le faire ?

Il y a dans la résignation du désespoir quelque chose d'aussi violent que dans la question « pourquoi ? ». Cela provient du fait de tout avoir vécu avant même de vivre. Une telle position est génératrice de souffrances, car elle consiste à tout subir pour se tenir au-delà et, inversement, à se tenir au-delà en subissant tout. À vouloir donc que la souffrance soit. Autre paradoxe ! Si la question « pourquoi ? » qui suit la souffrance la précède toujours, la souffrance qui donne l'impression de précéder le désespoir, en fait, est produite par lui. Le désespéré veut la souffrance qui le désespère. C'est sa façon de se replier sur lui-même et de trouver dans le malheur infini une extase infinie. L'extase de l'homme-dieu.

On peut dès lors comprendre pourquoi le savoir est au cœur de la question de la souffrance. Nous avons tendance à voir dans le savoir le remède à l'ignorance. En quoi nous avons raison. Ce qui est en jeu ici est autre. Le savoir dont il est question est de l'ordre d'un désir par rapport à soi. Il s'agit en l'occurrence du désir de *se savoir.* D'être donc au-delà de soi tout en étant confondu avec soi. C'est un tel désir qui conduit le sujet qui s'y adonne à vouloir être cet homme-dieu, à la fois au-delà du monde et confondu avec celui-ci. C'est lui qui se tapit à l'ombre de nos discours et qui fait fonctionner les machines à reproduire de la souffrance. Freud, lorsqu'il a posé la question de l'inconscient, a clairement perçu que le problème de la souffrance humaine était lié au problème du savoir. Les hommes souffrent parce qu'ils cherchent à nier par un savoir d'eux-mêmes cet écart créateur produit en eux par la vie qui les a fait être et qui les fait être. Ils sont altérés parce qu'ils refusent l'altérité. Avant que cette question des rapports entre souffrance et savoir ne soit ainsi posée dans la modernité à travers la question de l'inconscient, celle-ci a été posée de façon religieuse.

Dans la tradition de l'Orient chrétien, il a toujours été rappelé que le mal n'a pas d'être. Selon saint Maxime le Confesseur : « Le mal n'a pas d'existence indépendante par nature et il n'en aura jamais. Car, il n'a aucune espèce d'essence dans l'être, ni de nature, ni de substance autonome, ni de force, ni d'activité ; il n'est ni qualité, ni quantité, ni relation, ni temps, ni lieu, ni position, ni mouvement, ni possession, ni épreuve, pour pouvoir être contemplé en quelque chose qui ait l'être ; et il n'existe aucunement en tout cela par assimilation naturelle ; il n'est ni principe, ni moyen, ni fin[1]. »

L'idée que le mal n'a pas d'être est la façon de poser d'une autre façon la question du savoir. Car, c'est une autre façon de dire que le mal n'est pas un objet. Donc, qu'on peut le regarder avec indifférence ou en faire le tour, comme le font les esthètes ou les désespérés qui font le tour de tout, y compris du mal. D'où l'idée qu'il faut regarder le mal autrement. Non pas d'abord comme une chose. Théoriquement. Mais, comme un adversaire. Pratiquement. En délivrant l'humanité du mal qui l'asservit. Ensuite, autre idée, l'idée qu'il faut voir le mal et la souffrance du point de vue de la vie et des forces de vie qui sont en l'homme, et non l'inverse. En voyant la vie et l'homme du point de vue de la souffrance. Ce qui va de pair avec le fait de lutter contre la souffrance et le mal. Quand en effet on agit contre le mal, c'est qu'en général on suppose que celui-ci n'est pas une fatalité. Et quand on pense qu'il n'est pas une fatalité, c'est parce que l'on pense qu'il y a d'autres solutions dans l'existence que celle de devoir passer par le mal et la souffrance afin de progresser. Quand, en revanche, on n'agit pas contre le mal, c'est qu'en général on pense qu'il est une fatalité.

1. Saint Maxime le Confesseur, *Question à Thalassios*, PG, XG, 253, cité par le Père Serge Boulgakof, *La lumière sans déclin*, trad. C. Andronikof, Lausanne, L'Âge d'homme, 1990, p. 245.

Et, quand on pense qu'il est une fatalité, c'est que l'on pense qu'il n'y a pas d'autres solutions dans la vie que de passer par lui pour obtenir quelque chose de l'humanité.

Le fait de dire que le mal n'a pas d'être correspond à cette vision dynamique consistant à agir contre le mal en se plaçant du point de vue de la vie et non à ne rien faire de la vie en se plaçant du point de vue du mal. Parvenir à une telle position, c'est ce que veut dire sortir du savoir. Car, sortir de la posture du savoir, c'est-à-dire du désir d'un savoir de soi se clôturant sur soi, qu'est-ce sinon laisser parler les forces de vie insoupçonnées que tout un chacun possède en lui ?

Il est frappant de constater que ce que la tradition chrétienne d'Orient dit dans son langage du fait de sa foi dans l'idée que le Christ a vaincu la mort, d'autres traditions le disent dans le leur. Ainsi, l'islam dont nous parle Henry Corbin nous invite à un renversement d'un type semblable, lorsqu'il nous dit : « Dieu qui est transpersonnel n'est pas le contraire de l'homme qui incarne le personnel. Mais il y a le transpersonnel parce qu'il y a le personnel et le personnel parce qu'il y a le transpersonnel. Il faut donc cesser d'opposer l'homme à Dieu à propos de la question du Mal, soit en innocentant l'homme et en accusant Dieu, comme a tendu à le faire la tragédie antique, soit en innocentant Dieu et en culpabilisant l'homme, comme a tendu à le faire le monothéisme judéo-chrétien, afin de pressentir l'idée fondamentale qui fait de Dieu et de son fidèle les *partenaires d'un même combat* ; les héros affrontant ensemble une même tragédie, dont l'origine et l'enjeu ne sont point que leurs personnes respectives seraient une négativité à résorber, mais sont au contraire une positivité à conquérir[1]. »

Henry Corbin rappelle ici, à travers son étude de l'islam et de l'ésotérisme, que notre chute originelle réside dans le fait de partir du non-être au lieu de partir de l'être, en nous préoccupant d'abord de savoir ce que nous pourrions enlever (l'homme ou Dieu) au lieu de nous mettre en quête de savoir ce que nous pourrions ajouter. À travers sa méditation sur le visage de l'autre nourrie par l'apport du judaïsme, c'est, nous semble-t-il, ce à quoi nous invite Emmanuel Levinas, lorsqu'il écrit : « Le visage se refuse à la possession, à mes pouvoirs [...]. Ce qui veut dire concrètement : le visage me parle et par là m'invite à une relation sans commune mesure avec un pouvoir qui s'exerce [...]. Il m'oppose ainsi par une force plus grande, la transcendance de son être [...]. Il me dit "tu ne commettras pas de meurtre"... L'impossibilité de tuer n'a pas une signification simplement négative et formelle ; la relation avec l'infini ou l'idée de l'infini en nous la conditionne positivement. L'infini se présente comme visage dans la résistance éthique qui paralyse mes pou-

1. Henry Corbin, *Le paradoxe du monothéisme*, Paris, L'Herne, 1981, p. 228.

voirs et se lève dure et absolue du fond des yeux sans défense dans sa nudité et sa misère[1]. »

La tradition philosophique occidentale n'a rien à envier à ces pages profondes. Méditant sur Descartes qui, dans les *Méditations métaphysiques*, soulignait qu'il n'aurait pas conscience de lui-même si quelque chose de l'intérieur de lui-même, sous la forme d'une conscience autre (la conscience divine en l'occurrence), ne l'invitait à devenir une conscience, Ferdinand Alquié a souligné la relation qui unit l'homme à la transcendance à travers l'expérience de la souffrance. N'est-ce pas en effet parce que nous avons l'intuition d'une vie autre que nous ne pouvons pas nous satisfaire d'une vie où les hommes souffrent ? Et n'est-ce pas parce que nous avons une telle intuition que cette intuition se transforme en devoir d'agir auprès d'eux[2] ?

Le rapport à la vie comme aux forces profondes qui sont en elle est aussi important que l'action contre la souffrance. Car, les deux choses ne sont pas séparables. Quand on a une conscience profonde de la vie, on ne peut qu'agir contre ce qui fait souffrir les hommes. Ou bien c'est que l'on n'a pas une conscience véritablement profonde de celle-ci. Quand, à l'inverse, on lutte contre la souffrance et le mal, il serait paradoxal que l'on n'ait

1. Emmanuel Levinas, *Totalité et infini*, La Haye, Nihof, 1974, p. 174.
2. Ferdinand Alquié, *Signification de la philosophie*, Paris, Hachette, 1971, p. 190.

pas de conscience profonde de la vie. Car, comment ne pas trouver contradictoire le fait de vouloir sauver des vies humaines tout en proclamant, par ailleurs, que la vie n'a pas de sens ?

Il existe dans notre culture un problème de pensée et de culture à l'égard de la souffrance, parce qu'il existe un problème de sagesse perdue liée à un problème de religion perdue et de morale perdue.

Notre problème de religion perdue est lié aux problèmes que nous pouvons avoir avec la vie. Celle-ci est vivante de faire vivre la vie. Et elle demeure vivante en ne faisant vivre la vie que par la vie et du point de vue de la vie. Cette pleine relation de la vie à elle-même, c'est ce que nous appelons religion, qui veut dire relation.

Le fait que, en Occident, le christianisme ait glorifié la souffrance à un moment de son histoire et qu'il la glorifie parfois encore est une catastrophe spirituelle, dont la conséquence a été et demeure de désespérer et de révolter les esprits. La rationalisation du mal et de la souffrance, à travers une logique du signe, du savoir, du salaire ou du salut, a fait beaucoup de mal et grandement contribué à produire une culture de la souffrance. Aujourd'hui, les effets de celle-ci se mesurent non pas simplement à une désaffection vis-à-vis de la religion, mais, avant tout, à une perte de sens de la vie et de l'interrogation métaphysique sur l'être de celle-ci, interrogation sortie discréditée des grands discours prétendant nous expliquer, au nom de

Dieu, de l'être ou de la vie, ce qu'il peut en être du mal et de la souffrance.

Du fait de sa religion perdue, l'Occident s'est tourné vers l'humanisme ainsi que la morale, en cultivant les valeurs de respect de soi-même comme de respect des autres. En adoptant également vis-à-vis de la question de la souffrance un comportement fondé sur le soupçon, la politisation ainsi que la personnalisation d'une telle question.

Parce qu'une telle démarche s'est efforcée de rompre avec la glorification de ce qui fait souffrir, celle-ci est un progrès considérable, s'agissant en particulier de la délivrance de l'humanité à l'égard de ses comportements archaïques qui lui suggèrent toujours d'aller chercher dans la violence et la souffrance les solutions des problèmes auxquels elle est confrontée. Toutefois, le développement des démocraties modernes a fait apparaître que ce que l'on pouvait croire être un progrès définitif est en réalité une avancée fragile. Car, il existe un revers de la médaille. Le fait de ne plus poser aujourd'hui la question du sens de la vie comme du sens de la souffrance qu'en termes strictement individuels a des effets de solitude dramatiques. Chacun tend à s'enfermer seul dans son sens comme dans sa souffrance. Une grande hébétude collective nous a frappés, à ne plus savoir pourquoi on vit ni pourquoi on souffre et ce que signifie le fait de se poser une telle question. En outre, la politisation de la question de la souffrance a exaspéré les attentes et les frustrations vis-à-vis des gouvernements, provoquant ainsi la montée d'une culpabilisation et d'une victimisation collectives. Enfin, le risque d'une personnalisation à outrance de la question de la souffrance est celui de voir revenir par la fenêtre ce que l'on croyait avoir chassé par la porte. En l'occurrence, la glorification de la souffrance, au nom du particularisme culturel ou de la différence en matière esthétique ou sexuelle.

Cette crise de l'humanisme, aujourd'hui, à propos de la souffrance, est ce qui nous a fait dire qu'un troisième temps de la pensée de la pensée est venu. Entre la glorification religieuse de la souffrance d'hier et la peur de souffrir d'aujourd'hui, il nous faut trouver autre chose. Quoi ? Une autre façon de nous rapporter à la vie comme à l'homme. Une telle façon existe déjà. À l'intérieur des religions existantes, il y a des courants de vie et pas simplement de mort. Ils ont quelque chose à nous dire. À nous de les retrouver. Dans l'humanisme de la modernité, on trouve aussi des courants de vie et pas simplement de mort. À nous, également, de nous en inspirer. D'une façon générale, il existe un mot qui devrait nous guider davantage, c'est le mot « retour ». Retourner ne veut pas dire aller en arrière. Retourner veut dire faire apparaître l'autre face et, en faisant cela, faire vivre. La vie est vivante de faire retour à la vie en la faisant vivre sous toutes ses formes. D'où les retournements de la vie. Ses surprises. Ses renversements étonnants qui font qu'elle jaillit là où nous ne l'attendions pas. D'où, en nous, ces états de retournements. D'émotions intenses, face à de tels renversements. Dans la pensée, il en va de même. La vie est retour à la vie. Et, en étant telle, c'est là qu'elle en vient à dégager son caractère le plus étonnant : cette ré-flexion sur elle-même d'où jaillissent sa mémoire (forme du retour conservateur à soi) et son imagination (forme du retour créateur à soi). Si l'on voulait résumer ce qui unit ainsi tous les aspects de la vie à travers le retour de celle-ci sur elle-même, un seul mot conviendrait : celui de la présence. Car, qu'est-ce que la présence sinon le fait d'être dans la mémoire de soi et l'imagination de soi par le rapport à soi né du retour à soi ?

La présence née du retour à soi nous aide à guérir de nos souffrances. Que ce soit la présence de l'autre à travers la solidarité dans la relation de personne à personne. Ou que ce soit la redécouverte des forces de vie que l'on a en soi. Et pour cause, a-t-on envie de dire. Car, la présence est une souffrance défaite comme la souffrance est une présence défaite. Pour le comprendre, rien ne saurait être plus parlant que la double hélice de l'A.D.N. qui caractérise l'information de la vie. Cette double torsion que l'on trouve en elle traduit bien ce que l'on trouve dans la présence.

La vie en effet qui se souffre elle-même est présence à elle-même en étant simultanément patience vis-à-vis d'elle-même (côté ontologique de la vie) et sensibilité vis-à-vis d'elle-même (côté anthropologique de la vie). La vie, en revanche, qui se subit elle-même est absence à elle-même en étant simultanément dureté à l'égard d'elle-même (côté pétrifié de la vie) et hystérie vis-à-vis d'elle-même (côté exacerbé de la vie). D'où deux torsions possibles. L'une, « tordue ». Celle de l'absence à soi de la vie comme du sujet. L'autre, « tordante ». Celle de la présence à soi de la vie comme du sujet. Avec de l'une à l'autre deux processus en sens inverse. L'un lié aux larmes. La vie se tordant de douleur du fait d'être une vie vivant « à peine ». L'autre lié au rire. La vie se « tordant » de joie du fait d'être libérée de l'« à-peine ». On l'aura compris. Être dans la vie et faire retour à la vie sont les deux faces d'un même état de vie. Quand un tel état vient à naître, il n'y a plus d'opposition entre le sujet et les forces de vie qui sont en lui. Si, au sein de notre culture, le sujet et la vie étaient vraiment liés, on n'aurait pas affaire à la double crise qui nous caractérise sous la forme d'une crise du religieux et d'une crise de l'humanisme. Crise qui se traduit par une si grande difficulté à vivre, soit avec le religieux, soit sans le religieux. Soit avec l'humanisme, soit sans l'humanisme. Aussi faut-il souhaiter que les temps à venir soient des temps de réconciliation entre ces deux faces de nos vies. Ce qui ne se fera ni simplement avec l'humanisme ni simplement avec le religieux, mais avec un état d'esprit permettant de lier les deux. L'état d'esprit, en l'occurrence, lié au retour.

Présentement, le fait qu'un philosophe comme Luc Ferry repose la question du sens de la vie, dans son livre *L'homme-dieu ou le sens de la vie*[1], est le signe que quelque chose bouge. La question du sens de l'existence n'est plus l'objet d'un haussement d'épaules ou d'un ricanement de la part des philosophes. On ne peut que s'en réjouir. Mais qu'il nous soit permis de dire qu'il est insuffisant de faire de l'homme le sens de la vie. Car, s'il est vrai que la vie est dans l'homme et que rien ne saurait se faire sans lui, et s'il est vrai que donner sa vie pour l'autre représente, à travers la générosité, le sommet de l'accomplissement d'une telle vie, il n'en demeure pas moins que l'homme est aussi dans la vie et que c'est cette appartenance à celle-ci qui fait de lui un homme vivant. D'où une contradiction profonde dans l'humanisme contemporain consistant à vouloir donner du sens à l'homme sans en donner à la vie qui est en lui ainsi qu'à vouloir fonder une religion humanitaire sans donner aucun sens au terme « religion ».

Lorsque la souffrance survient, celle-ci tend toujours à briser le lien que l'homme peut avoir avec la vie. Ou tout du moins à l'obscurcir. C'est la raison pour laquelle l'humain en nous tend à se retourner contre la vie qui l'accable, en élevant le

1. Luc Ferry, *L'homme-dieu ou le sens de la vie*, Paris, Grasset, 1996.

cri de sa protestation. Rien ne pourra jamais justifier que l'on souffre et que la vie se passe à être une vie pour souffrir. Toutefois, lorsque le lien entre l'homme et la vie tend à se dissoudre ou à s'obscurcir, cela entraîne toujours de la souffrance. C'est la raison pour laquelle l'humain qui proteste en nous contre la vie proteste en nous aussi contre ce qui accable celle-ci en élevant le cri de sa mémoire. Protesterions-nous contre la vie si nous n'avions pas le sens de la vie ? On ne peut renoncer ni à l'homme ni à la vie. Sauf à renoncer à l'homme et à la vie. Ce qui n'est pas séparable. L'homme en nous s'insurgerait-il s'il n'avait pas le sens de la vie face à la souffrance ? Et la vie qui est en nous patienterait-elle, comme elle le fait, si elle n'attendait pas l'homme qui est en devenir en nous ? N'est-ce pas dès lors un même élan qui nous fait à la fois ne pas vouloir une vie où l'on souffre et vouloir vivre quand même ? Si la protestation contre la souffrance est le signe de notre humanité et dans notre humanité, de notre vie perdue ou absente, le fait de vivre malgré la souffrance est, lui, le plus bel indice de notre protestation. Ceux qui traversent les épreuves auxquelles la vie les confronte en sont le vivant exemple. Ils parviennent à retourner ces épreuves qui font basculer la vie dans la servitude par le simple fait de vivre. Et vivant ainsi ils font jaillir une étonnante liberté de cette servitude en délivrant ce message : la vie n'est pas faite pour souffrir. Donc vivons.

REMERCIEMENTS

Ce livre est le résultat d'une rencontre, d'une intuition et d'une confiance.

La rencontre est le fait de cette élève dont j'ai perdu la trace et qui m'a invité à venir un jour parler de la souffrance avant que des médecins, des infirmières et des responsables de la santé ne me provoquent amicalement à le faire. Qu'ils soient tous assurés de ma gratitude et, en particulier, Chantal Delplanque (Lille), Martine Derzelle (Reims), ainsi que les docteurs Lassaunière (Paris), Perrier (Tours), Roche (Orléans) et les responsables de centres ainsi que d'associations d'accompagnement aux mourants ou d'écoute de personnes en difficulté de santé, Mmes Leblanc-Brillot (Laval), Boinnet (Aubonne), Addedjouma (Charleville), Cornet-Vernet (Paris).

L'intuition est le fait de Sylvie Simon qui m'a poussé à écrire ce livre. Sans elle, celui-ci n'aurait jamais existé. Qu'elle en soit vivement et chaleureusement remerciée.

Enfin, la confiance a été le fait d'Éric Vigne qui a cru que ce livre pouvait se faire. À lui aussi, j'adresse ma profonde gratitude.

I

QUAND LA PENSÉE S'INTERROGE

Les trois temps du sens de la souffrance

II

QUAND LE SENS FAIT SOUFFRIR

Les non-sens du sens

IV

À LA RECHERCHE DU SENS PERDU

DU MÊME AUTEUR

LA PHILOSOPHIE (éd.), Éditions Larousse, 1993.

PLATON, Éditions Milan, 1995.

LA PHILOSOPHIE, Éditions Milan, 1996.

LES PHILOSOPHES ANCIENS, Éditions Milan, 1997.

LES PHILOSOPHES MODERNES, Éditions Milan, 1997.

DANS LA COLLECTION FOLIO/ESSAIS

167 Severo Sarduy : *Barroco.*
168 Wassily Kandinsky : *Point et ligne sur plan.*
169 Friedrich Nietzsche : *Le cas Wagner* suivi de *Nietzsche contre Wagner.*
170 Gilles Lipovetsky : *L'empire de l'éphémère (La mode et son destin dans les sociétés modernes).*
171 Louis Hjelmslev : *Le langage.*
172 Jean Servier : *Histoire de l'utopie.*
173 Pierre Cabanne : *Le siècle de Picasso (1. La naissance du cubisme, 1881-1912).*
174 Pierre Cabanne : *Le siècle de Picasso (2. L'époque des métamorphoses, 1912-1937).*
175 Marguerite Yourcenar : *Le temps, ce grand sculpteur.*
176 Élie Faure : *Histoire de l'art (L'esprit des formes I).*
177 Élie Faure : *Histoire de l'art (L'esprit des formes II).*
178 J.M.G. Le Clézio : *Le rêve mexicain.*
179 Collectif : *Introduction aux sciences cognitives.*
180 Oscar Wilde : *De Profundis.*
181 Sigmund Freud : *Le délire et les rêves dans la* Gradiva *de W. Jensen* précédé de *Gradiva fantaisie pompéienne* par Wilhelm Jensen.
182 George Steiner : *Les Antigones.*
183 Baudelaire : *Critique d'art* suivi de *Critique musicale.*
184 Roger Caillois : *Les jeux et les hommes (Le masque et le vertige).*
185 Pierre Cabanne : *Le siècle de Picasso (3. Guernica et la guerre, 1937-1955).*
186 Pierre Cabanne : *Le siècle de Picasso (4. La gloire et la solitude, 1955-1973).*
187 Georges Rouault : *Sur l'art et sur la vie.*
188 Michel Leiris : *Brisées.*
189 Bernard Pingaud : *Les anneaux du manège (Écriture et littérature).*

190 Ludwig Wittgenstein : *Leçons et conversations* suivies de *Conférence sur l'Éthique.*
191 Friedrich Nietzsche : *Considérations inactuelles I et II.*
192 Jean-Paul Sartre : *Un théâtre de situations.*
193 Primo Levi : *Le métier des autres (Notes pour une redéfinition de la culture).*
194 André Breton : *Point du jour.*
195 Paul Valéry : *Introduction à la méthode de Léonard de Vinci.*
196 Mircea Eliade : *Initiation, rites, sociétés secrètes. Naissances mystiques. Essai sur quelques types d'initiation.*
197 Alain Finkielkraut : *La mémoire vaine (Du crime contre l'humanité).*
198 Jorge Luis Borges : *Enquêtes* suivi de Georges Charbonnier, *Entretiens avec Jorge Luis Borges.*
199 Michel Serres : *Le Tiers-Instruit.*
200 Michel Leiris : *Zébrage.*
201 Sigmund Freud : *Le mot d'esprit et sa relation à l'inconscient.*
202 Sainte-Beuve : *Pour la critique.*
203 Yves Bonnefoy : *L'improbable* et autres essais.
204 Hubert Dreyfus et Paul Rabinow : *Michel Foucault (Un parcours philosophique).*
205 Michel Foucault : *Raymond Roussel.*
206 Friedrich Nietzsche : *Considérations inactuelles III et IV.*
207 Claude Roy : *L'art à la source I (Arts premiers, arts sauvages).*
208 Claude Roy : *L'art à la source II (Arts baroques, arts classiques, arts fantastiques).*
209 Julien Benda : *Discours à la nation européenne.*
210 Alain Gheerbrant : *Orénoque-Amazone (1948-1950).*
211 Eugène Ionesco : *Journal en miettes.*
212 J.M.G. Le Clézio : *L'extase matérielle.*
213 François Gros : *Regard sur la biologie contemporaine.*
214 Paul Claudel : *Réflexions sur la poésie.*
215 Marcelin Pleynet : *Henri Matisse.*

216 Jeanne Hersch : *L'étonnement philosophique (Une histoire de la philosophie).*
217 Jean Starobinski : *Montaigne en mouvement.*
218 Sous la direction de Raymond Klibansky et David Pears : *La philosophie en Europe.*
219 Sigmund Freud : *L'homme Moïse et la religion monothéiste.*
220 Clément Rosset : *Le réel et son double.*
221 Guillaume Apollinaire : *Chroniques d'art 1902-1918.*
222 Jeanne Favret-Saada et Josée Contreras : *Corps pour corps.*
223 Jean-Paul Sartre : *Critiques littéraires (Situations, I).*
224 George Steiner : *La mort de la tragédie.*
225 Georges Banu : *L'acteur qui ne revient pas.*
226 Annie Le Brun : *Soudain un bloc d'abîme, Sade.*
227 Geneviève Rodis-Lewis : *Épicure et son école.*
228 Platon : *La République.*
229 Carlos Castaneda : *Histoires de pouvoir.*
230 Albert Memmi : *La dépendance.*
231 Charles Fourier : *Vers la liberté en amour.*
232 Charles Péguy : *Notre jeunesse.*
233 Jean-Jacques Rousseau : *Du contrat social* précédé de *Discours sur l'économie politique, Du contrat social (première version)* et suivi de *Fragments politiques.*
234 Henri Meschonnic : *Modernité Modernité.*
235 Spinoza : *L'Éthique.*
236 Marcel Proust : *Essais et articles.*
237 Jean Giraudoux : *Littérature.*
238 Michel de Certeau, Luce Giard, Pierre Mayol : *L'invention du quotidien 2. Habiter, cuisiner.*
239 Collectif : *Écrire la « parole de nuit » (La nouvelle littérature antillaise).*
240 Spinoza : *Traité de l'autorité politique.*
241 Aristote : *Histoire des animaux.*
242 Spinoza : *Traité des autorités théologique et politique.*
243 Henri Mendras : *La Seconde Révolution française 1965-1984.*
244 Karl Marx : *Philosophie.*

245 Maurice Blanchot : *De Kafka à Kafka.*
246 Mircea Eliade : *Techniques du yoga.*
247 Raymond Queneau : *Bâtons, chiffres et lettres.*
248 Sade : *Journal inédit.*
249 Ernst Jünger : *Le Mur du Temps.*
250 René Guénon : *La crise du monde moderne.*
251 Jean-Toussaint Desanti : *Introduction à la phénoménologie.*
252 Jean-Marie Donegani et Marc Sadoun : *La démocratie imparfaite.*
253 Pierre Cabanne : *André Derain.*
254 Antoni Tàpies : *La pratique de l'art.*
255 George Steiner : *Réelles présences.*
256 Roland Omnès : *Philosophie de la science contemporaine.*
257 Marc Dachy : *Dada & les dadaïsmes.*
258 Michel Tournier : *Le vol du vampire.*
259 Benedetto Croce : *Histoire de l'Europe au* XIXe *siècle.*
260 Malebranche : *Conversations chrétiennes.*
261 Régis Debray : *Vie et mort de l'image.*
262 Alain : *Mars ou La guerre jugée.*
263 Alice Becker-Ho : *Les Princes du Jargon.*
264 Hegel : *Morceaux choisis.*
265 Spinoza : *Traité de la réforme de l'entendement.*
266 Gaëtan Picon : *Lecture de Proust.*
267 Bruno Latour : *La science en action.*
268 Denis Hollier : *Le Collège de Sociologie 1937-1939.*
269 Jean Giono : *Le poids du ciel.*
270 Mircea Eliade : *Méphistophélès et l'androgyne.*
271 Ananda K. Coomaraswamy : *Hindouisme et Bouddhisme.*
272 Yves Bonnefoy : *La vérité de parole* et autres essais.
274 Bernanos : *La liberté, pour quoi faire ?*
275 Montesquieu : *De l'Esprit des lois, I.*
276 Montesquieu : *De l'Esprit des lois, II.*
277 Sous la direction de Denis Kambouchner : *Notions de philosophie, I.*
278 Sous la direction de Denis Kambouchner : *Notions de philosophie, II.*

279 Sous la direction de Denis Kambouchner : *Notions de philosophie, III.*
280 Pierre Hadot : *Qu'est-ce que la philosophie antique ?*
281 Jean-Jacques Rousseau : *Emile ou De l'éducation.*
282 Jean Bastaire : *Péguy tel qu'on l'ignore.*
284 Jean-Paul Sartre : *L'existentialisme est un humanisme.*
285 Jean Prévost : *La création chez Stendhal.*
286 Carlos Castaneda : *Le second anneau de pouvoir.*
287 André Breton : *Les Vases communicants.*
288 Jean-Noël Schifano : *Désir d'Italie.*
289 Francis Bacon : *Entretiens avec Michel Archimbaud.*
290 Roger Caillois : *Babel* précédé de *Vocabulaire esthétique.*
291 C.G. Jung : *Un mythe moderne.*
292 Paul Valéry : *Tel quel.*
293 Jorge Luis Borges et Alicia Jurado : *Qu'est-ce que le bouddhisme ?*
294 Witold Gambrowicz : *Testament.*
295 Gaëtan Picon : *1863 Naissance de la peinture moderne.*
296 Thomas Pavel : *L'art de l'éloignement. Essai sur l'imagination classique.*
297 Stendhal : *Histoire de la peinture en Italie.*
298 André Malraux : *La politique, la culture.*
299 Gérard Mairet : *Le principe de souveraineté (Histoires et fondements du pouvoir moderne).*
300 André Malraux : *Le Musée Imaginaire.*
301 Jean-Marc Lévy-Leblond : *La pierre de touche (La science à l'épreuve...).*
302 Pierre Hadot : *Plotin ou la simplicité du regard.*
303 Marc Jimenez : *Qu'est-ce que l'esthétique ?*
304 Jean-Jacques Rousseau : *Discours sur les hommes et les arts.*
305 Albert Camus : *Actuelles.*
306 Miguel de Unamuno : *Le sentiment tragique de la vie.*
307 Benjamin Constant : *Écrits politiques.*
308 Platon : *Les Lois.*
309 Fernand Léger : *Fonctions de la peinture.*
310 Carlos Castaneda : *Le don de l'Aigle.*

Composition Euronumérique
Impression Brodard et Taupin
à La Flèche (Sarthe),
le 8 octobre 1997.
Dépôt légal : octobre 1997.
Numéro d'imprimeur : 1061T-5.
ISBN 2-07-032967-4 / Imprimé en France.

79494